本书入选杭州市文艺精品工程

从杭州小热昏到滑稽戏

杨宇全 何晓原

著

经济日报出版社

图书在版编目（CIP）数据

从杭州小热昏到滑稽戏 / 杨宇全，何晓原著. -- 北京：经济日报出版社，2021.12
ISBN 978-7-5196-1018-0

Ⅰ. ①从… Ⅱ. ①杨…②何 Ⅲ. ①说唱文学–民间文学评论–杭州–文集 Ⅳ. ①I207.7-53

中国版本图书馆 CIP 数据核字（2021）第 263436 号

从杭州小热昏到滑稽戏

作　　者	杨宇全　何晓原
责任编辑	王　含
责任校对	蒋　佳
出版发行	经济日报出版社
地　　址	北京市西城区白纸坊东街 2 号（邮政编码：100054）
电　　话	010-63567684（总编室）
	010-63584556　63567691（财经编辑部）
	010-63567687（企业与企业家史编辑部）
	010-63567683（经济与管理学术编辑部）
	010-63538621　63567692（发行部）
网　　址	www.edpbook.com.cn
E－mail	edpbook@126.com
经　　销	全国新华书店
印　　刷	成都兴怡包装装潢有限公司
开　　本	880mm×1230mm　1/32
印　　张	8.50
字　　数	200 千字
版　　次	2021 年 12 月第一版
印　　次	2022 年 2 月第一次印刷
书　　号	ISBN 978-7-5196-1018-0
定　　价	68.00 元

曲种剧种　共存共荣

——由曲种演变为剧种的典型例子摭谈

在中华民族民间艺术发展长河中，许多曲种与剧种都是"你中有我，我中有你"，水乳交融，密切关联，彼此依存又相对独立，并且相伴始终。翻阅中国戏曲曲艺发展史，我们便会发现由曲种演变发展为剧种的例子并不鲜见。

曲艺、戏曲源于民俗，是民俗的演变和发展，是民俗的更高级形式。曲艺、戏曲在民俗的不断催化下，才逐渐形成比较完整的曲艺、戏曲艺术体系。曲艺与戏曲往往是同源同流，在发展演变过程中，经常是相互影响、相互借鉴，二者有着密不可分的渊源关系。

这种情形，无论是在北方，还是在南方，可谓俯拾即是。

比如，在北方的山东，艺人们为了生活，为了谋生，就有了山东琴书的原型，也就有了更高级的吕剧的演变和发展。山东省东营市是吕剧的发源地，吕剧由民间说唱艺术山东琴书演变而来。山东琴书最早产生于鲁西南一带，后演变为南路、北路、东路三个流派。清光绪六年（1880），山东琴书传入今东营市的广饶北部。当时，位于黄河入海口处的广饶县北部和利津县东部尚无防洪大堤，任黄河漫流入海，每至汛期，黄水漫溢，穷苦百姓不得不背井离乡，以逃荒要饭谋生。为多求施舍，许多灾民行乞时演唱民间小曲，民间艺人逐渐增多。山东琴书传入后，民间艺人争相学唱，以此作为谋生手段。随着发展，山东琴书分出清末流行于黄河下游的北路琴书，经广饶县琴书艺人时殿元（1863~1948）和谭秉伦、崔兴乐等，把《王小赶脚》改为化妆演唱，形成了"化妆扬琴"。因开始化妆演《王小赶脚》用过驴形道具，曾被称为"驴戏"，在临邑、济阳一带称为"迷戏"，在胶东叫"蹦蹦戏"，1950年正式定名为吕剧。中华人民共和国成立后，人民逐渐由贫困到温饱，由温饱奔小康，生活越来越好，吕剧也在健康地快速发展，它很快成为雅俗共赏、引人入胜的山东主要地方戏曲之一。由曲艺曲种山东琴书发展为"化妆扬琴"，到最终形成了山东最大的剧种——吕剧，从中不难看出从曲种到剧种的演变过程。

再比如，我国东北地区的吉剧与龙江剧，是以由二人转、拉场戏为母体形成发展起来的新兴的孪生剧种。

二人转，史称小秧歌、双玩艺、蹦蹦，又称过口、双条边曲、风柳、春歌、半班戏、东北地方戏等。它植根于民间文化，属走唱类曲艺，流行于辽宁、吉林、黑龙江三省和内蒙古东部三市一盟。

东北特色二人转主要来源于东北大秧歌和河北的莲花落。用东北人的俏皮话说：二人转是"秧歌打底，莲花落镶边"。莲花落亦称"落子"，是北方的一种民间说唱艺术，边说边唱，且歌且舞是其主要表演形式。

简言之，追本溯源，这些新兴剧种都有比较坚实的母体：北京曲剧是单弦牌子曲；唐剧是唐山皮影；吉剧、龙江剧是东北二人转，松原满族新城戏是八角戏，黄龙戏是皮影，辽南戏是皮影；蒙古剧是蒙古族叙事民歌和曲艺，漫瀚剧是二人台；陇剧是陇东道情皮影；黔剧是贵州扬琴，苗剧是苗族民间歌舞和叙事诗；广东梅州山歌剧是客家山歌。可见，这些新兴剧种的母体基本上都是曲艺、皮影或民歌等民间艺术形式，其中曲艺曲种是地方戏曲发展的主要源头。

在南方地方剧种中，由曲种演变为剧种的例子也是比比皆是。

比如，历史上曾风靡一时，在杭州土生土长的地方剧种杭剧，最早也是由"化妆宣卷"发展而来的。民国十二年（1923），杭州的宣卷爱好者、织绸工人裘逢春、方吉鹏、蒋锦芳、金月红、赵炳泉等，将宣卷演唱搬上舞台，并组成民乐社，推举何品三为班主，排演根据杭州民间故事改编的《卖油郎独占花魁女》。曲调除宣卷外，又采用扬州清音中的"梳妆台"等唱腔，以胡琴、三弦、小锣、鼓板伴奏。民国十三年（1924）1月在杭州大世界游艺场公演，深受市民观众欢迎，人称"化妆宣卷"。因武林为杭州古名，故演唱的曲调便称为"武林调"，表演的班社便称为"武林班"，在杭剧名称未正式出现前，武林调与武林班（也有称为"武林戏"）就成了这一艺术形式在当时的专用名称。当然，这只是杭剧的雏形，与后来杭剧相比，还有许多不太成熟的地方。

由此可见，杭剧脱胎于"杭州宣卷"，从"木鱼宣卷"发展到"化妆宣卷"，将唱曲和说表融为一体，以唱为主，以说为辅，且多为坐唱。表、唱、说，采用杭州地方语言，乡土气息浓厚，地方特色鲜明，同时又借鉴了其他姊妹艺术如扬州清音等的一些唱腔与表演程式，经过不断地吸收改进才慢慢发展起来的。

还有诞生于嵊州的浙江第一大剧种越剧也经历了由曲种逐步演化为剧种的过程。越剧由最初的落地唱书（亦称"嵊县文书")——小歌班——的笃班——绍兴文戏——绍兴文戏男班、绍兴文戏女班——1942 年始定名为"越剧"并沿用至今，被全国观众所广泛接受（第一次称"越剧"为 1925 年 9 月 17 日，在上海小世界游乐场演出的"的笃班"，首次在《申报》广告上称为"越剧"）。

再如，流行于江浙一带的曲种滩簧，在江浙一带，不同的地方有不同的称呼，有苏州滩簧、杭州滩簧、宁波滩簧、余姚滩簧等。至清末民初，小型戏曲蓬勃发展，各地滩簧也相继仿效戏曲形式，改为化妆登台演出。随着角色的增多，表演的需要，曲调、音乐逐步演变，形成了滩簧系统的各地方剧种，如杭剧、甬剧、姚剧、苏剧、锡剧、沪剧等。

当然，从艺术类别上，曲艺与戏曲尽管二者有着千丝万缕的渊源关系，但随着时代的发展和艺术形态的演变，二者已是不同类别的艺术形式。一为曲种，一为剧种，二者均是独立的艺术形式，不能笼统的混为一谈。但它们都有一个共性，即：曲种在演变发展成剧种并成为丰富剧种表现手法的重要手段以后，并没有消失，在很长一段时间内二者"共存共荣"、并行不悖，这几乎形成了曲艺、戏曲发展史上的一个有趣现象。

小热昏与滑稽戏也一样，尽管小热昏是滑稽戏的源头，但当作为曲种的小热昏发展为作为剧种的滑稽戏以后，小热昏并没有被冲击掉，而是与滑稽戏同时活跃于舞台之上，有时比戏更灵活多样，有时"你中有我、我中有你"，与滑稽戏各擅胜场，各有特色，各有千秋，互为补充。迄今在舞台上或电视节目上仍能看到二者各具特色的演出。

目　录

概　述

——从小热昏到独脚戏再到滑稽戏的发展脉络

　　杭州是驰誉中外的历史文化名城，也是中国著名的七大古都之一，素有"人间天堂"与"文化之邦"的美誉。自古迄今，杭州的民间表演艺术多姿多彩，众多曲种构成了杭州说唱艺术的一道奇特的风景。杭州的曲艺艺术有着悠久的历史和传统，在《梦粱录》《都城记事》《武林旧事》《西湖老人繁胜录》《醉翁谈录》等古籍文献中，记载了南宋时期京城临安（今杭州）已成为当时人口众多的大都市，当北方人大量南下，文化也随之南移后，各路艺人聚集杭州，百艺杂陈的演出场所瓦舍进行各种演出。当时的民间说唱形式种类繁多，据周密的《武林旧事》记载，"诸色伎艺人"就有 200 余人，其中有名有姓的说唱艺人达 100 余人。说唱形式上也是多种多样，有以说为主的，称为"说话"，又分讲史、小说、说经、说浑话（可视为今天的说笑话）4 种；也有以唱为主，间有说白的，主要有唱赚、诸宫调、陶真、合生、弹唱姻缘、小唱、嘌唱、唱耍令、叫果子、唱京词、唱拨不断；另外还有口技性的学乡谈、吟叫等。由此可见，南宋时期杭州民间说唱艺术的繁荣景象。

从南宋时期，经过近千年的发展史，杭州古代曲艺经过漫长的历史演变过程逐渐向现代和当代曲艺过渡，虽然其间由于政治、经济、文化和社会诸原因，杭州曲艺中的某些曲种会出现衰微、淘汰、轮回、重生等等演变现象，但总的说来还是以其顽强的生命力向前发展着。如今杭州尚存的许多说唱形式仍不难看出南宋文化基因对其深深的影响。

到了清末民初，尤其是辛亥革命后的杭州，娱乐演出业兴旺发达，小热昏、独脚戏等为广大市民百姓喜闻乐见的说唱艺术应运而生。无论是杜宝林演唱的小热昏，还是杜宝林的弟子江笑笑与其搭档鲍乐乐表演的独脚戏，都是用"杂学唱"的表演方式，以滑稽、风趣、戏谑、嘲讽等喜剧手段为特征，用笑话段子引人发噱，敲小锣唱（锣先锋）曲调，击打三块竹板吟诵（三巧赋），又说又唱，说唱结合，表演滑稽笑话故事，这种演出形式就与南宋时期瓦舍中的"说浑话"有着一脉相承的渊源关系。

中华人民共和国成立后，经过"三改"（改人、改戏、改制）运动，艺人们受到尊重，社会地位普遍提高，其演出积极性也被充分调动起来。无论是专业还是业余曲艺从业者，在汲取传统精华，摒弃封建糟粕，创研新作品方面都做出了各自的努力与贡献。进入改革开放的新时期以来，杭州的曲艺艺术继续发挥其"轻骑兵"与"短平快"的优良传统，与时俱进，积极改革创新表演艺术，深入基层，根植人民，编演了一批优秀的作品，继续为观众送去笑声与欢乐。

近些年来，国家对传统文化艺术也越来越重视，自非物质文化遗产保护工作开展以来，已有杭州小热昏、杭州评话、杭州评词、武林调、独脚戏等 5 个曲艺品种先后被列入国家级非物质文化遗产保护名录。重兴小热昏与滑稽戏等民间艺术又被提到了议事日程。

小热昏作为一种民间说唱艺术，起源于杭州街头，在江浙沪等地都产生过一定的影响。在江南一带，小热昏和本土的滑稽戏更有着千丝万缕的关联。近年杭州小热昏又先后被列入浙江省和国家首批非物质文化遗产代表作名录。作为杭州土生土长的"稀有曲种"，对其加以梳理和研究，旨在更好地挖掘与传承。本书在前人研究和现有资料的基础上，以史为纲，史论结合，条分缕析地介绍了小热昏产生、发展、演变的历史渊源以及对后世艺术（如独脚戏、滑稽戏）的影响，对宣传地方文化尤其是杭州文化以及当前非物质文化遗产的保护都有一定的积极作用与现实意义。

小热昏作为一种说唱艺术与另一种曲艺形式独脚戏有着一脉相承的渊源关系。独脚戏即滑稽，也写作"独角戏"，现在通常写作"独脚戏"。从某种程度上也可以说是小热昏的"升级版"，正是这两种曲艺形式共同孕育了流行于长三角地区江南一带的著名戏剧形式——滑稽戏。

滑稽戏流行于上海、江苏、浙江一带，以方言演出为主。独脚戏兴起于 1920 年前后，早期多由一人演出，艺术上受到江、浙、沪一带流行的"小热昏"（又名"小锣书"，俗称"卖梨膏糖的"）"唱新闻""隔壁戏"等说唱形式的影响。独脚戏创始时期的艺人王无能系苏州人氏，曾演过文明戏的丑角，杭州的江笑笑、上海的刘春山也各有专擅，当时三人并称为"滑稽三大家"。他们的表演也吸收了文明戏和相声的表现手法，形成"说唱"与"滑稽"的拼挡演出，遂使独脚戏形成独立的曲种。

说到独脚戏与滑稽戏不能不提到早期的"文明戏"，这里简单谈一下文明戏的由来。

文明戏（crude stage play）（英文又名 modern drama；modern play），中国早期话剧，"文明戏"是对早期的京剧改革，20 世纪初曾在上海一带流行。演出时无正式剧本，可即兴发挥。文明戏的剧目都是以清末民初期间民间流传的时事故事为题材，如《宦海潮》《渔家女》和《锯碗丁》等。剧情大多是抑恶扬善，因果报应，好人好报，恶人恶报，常常以大团圆为结局。文明戏以京剧的文武场伴奏，采用京剧的唱腔，对话用京白不用韵白。唱与白三七开，已向话剧"以说为主"的方向发展了。文明戏的剧目不多，大概只有十几出。可是每出戏都分几集，每日只演一集，所以上演一个月也不会重复。为了使戏演得持久和火爆，从而吸引更多的观众，剧中夹杂不少插科打诨式的笑料，看起来类似于现在的喜剧小品。

文明戏里有许多类似笑料，影射当时的社会黑暗和不公现象。虽然文明戏深受观众欢迎，但终归剧团庞大，包银有限而导致难以维持。到了 20 世纪 40 年代，出现了以话剧或笑（喜）剧作为曲艺的大轴。因为演剧者都是前场的曲艺演员，所以往往双栖演出，即由曲艺演员兼演戏剧。

话剧，本来是西方的戏剧品种，是典型的"舶来品"，较之源远流长的中国戏曲，它应当算作后起之秀。它是在中国封建社会走向衰亡，西方列强以武力轰开大清国门之后，中国的有志之士为了实现民族精神的现代化而有意识地引入的具有现代特征的艺术形式。话剧进入中国经过本土化以后，对诸多民族艺术形式都产生过或多或少的影响。早期的话剧——文明戏，不仅对后来的中国话剧产生了影响，而且对中国电影和越剧、评剧、滑稽戏的发展也产生了一定的影响。

　　最初，中国话剧曾经有过不同的称谓，如新剧、文明戏等。直至1928年，由戏剧家洪深提议，戏剧界同仁一致同意，将主要以对话和动作表情达意的戏剧样式定名为"话剧"。"话剧"这个名字才算正式固定下来，并约定俗成，沿用至今。从此，这个由西方传入中国的戏剧样式，才有了一个大家认可的正式名称。

　　行文至此，应该讲一讲本书的主题词之一"滑稽"的由来。

　　滑稽，最初是古代一种流酒器的名称，据说能"转注吐酒，终日不已"。后来引申为能言善辩，言词流畅，称辩捷之人为滑稽。再后来，把足智多谋或圆转诌媚称为滑稽。最后，人们把使人发笑的人物、语言、行动、事态都称为滑稽，并成为一种审美研究的对象。20世纪20年代至40年代，在十里洋场的上海，滑稽又有一个特定的指称，那便是曲艺样式的"独脚戏"与戏剧样式的"滑稽戏"笼统的统称。一个是曲艺，一个为戏剧，这二者既有密不可分的渊源关系，又不能完全混为一谈。

　　从近代开始，上海一直是四海通商、五方杂处的大都市，中西文化在这里交汇，全国各地的戏剧、曲艺不下几十个，但大多是外来的或杂交的艺术形式，真正上海土生土长的剧种、曲种却并不太多，戏剧剧种仅有沪剧与滑稽戏两种，曲艺曲种仅有独脚戏、沪书、本滩等数种。这里所说的滑稽——独脚戏与滑稽戏应该算是上海的艺术"土特产"。

　　独脚戏约于1920年左右形成，它是在街头卖梨膏糖的"小热昏"以及"隔壁戏"等说唱形式和文明戏、北方相声的影响和孕育下逐渐形成的一种曲艺形式。

1981年出版的《中国戏曲曲艺辞典》"独脚戏"中的词条是这样写的：

独脚戏，也叫"滑稽"。曲艺曲种。1920年后由流行在上海和江苏、浙江部分地区的"唱新闻""小热昏""隔壁戏"发展而成，也受"文明戏"、相声不少影响。一般由一至二人演出，也有三人以上的。表演上大致可分两种类型，一种以说笑话和学各地方言取胜，一种以学唱戏曲腔调、小歌、歌曲或自编曲调演唱滑稽故事为主。也有取"彩唱"形式的。早期演员以王无能、江笑笑、刘春山最著名。抗日战争时期，渐发展为"滑稽戏"，但独角戏仍继续流行。传统曲目有《72家房客》《订巴》《调查户口》《十三家头叉麻将》《金陵塔》等较著名。解放后有不少反映现实生活的作品。

辞条简明扼要，大致勾勒出了独脚戏的来龙去脉。

据说独脚戏"始作俑者"为上海笑舞台文明戏丑角演员王无能，民国九年（1920）前后，他偶尔在一次堂会演出时，独自扮演众多角色，说笑话、学各地方言，并唱南腔北调，竟然大受欢迎，于是经常在堂会或文明戏演出前表演此类节目，称为"独脚戏"。后来，大约在民国十六年（1927）王无能干脆脱离文明戏剧团，正式挂牌专演独脚戏。他与原来表演古彩戏法的钱无量搭档，演出时类似北方的相声，虽是两人表演（行内称之为"双卖口"），但名称仍叫"独脚戏"。这种形式形成后大受观众欢迎，于是仿效者甚众，涌现出一批独脚戏艺人，其中最著名的，除王无能外，还有江笑笑、刘春山，他们三人被称为"滑稽三大家"。

　　虽说如此，但独角戏却与杭州小热昏又脱不了渊源关系。杭州小热昏的开山鼻祖杜宝林曾长期露天演出，随着时代的发展和人们欣赏习惯的需要，在进入杭州大世界等游乐场所演出后，为了更有艺术表现力和演出效果，他先后聘请了在绍兴大班中唱过黑头的、后来成为弹词名家的张鉴庭，以及演文明戏的张樵侬作为下手搭档，这种一搭一档、一说一托的新颖表演形式，有点类似于对口相声的捧逗关系，很受观众欢迎，逐渐形成了"双卖口"式的小热昏表演，被人们称为"双档小热昏"。正是这种不同艺术形式的"跨界演出"，不同表演手法相互借鉴、相互学习，才使相对单一表演的小热昏逐渐向表演手段更丰富的独脚戏（滑稽）过渡。杜宝林还把隔壁戏的传统段子，如《火烧豆腐店》《绍兴人乘火车》《瞎子借雨伞》等改编移植过来，去掉布幔，将"暗春"变为"明春"，直接面向观众表演，大大丰富了表演的内容、形式和手法，让观众耳目一新，这就开创了独脚戏的雏形，为以后独脚戏的进一步产生和发展奠定了基础。当然独脚戏后来风靡一时成为人们喜闻乐见的曲种，其传承与发展却与被人们称为"滑稽三大家"的杭州的江笑笑、苏州的王无能、上海的刘春山有很大的关系。

　　独脚戏的创始人之一杭州人江笑笑（原名江文彬），早年曾拜杜宝林为师，并长期跟随其学艺，耳濡目染，得师嫡传，学到了师父的不少表演手法。杭州大世界建成以后，江笑笑参加了文明戏剧社，在大世界剧场正剧开演前演出"趣剧"，同时又学习"双簧"表演。他与鲍乐乐在杭州大世界搭档演出滑稽时就继承了师父杜宝林的表演方法。江笑笑的表演风格是以"说"为主，具有较高的说表技巧，擅长说有情节、有人物、有起伏的段子，行家称为"长脚笑话"。其经常表演的代表作品有《瞎子借雨伞》《火烧豆腐店》《近视眼比目力》《清河桥》《水果笑话》等。

江笑笑还是一位富有民族正义感、有胆有识的艺人，他曾编演了宣传抗日内容的作品《八一三小鼓调》，在唱词中明言直指当局的卖国行径，颇受欢迎，名噪一时。因为其节目触及了不少社会时弊，虽是笑料却有一定的社会

江笑笑、鲍乐乐演出照

现实意义，故他表演的节目被人们称为"社会滑稽"。他的笑话段子有一个显著特点，那就是以反映杭州本土的市民生活和风土人情居多，这大多体现在他的代表作里。

据说，杜宝林还把他的拿手绝活"卖口"毫无保留地传授给了江笑笑，从此"卖口"一词以及由此衍生出来的"单卖口""双卖口""老卖口""新卖口""活络卖口""零碎卖口""搭卖口"等词，便渐渐成为滑稽界的专用术语了。

这里不能不说江笑笑的"下手"——搭档鲍乐乐（原名鲍炳文）。出身于书香门第的鲍乐乐是浙江瑞安人，早年在文明戏中专演童子生一路角色，具有较高的文学修养和舞台表演经验。与江笑笑搭档表演滑稽时，许多节目都是由他编创或执笔加工的，作品往往是根据江笑笑的表演特点"量身定制"，从而使其表演风格得以充分发挥。江鲍合作，配合默契，这对"最佳搭档"共同形成其"乐而不淫、哀而不伤"的表演风格，二人的艺术成果后来合编为《江鲍

笑集》一、二集。

　　江笑笑、鲍乐乐这一对绝妙搭档，开始在杭州大世界共和厅表演滑稽时，最早采用杜宝林"双档小热昏"的表演形式，也继承了杜宝林嘲讽时弊、揭露社会黑暗的现实主义批判精神，后又借鉴文明戏、趣剧等艺术形式的某些表现手法，经过多年的舞台艺术实践，使表现手法和反映内容更加丰富和多样，形成了一种更新的也更受观众欢迎的表演方式。由于地缘关系和演艺事业的需要，民国十六年（1927）二人从杭州前去上海，进入永安公司天韵楼演出滑稽独脚戏，这一新鲜有趣的曲艺表演形式很受上海观众的欢迎，演出很快打开了局面，从而奠定了二人在上海演艺界的基础和地位。

　　这个时期，滑稽戏在十里洋场的大上海风行一时，许多游乐场、喜庆堂以及各家电台几乎都有独脚戏节目，并且出现了一批代表性节目与艺人。此后，表演独脚戏的滑稽演员人才辈出，可谓代不乏人。相继出现的知名演员有：江笑笑、鲍乐乐、王无能、刘春山、易方朔、管无灵、张治儿、程笑亭、陆希希、陆奇奇、贺双呆、沈笑亭、朱翔飞、任咪咪、张利利、丁怪怪、赵希希（原名赵云亭）、仲心笑、刘快乐、唐笑飞、吕笑峰、范哈哈（原名范良益）、裴扬华、包一飞、程笑飞、时笑芳、杨柳村、张醉地、姚慕双、周柏春、杨华生、张樵侬、笑嘻嘻、沈一乐、袁一灵、杨笑峰等人。由此也可知独脚戏是由杭州的地方曲种小热昏逐步发展演变而来的又一独立曲种，从小热昏到独脚戏仍是从曲种到曲种的演变。所以业界人士说"独脚戏的发源地在杭州，而发祥和繁荣地却在上海"，是比较符合这一艺术形式的实际发展脉络的。

　　独脚戏一般由两人表演，以说、学、做、唱为主要艺术手段，演唱的段子可分三种：有说无唱的；有说有唱的；以唱为主、以说为辅的。这有些类似于北方的相声表演艺术。无论哪种形式，都以制造笑料为其鲜明特色，或说笑话，或学各地方言，或唱南腔北调，其内容往往贴近市民生活，反映家长里短，针砭时弊，为观众所喜闻乐见。至20世纪30年代，独脚戏已十分兴盛，活跃于游乐场、电台及各类堂会，出现了五福团、精神团等班社，到抗日战争爆发前，上海的独脚戏已达100多档，形成规模，蔚为大观。

抗日战争时期，上海沦陷，市面萧条，演艺业受到很大的冲击，独脚戏艺人失去了赖以生存的主要演出阵地，迫使他们另觅出路。1941年10月江笑笑、刘春山、陆希希等联络同道，以"全沪滑稽大会串"名义，为难童教养院筹集经费，演出了大型戏剧《一碗饭》。内容是揭露"米蛀虫"的恶劣行径，演出借鉴文明戏的演技，运用独脚戏的滑稽套子，采取滑稽大会串那样的形式。演出反响强烈，获得成功，这是独脚戏向滑稽戏演变发展的开始。其实在此以前，上海也存在"趣剧"的演出，主要是文明戏中的滑稽片段，有时也用"滑稽戏"的名称，但真正意义上的滑稽戏的尝试似乎应是始自《一碗饭》。1942年江笑笑、鲍乐乐组建"笑笑剧团"，相继编演了《荒乎其唐》《瞎子借雨伞》《火烧豆腐店》等滑稽戏剧目。不难发现，滑稽戏与此前的独脚戏（滑稽）许多保留剧目名称相同，只不过在演出时有所扩展和变化，这也恰好说明了二者一脉相承的渊源关系。

如前所述，独脚戏自小热昏演变而来，滑稽戏则由独脚戏脱胎而来，小热昏是其源头，它们既有联系，又有区别。小热昏、独脚戏为曲艺形式，滑稽戏为戏剧形式。滑稽戏基本上演整本戏，采取一人一角。滑稽戏也以制造笑料为其特色，演出风格为近乎闹剧的喜剧，讲究情节滑稽，常常运用一些套子来结构情节，诸如"因小失大""自讨苦吃""出尔反尔""阴错阳差"等。表演夸张，剧中人物杂用各地方言，演唱时则用京剧、江浙一带的戏曲、曲艺的腔调以及民间小调、流行歌曲等等，由此也形成其鲜明的艺术特色。

而独脚戏（滑稽）虽云"戏"，实乃曲艺形式，也有人称为"南方相声"。表演以"一人多角，跳进跳出""方言造型"等艺术手段，来讲述故事、塑造人物。独脚戏发展至滑稽戏后，实现了"质"的飞跃，即由曲种过渡为剧种，二者并驾齐驱，相互影响，同属"笑的艺术"（喜剧艺术）。

而且滑稽戏问世后，独脚戏并没有因此而消亡，它仍然活跃于舞台，与滑稽戏并驾齐驱。由于两者的亲缘关系，演员也是两栖的，他们往往是既演滑稽戏，又演独脚戏，这也形成了一道独特的艺苑风景线。

1949 年中华人民共和国成立后，特别是进入改革开放的新时期以来，独脚戏、滑稽戏得到了新的发展，一批新的曲目、剧目相继涌现，一批新的名家脱颖而出。20 世纪 60 年代初，独脚戏中唱派一脉又打出了"上海说唱"的旗号，滑稽戏、独脚戏已成为江南艺苑中一枝色彩艳丽的奇葩。

总之，从小热昏到独脚戏再到滑稽戏的形成与崛起，一直跨越到 21 世纪的今天，风风雨雨迄今已经走过了百年的历程。期间有辉煌，有辛酸，有兴旺，也有困顿；近百年来涌现出一大批名家、笑星，出现了一大批名剧佳作。我们希望此书能通过一些真实史料，对流行在江浙沪一代的小热昏、独角戏、滑稽戏三者之间的产生、发展以及演变作一大致的梳理与研究，从中让我们了解到这三者之间的渊源关系与发展脉络，从而能够抚今忆昔、汲取经验，以增强继往开来的信心。生活需要笑，相信以为广大观众带来欢乐和笑声为宗旨的滑稽艺术，一定会与时俱进，给大众带来更多的笑声与欢乐。

第一章　杭州小热昏的缘起及其历史沿革

第一节　杭州小热昏的产生及其名称由来

　　杭州小热昏是一种民间说唱艺术，是源于杭州地区并在杭、沪、苏等地产生过一定影响的曲艺曲种。目前已知最早有关于杭州"小热昏"的史料记载是在《杭俗遗风》一书中。民国十七年（1928）杭州六艺书局出版成书的《杭俗遗风·补辑足本》（洪如嵩补辑）中有"小热昏"演出的介绍，翔实记载了小热昏艺人杜宝林在当时杭州街头卖艺的盛况。其中写道："有以说笑话，唱东乡调，借此号召买主而卖糖果者，其人诨名'小热昏'，一时颇负盛名，杭人妇孺亦无不知有'小热昏'者，足见其魔力之大矣。唱卖时，不论何处空场中，己则立于一长凳上，旁置糖若干。先鸣小锣一次，听者云集。然后说唱一次，卖糖一次。有欲听其再唱者，遂连购其糖，因而糖之生意鼎盛。一日，余偶过其侧，见围而听者，众以千计。若老若少，若男若女，无一人不吻张颐动，目注神凝。其号召力为何如耶，效小热昏而为之者，亦有数人，要皆不及远甚。"

因此，现在人们一提"小热昏"，往往将它与"卖梨膏糖"联系在一起，是有其历史渊源的。关于小热昏的缘起虽然有种种说法，但溯本究源大家比较认可的一种说法是源于清末杭州街头的"说朝报"。"朝报"，顾名思义，自然是早上卖的报纸，多系杭州的地方小报，内容自然也是当地和其他一些社会上的新闻趣事。由于当时的印刷技术所限，朝报都是石印的，因此质量较差。为了吸引读者，招徕过往行人前来买报，不少卖报人，一面当当当地敲着小锣，一面用大家耳熟能详的杭州方言念出报纸上刊登的主要新闻内容，时间一长，人们便把这种兜售报纸的独特形式称之为"说朝报"。

现在大家公认的对后世产生重要影响的杭州小热昏的"开山鼻祖"为著名艺人杜宝林。杜宝林并非出身艺术世家。其父在杭城弼教坊开木鱼店，杜宝林却生性喜爱文艺，无意继承父业。大约在1904年左右，他曾向浪迹江湖的苏州艺人陈长生（艺名马得利）学唱过民间小曲。后来当杜宝林看到用"说朝报"卖报的形式比较单一，且生意无大起色时，便在"说"的基础上加上"唱"的因素，他运用以前学过的民间小调，结合朝报上刊登的新闻内容，自编自演节目，在"说朝报"的基础上发展为"说唱朝报"，如此一来，表现手法丰富了，自然吸引了不少人的关注。由于"说唱朝报"这种形式生动活泼、滑稽诙谐，内容幽默风趣，唱词俚俗易懂，唱腔又是群众喜闻乐听的民间小曲，因此，这种"说新闻、唱朝报"的新形式，自然也就深得老百姓的喜爱。

小热昏艺人早期演出形式

　　当时杭州流行着一句俗语："大生意开当，小生意卖糖"。街头唱小热昏的卖艺者往往以卖梨膏糖作为自己赖以谋生的手段。杜宝林便尝试着将这种说唱兼备、贴近民众的说唱形式移植到卖梨膏糖上来。这种边卖梨膏糖边说唱，不仅时间上更为灵活，而且收入也比"卖朝报"多了不少。从此，这种深受民间欢迎的说唱形式便与卖梨膏糖结下了不解之缘。

　　其实，以唱曲带动卖糖，此种形式不独南方特有，用吟唱的方式沿街叫卖以达到推销商品为目的的叫卖方式在北方并不鲜见。迄今北方一些地方的卖货郎或推车或挑担，根据所卖货物的特点，边行走边吟唱，已成为民间民俗文化中一道独特的风景。据有的曲艺专家考证，用唱曲的形式来推销梨膏糖，并非杜宝林首创。早期的卖梨膏糖纯粹为一种商业行为，唱曲不过是一种辅助性的促销手段而已。它与杜宝林演唱的小热昏，说唱新闻等所形成的独立的说唱形式是不尽相同的。按照卖糖行业的说法，以唱曲来带动卖糖又分为"文卖"和"武卖"两种。所谓"文卖"即卖糖人为招徕顾客，一面熬糖，一面锉药末，在这个过程中边做糖边做一些吟诵式的吟唱，如"一包冰屑吊梨膏，二用药味熏香料；山楂麦芽能消食，使君子能打小儿痨"等等，唱词内容也多以介绍梨膏糖的药物、药性、药效等宣传词为主，而且卖糖的场所也是相对固定的，这种"文卖"的形式与艺术表演的关系不太密切。所谓"武卖"，是将梨膏糖事先熬制好，做成成品后，在街头巷尾作场时以唱小曲、说笑话来招徕买主。此时的"武卖"多为一人独挡，唱说并重。唱以民间小调为主，配以小锣、三敲板（一作三巧板）等乐器伴奏来烘托气氛；说主要讲一些能够引人发噱的古今小笑话，俗称"小卖口"。相对于"文卖"的定点（有固定场所），"武卖"艺人则多浪迹江湖，流动于浙、沪、江一带卖糖献艺。

杭州在清末以来已出现了作场卖梨膏糖者，即所谓的"武卖"。据曲艺理论家缪依杭撰文介绍，清同治年间有"武卖"艺人应贵山（又名应宝生），说唱小热昏在当时颇有影响（详见《滑稽艺术家杜宝林与江笑笑、鲍乐乐》一文）。综合现有资料，我们大致可以推断出有史可查的最早的卖糖人应是应贵山和赵阿福（艺名天官赐），稍后又有陈长生（艺名马得利）较有影响。有些研究者称陈为应贵山的徒弟，也有人认为陈为赵阿福的学生，当然也有可能陈长生向二人均学过艺。

关于"小热昏"的来历还有一种说法，不妨抄录如下，以供识者详考。

通常认为小热昏是清末民初杭州人杜宝林所创，后据史家考证，小热昏的出现应在 1880 年左右，首唱者为当时苏州一带叫卖梨膏糖的赵阿福（艺名"天官赐"）。由于唱词大多幽默诙谐，不时还充斥着几句令人捧腹的插科打诨，再加上少许黄色小段子作为"佐料"，常引起围观者的笑声。当然，有时因随口编排的时事新闻，内容荒唐离谱，也会遭来巡警的驱逐或拘押。赵阿福就以"哩今朝热昏哉，唱格事体勿作数格"作搪塞，于是"小热昏"就被称呼开来。

赵阿福开创"小热昏"后 10 年，其徒弟陈长生（艺名"小得利"，一说"马得利"）来上海，在天后宫（今河南路桥北堍）卖梨膏糖，于是"小热昏"也被传入上海。到 20 世纪 20 年代，有一批"扬州帮"卖梨膏糖的艺人出现在上海滩，他们手推一辆独轮车，走街串巷，车上是各式梨膏糖，车到人多热闹的地方，拉起老式皮老虎手风琴，哼着扬州小调推销梨膏糖，成为"小热昏"的另一种表现形式。

有专家考证，赵阿福（天官赐）在杭州街头卖梨膏糖前，先用小曲唱《五子登科》，但内容、唱腔均过于简单，因此产生不了多少吸引力。而陈长生（马得利）在卖梨膏糖前则演唱《上轿十杯酒》（西调，又名杭州小调［手扶栏杆］），所唱唱词则由杭州人吴敬唐（号叩天生）所撰。

杭州人杜宝林早年曾拜陈长生为师，他虚心好学，加之天资颖悟，因而继承了老师不少演唱风格。1906 年他与老师苏州分手以后到了杭州，从此开始了独立唱曲卖梨膏糖的演艺生涯。他一人独挡，唱说兼重，在作场时，用敲击各种变化的小锣来作为伴奏乐器。应该说此时的演唱还是一种养家糊口的谋生手段。

杜宝林仍然坚持"说朝报"时即兴编演的传统。清末民初，正是社会动荡、内忧外患的时期，天灾加人祸的黑暗社会现实产生了众多的社会新闻，因此，杜宝林便在说唱中增添了社会新闻的重要内容。除了演唱当天发生的新闻故事外，他还编演一些当时发生在社会上的趣闻逸事，嬉笑怒骂、插科打诨。因为说的都是发生在老百姓身边的人和事，这样一下子就拉近了自己与顾客的距离，很容易引起听众的共鸣，杜宝林的演唱就越来越受到大家的欢迎。

杜宝林又是一个善于学习和吸收的人。他把赵阿福《五子登科》的形式吸收过来，却不用小曲唱，而是吸收了"文卖"时的吟诵方式，也易于演唱种种长短句式。时间一长，人们便把这种自度曲称为"小热昏调"或"锣先锋调"，他又把从老师陈长生了那儿吸收来的唱民歌小曲的方法用来唱新闻故事。另据缪依杭先生《滑稽艺术家杜宝林与江笑笑、鲍乐乐》一文记载，当时杜宝林卖的并不是严格意义上的梨膏糖，主要是橄榄糖、猪油糖、花生糖、豆沙糖等消闲品种。与其他卖糖者不同的是，他唱过开场，从小木箱里拿出糖来卖。糖卖完后并不急于走开，而是开始了与卖糖毫无关系的说唱表演。许多顾客久久不愿散去，最终等待的就是为了欣赏他的表演。而此时的杜宝林的主要身份不是卖糖者，而是卖艺人，卖糖只是卖艺的一种收费方式。杜宝林在卖糖过程中往往一身兼二职，既是卖糖人，又是卖艺者，他在吸收和继承前人的基础上，其娱乐性逐渐超过了商业性，身份也由卖糖者慢慢地向卖艺人转变。

当时，在卖梨膏糖的"武卖"艺人中大都有一个艺名。杜宝林早年学艺的师傅陈长生的艺名为"马得利"（一说"小得利"），取吉利之语，即马上得利之意。陈长生发展了老师应贵山的演唱特点，表演时谈天说地、插科打诨。由于江湖艺人自身的局限性，内容中不乏低级趣味的东西，曾受到一些自命清高的同行的鄙视，被贬称为"瞎热昏"。"热昏"原本苏州方言，为贬义词，意即人因头脑发烧而言行失控，以至于胡言乱语、胡作非为。杜宝林拜陈长生为师后，接过了师傅"瞎热昏"这一诨号的"衣钵"，自取艺名为"小热昏"，既表明了师承，同时也有自我调侃、自我解嘲之意，从一个侧面也反映了杜宝林的幽默和机智。

关于"小热昏"这一称谓的由来，1949 年后有些曲艺专家认为，"小热昏"不过是杜宝林自我保护的一种不得已的称谓。因为当时说唱新闻自然要触及到一些敏感的世情故事，艺人经常要借题发挥，趁机抨击、挖苦一下当局时政；加之，杜宝林为人耿直，口无遮拦，在那个"祸从口出""莫谈国事"的年代，难免得罪当局，惹来麻烦。为了避免有人站出来"板搓头"（找麻烦），他使用在苏州学得的"热昏"一词搪塞之，意即自己热昏瞎说，不能当真的。而杜宝林自己也认为"热昏"一词既谐趣，又上口，于是，久而久之，"小热昏卖糖"也就成了杜宝林的别名。从此，"小热昏"不仅成了杜宝林的艺名，也成了"说唱卖糖"的代名词，而"小热昏"的名字也伴随着历史的沧桑一直沿用至今。

杜宝林以"小热昏"作为艺名后，在先师陈长生等人演唱的基础上，通过自己的实践，逐步摆脱了卖梨膏糖商贩性演唱的属性，向着一种独立的说唱艺术形式过渡。

在这一方面，杜宝林的确是一个承前启后的人物。他不满足于像以前卖梨膏糖的艺人一样，只是简单地唱几首小曲或是说些小笑话（卖口）来吸引听众，而是不断地探索和尝试新的说唱表现形式。他把说唱新闻和生活趣事，逐渐丰富发展成为有一定故事情节、人物性格和矛盾冲突的、更具吸引力的演出节目，并且产生出"锣先锋""卖口""说唱""长篇"（亦称"送客"）等的表演程式，也为以后小热昏曲种的成熟打下了基础。

杜宝林把卖梨膏糖的商贩性演出彻底发展成为一种独立的曲艺艺术形式，实现了表演上的质的飞跃，而他将小热昏这种艺术形式推上杭州"盖世界"大舞台，则是实现这种飞跃的历史性标志。

民国初年，杭州湖滨花市路（今邮电路一带）建起了"盖世界"娱乐场，杜宝林受聘登台献艺，吸引了杭城大量观众，"小热昏"杜宝林的艺术影响和个人名声也日盛一日。时间大约在 1923 年至 1928 年年间，其时杜宝林约三十七八岁。老板见小热昏竟有如此大的号召力，便与他签订了演出合同。从街头艺术进入专业演出场所后，杜宝林考虑到舞台演出不同于街头卖艺，节目需要不断打磨，因此边演出边加工，努力适应舞台表演的需要。为了丰富演出节目和彻底摆脱卖梨膏糖时街头演出的影子，他大胆向其他姊妹艺术借鉴和学习，把杭州"隔壁戏"（口技）中的传统节目《萧山人拜门神》《瞎子借雨伞》《火烧豆腐店》《绍兴人乘火车》等改编移植过来，并吸收了隔壁戏中"学乡谈"（学说各地方言、俚语）和"吟叫"（模仿各种声响、学百禽鸣叫）的表演技巧，从而大大地丰富了自己的节目内容和艺术表现手段。

进入剧场演出后，大概意识到用"小热昏"这一称谓似乎有些欠雅，杜宝林便根据自己的表演内容与演唱特点，给自己的演出重新定了个新名堂——"醒世笑谈"。对此称谓，有的曲艺研究者认为是杜宝林的门人陈桂林在"大世界"挂牌演出时，以"醒世笑谈"自命曲种。其实，据 1927 年 2 月 17 日的《浙江商报》广告栏中载：

大世界共和厅楼上由杜宝林演出"醒世笑谈"。可见杜宝林走上舞台后，曾用过这个听起来更"雅"一些的名字演出过"小热昏"。但由于"小热昏"的叫法在民间深得人心，人们习惯上仍将这种脱胎于卖朝报、卖梨膏糖的表演形式称为"小热昏"，表演者便称为"唱小热昏的"。所以，尽管"醒世笑谈"名称听起来似乎比以前好听多了，但一般听众并不接受。考虑到杭州听众的欣赏习惯以及曲种名称的从俗性，再加上"小热昏"在民间中的影响，人们便把这门说唱艺术定名为"小热昏"，并一直沿用至今。

自从杜宝林将小热昏艺术带进杭州大世界舞台以后，这一民间艺术表演形式便正式告别了街头作艺，"史无前例"地登上了专业演出场所的大雅之堂。在以后的演出实践中，它逐渐具备了一个曲种所必备的条件，如有领军人物杜宝林，有一套比较完整的表演程式，有自己比较鲜明的表演艺术风格和特色，有一些观众喜闻乐见的代表性曲目，有一批在艺术上一脉相传且有一定知名度的代表性艺人。至此，我们才可以说一个新的曲种——"小热昏"诞生了。

综上所述，我们便会比较清晰地发现杭州小热昏这门曲艺艺术产生发展的大致脉络。它最早源于清末杭州街头的"说朝报"，后来又被卖梨膏糖的从业者吸收改造后发展为说唱并重的一种表演形式。起初不过是人们促销商品、赖以谋生的一种辅助手段，其中虽不乏自娱自乐的成分，但总体而言其娱乐性是从属于商业性的。而在卖梨膏糖的从业者中完成由"自娱"到"娱人"，由街头献艺到舞台演出这一过程的则是杭州人杜宝林。的确，在杭州小热昏艺术发展史上，杜宝林是一个里程碑式的人物。他在继承"说朝报、唱新闻"的基础上，坚持说唱艺术的民间性与群众性。他善于学习和吸收，转益多师，虚心求教，在前辈艺人赵阿福、应贵山和老师陈长生等人的熏陶和影响下，将"卖梨膏糖、唱小热昏"这一源于民间的艺术形式推向了一个新的高度，使小热昏完全脱离了依附于卖梨膏糖这一形式的商业属性，也最终使这门民间说唱艺术由"下里巴人"一跃登上了城市大舞台。作为一名优秀的表演艺术家，杜宝林广采博取，不断汲取其他姊妹艺术的营养，将"隔壁戏"、相声等的表演技巧与手法借用到自己的表演之中，移植改编了许多为广大群众所喜爱的保留节目，丰富了小热昏的表现形式与内容，使小热昏艺术不断走向成熟，从而使其成为一门独立的深受人民群众喜闻乐见的说唱艺术。

第二节　杭州小热昏艺术发展的全盛时期

前面讲过，作为小热昏艺术的一代宗师，杜宝林将其完全摆脱了卖梨膏糖的商贩性演出，并发展成为一门独立的曲艺艺术，一时间"小热昏"三个字名播四方，仿效者、学习者很多，也使这门艺术在 20 世纪 20 年代末至 30 年代初进入了全盛时期。

说来有趣，小热昏这门民间说唱艺术自诞生之日起，无论是"说朝报"，还是"卖梨膏糖"，都与商业活动有着密切的关系。而其作为一门独立的艺术从脱离街头演出到正式登上舞台，也与商业活动有着很大的关系。

1921 年杭州大世界游艺场建成以后，杜宝林之所以能够把小热昏带上艺术表演的大雅之堂，除了自己技艺精湛、好学上进外，客观上也借助了南洋兄弟烟草公司的外力助推。

　　当时作为民族工业的南洋兄弟烟草公司，由于受到外烟的冲击，市场销路受到了一定影响。为了与外烟抗衡，谋求更大的发展空间，公司开展了广告战。

　　作为深受杭城广大市民群众所喜爱的小热昏艺术，由于来自民间、源于生活、贴近百姓，而且表演形式灵活简便，因此很受劳苦大众的欢迎。南洋兄弟烟草公司正是看中了这一点，公司决策层非常重视民间说唱艺术的宣传鼓动作用，想利用其打通市民阶层、劳动群众之间的销售渠道。于是公司邀请小热昏著名艺人杜宝林等人在杭州的主要城市门口，搭起广告大棚，作巡回演出，一时间全城为之轰动。

　　这段时期大致在 20 世纪 20 年代中叶，其时杜宝林 30 多岁、40岁不到，正是年富力强、演技日臻成熟的"黄金时期"。通过巡回演出，小热昏这门艺术更是深入民心。杜宝林的听众中有些青年开始模仿和学习他的这种演唱形式，开始是"玩票"（票友学唱），后来有的效仿者干脆就拜在了杜宝林门下，"下海"作艺，"玩票者"正式走上了职业演唱的道路。另有一些人，如 20 世纪 20 年代，先在杭州作艺，后在 30 年代的上海名重一时，号称"滑稽三大家"之一的滑稽表演艺术家江笑笑（也称阿会，一作阿魏），当年就曾是杜宝林的忠实观众。他被杜宝林表演的小热昏艺术所折服，从表演形式到节目内容都全面地学习与模仿，不少杜宝林的拿手节目他都烂熟于心。因此，江笑笑也自始至终以杜宝林的私淑弟子自称。

　　杜宝林在杭州城演出获得成功之后，南洋兄弟演出公司又聘他到富春江两岸及余姚、临平等地演出。此时的杜宝林或单独演出，或与同受烟草公司资助的"文明戏"（早期话剧）同台献艺，进一步扩大了小热昏在杭州及周边地区的影响。杜宝林和他的小热昏艺术也声名远播，当时向杜宝林拜师学唱小热昏的艺人达二三十人之众，各地的娱乐场所中几乎都有小热昏在演出，小热昏艺术进入了一个鼎盛时期。

将小热昏艺术推向鼎盛时期的杜宝林，一生从事演唱活动大约20年左右，30岁以后是他艺术的成熟时期。他在早期时的表演是一人独挡，唱说并重。唱的曲调以民间小调为主，以小锣或竹板、木板之类简单的打击乐器击节伴奏，形式比较单一。说则是讲各种小笑话（行话称"小卖口"，类似北方的单口相声），学各种方言土话，南腔北调，靠的全是嘴皮子功夫。表演时则一人多角，跳进跳出。杜宝林成熟时期的表演主要以说为主，唱功相对较弱。其中的原因便是在这一时期，由于杜宝林经常在外露天作场，辛苦经营，风雨无阻，加之个人好酒嗜饮，自然导致嗓音失润，这对一个吃"开口饭"（靠嗓子吃饭）的人来说，无疑是一个致命的打击。无奈之中，他便很少表演"柳活"（曲艺行话，指表演展示唱功的作品），只好以说为主。杜宝林由过去的唱说并重转为单纯的说，在表演形式上稍嫌单调，他所表演的节目内容自然也受到了一定的限制。

随着时代的发展和人们欣赏水平的不断提高，观众不再满足于一般的单档表演，尤其是以说为主的节目往往需要搭档的陪衬与烘托。杜宝林头脑灵活，他根据演出需要及时地聘用一名"下手"与其搭档。他作为"上手"，与"下手"的关系类似于北方对口相声中的捧逗关系（行内称之为"双卖口"）。据有关资料介绍，与杜宝林搭档为其做"下手"者不乏才华出众、演技超群的人物，如曾经以唱绍兴黑头著称的张鉴庭，以表演文明戏见长的张樵侬等。杜宝林与从事不同艺术门类表演的演员搭档合作，一方面兼收并蓄、广采博取，将其他姊妹艺术的表现手法吸收到小热昏中化为己用，极大丰富了原有的表演手法与表现内容；另一方面，小热昏后期这种一搭一档、一捧一逗的"双档"说表方式，在"上下手"的共同努力下日趋成熟，这直接导致了"独脚戏"（即"滑稽"，亦有人称其为"南方相声"）在今天舞台上的成型，并最终成为一种更为成熟的曲艺表演形式。与杜宝林直接搭档的张樵侬后来到上海发展，成为名闻上海滩的滑稽名家。而一直以杜宝林私淑弟子自称的杭州人江笑笑，被后人尊为"滑稽三大家"之一。杜宝林的小热昏艺术均对他们产生过深远影响。这也有力说明了小热昏与独脚戏的渊源关系，也可以说是小热昏直接孕育了迄今在舞台上仍深受观众欢迎的独脚戏艺术。

　　与所有生活在半殖民、半封建社会的民间艺人一样，作为小热昏一代宗师的杜宝林，虽然将这门民间说唱艺术推向了成熟，但遗憾的是他个人文化水平不高，这直接影响了其原创节目的文字传承。到目前为止，尚未发现杜宝林演出的节目用文字方式完整地记录流传下来。其原创作品只能从一些与他合作过的老艺人的零星回忆片段中，大致可见到些许影子。

　　尽管杜宝林的文化水平不高，但他所表演的小热昏艺术的民间性与群众性，又决定了他这一形式必须"从民间中来到民间中去"。20世纪二三十年代，当时兵荒马乱的社会现实，动荡不安的生活环境，使饱受封建军阀和帝国主义双重压迫的杜宝林激发了自己的社会正义感。他以自己的人生阅历和艺术实践，结合当时严酷黑暗的社会现实，编演了许多具有反帝反封建色彩的优秀节目。如反映当时军阀之间为争夺地盘而进行的非正义战争的"齐卢战争"（又称"江浙战争""甲子兵灾"，是指 1924 年发生在江苏督军齐燮元与浙江督军卢永祥之间的战争），他编演的节目《厨房间的战争》中的"炉子反王"，就是以小热昏惯用的"谐音法"来影射、反讽这一事件中的主角。还有反映震惊中外的工人领袖共产党员顾正红惨遭杀害的"五卅惨案"等作品。这一切都说明，以诙谐滑稽见长的小热昏，并不总是以嬉皮笑脸"耍贫嘴"的形象出现在大众面前，所表现的内容也不仅仅局限于家长里短或卖弄笑料，而是紧跟时代，表演一些为劳苦大众所关注的社会时事与"热点话题"。不仅有调侃戏谑之作，也有金刚怒目、横眉冷对之作。比起纯逗乐子的作品，那些贴近生活反映现实的严肃作品更具有人文价值与社会批判精神。这不仅成为杜宝林从艺生涯中的"闪光点"，也在杭州小热昏艺术发展史上留下了光辉的一页。

正因为如此，杜宝林才被观众和同行称为"白目才子"。"白目"意思与北方的"白丁"相近，浙江方言本是对缺少文化素养者的嘲讽。"白目"后面又加上"才子"，不仅反映了广大观众对杜宝林及其表演艺术的喜爱，也反映了其节目浅显易懂、通俗入耳同时又具有一定文化内涵的特点，也可以说"白目才子"既是对杜宝林个人艺术风格的高度概括与总结，又是广大观众和同行对他的最高褒奖。

1930 年，正当杜宝林的艺术渐入佳境，小热昏的影响日盛一日时，这位将小热昏艺术从街头作场带入城市大舞台演出，呕心沥血、兢兢业业将这门民间说唱艺术推向成熟的"白目才子"、一代宗师却英年早逝。年仅 40 岁的他过早地离开了他钟爱的小热昏艺术，这不能不说是小热昏艺术发展史上的一大憾事。

综上所述，不难发现，在杜宝林所表演的小热昏节目中不外两大类。一类为结合当时时事创编的以社会新闻为题材，形式上散文体的笑话与韵文体的唱词兼用，如"齐卢战争""五卅惨案"等作品；另一类以说为主的节目大多吸收自其他文艺形式，由他做了适合口头表演的改造与加工，如吸收自"文明戏"的《黑籍冤魂》，吸收于民间故事与传说的《清和桥》《近视眼比赛》（也称《近视眼比目力》）等，吸收于"隔壁戏"的《火烧豆腐店》《瞎子借雨伞》《绍兴人乘火车》《萧山人拜门神》等。这里特别值得一提的是，杜宝林曾向隔壁戏著名艺人李宝林学习，将传统的隔壁戏加以改造利用，既保留了隔壁戏的方言、变声与噱头，又强调了"一人多角、跳进跳出"的角色表演，手法更丰富，与观众的距离更接近。因此，杜宝林和他的小热昏艺术广采博取，不断学习和借鉴姊妹艺术的长处，它不仅为后来独脚戏的成长塑造了骨架——灵活多变的形式，也为其进一步发展孕育了血肉——丰富多样的节目。所有这一切，都为独脚戏乃至滑稽戏的发展奠定了重要基础。在这个发展过程中，小热昏可谓功不可没。

20世纪二三十年代，由于杜宝林身体力行的艺术实践和不遗余力的推广，小热昏艺术不仅出现了一些深受广大人民群众喜闻乐见的节目，而且还出现了小热昏艺术成熟后的第二代传人。

杜宝林先生的嫡系传人，当首推丁友生（艺名小如意）。他从表演形式到表现内容上都继承了杜宝林小热昏艺术的衣钵，不但学到了老师的表演技巧，而且在"唱新闻、说新闻"的基础上，更好地发挥了自己的艺术天赋。

　　据著名艺人也是小热昏艺术的第四代传人安忠文（艺名筱翔飞）先生回忆，丁友生擅长演唱由新闻改编而成的节目，他有一定的文化底子，能编会写，且讲究所唱新闻的时效性。据说，他的消息比新闻记者还要灵通，当时全杭州城发生了什么重大事情，尚未来得及见报，他便用小热昏这种独特的说唱形式进行艺术化的"播报"了。

　　当时，丁友生说唱的新闻内容丰富、范围很广。大凡当时社会上出现的凶杀、海淫海盗以及家长里短等都成了他说唱的内容。但他说唱新闻并不是道听途说地瞎编乱唱一通，或者是单纯地卖弄嘴皮子以低级趣味招徕听众，而是以倡导正义、鞭挞邪恶、劝人行善为演唱宗旨。如他改编的《劝嫖》《劝赌》等作品，不仅在当时广为传唱，而且也成为后辈小热昏艺人经常演出的保留节目。久而久之，"说唱新闻"就成了丁友生的看家节目。他利用小热昏这种快捷、灵巧而又滑稽风趣的说唱形式，加上耳熟能详的方言俚语，并加以适当的是非评判，亦庄亦谐，寓教于乐，与广大听众的欣赏趣味一拍即合，自然大受人们的欢迎与喜爱。所以，"听小如意（丁友生）唱新闻去"便成为当年许多老听众经常挂在嘴边的一句话。

　　丁友生将恩师杜宝林小热昏说唱新闻的传统发扬光大，并影响了几代听众，充分发挥了曲艺艺术灵活、便捷的"轻骑兵"特点，在小热昏艺术发展过程中，他是一个发挥过重要作用的人物。

　　20世纪20至30年代，杭州城内说唱小热昏的场地，据不完全统计，有孝女路的江北大世界、井亭桥畔、龙翔桥边、拱辰桥张大仙庙等。夜场场地更多，河边桥畔，广场空地，甚至街头巷尾，都有小热昏艺人表演的影子。可谓灯影、人影触目尽是，锣声、笑声随处可闻。小热昏成为市民群众最为喜闻乐见的民间说唱艺术，成为杭城市民阶层休闲消遣的重要方式之一，也成为当时杭城市井文化中一道独特的人文景观。

作为杭城小热昏艺术的第二代传人丁友生，其门人可谓桃李满天下。在他的众多徒弟中，比较有名的就有朱克勤（艺名小百利）。在小热昏艺人这个表演群体中，朱克勤是一个不能不提的人物。他富有正义感和爱国精神，是一个不折不扣的爱国艺人。他宣传抗日的快板作品《八一三》一直传唱至今；另有洋洋洒洒长达万余字的《北伐》作品，合辙押韵，悦耳动听，演唱时如飞流直下，一气呵成，对后世影响较大。后来朱克勤由于宣传抗日惨遭日寇杀害，这大概是小热昏艺术发展史上最为壮烈的一幕了。

20 世纪二三十年代小热昏艺术发展的红火时期，比较有影响的艺人还有以擅长滑稽京戏著称的赵文生（艺名开口笑）、以接铜板毫厘不爽见长的张杏生（艺名小桂芬），当时同行们有这样的评价："长篇唱不过丁友生（小如意），快板唱不过朱克勤（小百利），铜板接不过张杏生（小桂芬），京戏唱不过赵文生（开口笑）。"由此可见，同为小热昏艺人，他们也是各怀绝技、各擅其长，这从一个侧面也说明了小热昏艺术的兼容性。

对于这一时期出现的有代表性的小热昏艺人，有的曲艺专家还提出了"四生"一说，这 4 位在当时齐名的"红档"即为：丁友生（小如意）、叶楚生（小得利）、赵文生（开口笑）、张杏生（小桂芬）。因为 4 人的名字中都带有一个"生"字，故有此说。我们不妨"立此存证"，以备后人研究考证。

当时的小热昏艺人除了在杭州演出外，还到宁波、金华、嘉兴与上海一带流动演出。流动演出的好处，一是扩大了小热昏艺术的影响，二是在交流过程中有选择地吸收了当地艺术的一些长处为己所用，从而进一步丰富了自身的表演技巧与手段。在表演形式上，自杜宝林开始，由过去单一的单档表演，出现了双档和夫妻档，表演形式和内容都大为丰富。1928 年，俞笑飞（艺名小如飞）拜丁友生为师，成为杭州小热昏艺术的第三代传人，他与妻子赵美英的双档"武卖"，可谓珠联璧合，相得益彰。他们夫妻二人不仅得到了恩师丁友生的嫡传，而且还根据各自的特长，吹拉弹唱，各显其能。这对"夫妻档"在当时影响很大。

当时加入小热昏演艺队伍并颇有建对的艺人还有丁友生的干儿子兼学生陈少璋（艺名小武林）及其弟子周红玲、罗笑峰、徐乐天、朱小龙等人；还有朱克勤的门生朱幼卿（艺名朱玲童），以及一向以杜宝林私淑弟子自称、后来成为"滑稽三大家"之一的江笑笑，此外，还有丁友生的徒孙朱铃赛、"女档王"王玉琴，等等。限于篇幅，兹不一一例证。

因此，这一时期，无论从演出形式，还是从演出内容，以及从有影响、有建树的演唱艺人来看，杭州小热昏艺术都达到了一个高峰，这一时期可以说是小热昏艺术发展的全盛时期。

第三节　杭州小热昏艺术发展的灾难时期

20 世纪二三十年代，正当小热昏艺术发展的红火时期，却因为天灾人祸、外忧内患而使这门民族民间艺术饱受重创。尤其是 1937 年"七七卢沟桥"事变以后，日寇入侵，艺人遭殃，小热昏艺术惨遭荼毒。自 1937 年杭州沦陷到 1945 年日寇无条件投降，这一阶段可以说是小热昏艺术发展的灾难时期。

首先，在 20 世纪 30 年代初，被后世艺人奉为杭州小热昏艺术"开山鼻祖"的杜宝林因病英年早逝，这自然给后来小热昏艺术更好地继承与发展带来了不可弥补的损失。

如果说在 20 世纪 20 年代到 30 年代初期，尽管社会秩序也较为动荡，老百姓的生活也较为清苦，但小热昏作为一种地域性较强的民间说唱艺术，在相对安定的江南地区一带还是得到了长足发展。然而好景不长，1937 年卢沟桥事变以后，日寇大举入侵，中国抗战全面爆发，整个中华民族处在生死存亡之中。国破家亡，生民涂炭，作为生活在下层的艺人岂能幸免？在这种情况下谁还有闲情逸致去听什么小热昏？

日寇南侵，杭州沦陷后，艺人们挈妇将雏，为躲避兵燹，四处逃难，成天疲于奔命，过着朝不保夕的生活，哪里还有心思和精力从事小热昏这门说唱艺术，更不用说进一步发展提高了。有的小热昏艺人纷纷放弃说唱改做他行。有的小热昏艺人避难逃到乡下后，迫于生计，不得已只好重操旧业，又说唱起了小热昏。但此时的演出主要是为了糊口，根本成不了什么气候，更谈不上艺术上的创新、出新了。加上日寇"三光"政策，在"莫谈国事"、因言致祸的白色恐怖中，小热昏艺术陷入了低谷。

由此可见，日寇入侵，八年抗战，不仅给杭城的生计带来了巨大灾难，也使小热昏艺术发展蒙受了致命的摧残。

第四节　杭州小热昏艺术的新生

1949 年中华人民共和国成立以后，像其他民族民间艺术一样，作为"下里巴人"的民间说唱艺术小热昏也重获新生。一向处在社会底层的艺人翻身做了主人，艺人的社会地位得到了空前提高。

对于广大小热昏艺人来说，的确是新旧社会两重天。对此，杭州小热昏艺术的第三代传人、艺人俞笑飞（小如飞）就是最好的明证。他在旧社会演出时饱尝辛酸，经常被人瞧不起，他演唱的小热昏也被人视为"叫化子艺术"。一次他到有钱人家唱堂会时，受到极大的污辱，被斥责为："啥个'文明戏'，一点不滑稽；一只破箱子，三个叫化子……"由此可见当时艺人社会地位之低下。

杭州一解放，俞笑飞即受到人民政府的重视，被聘请到市文化部门工作，并授权将以前各自为战、自由散漫的街头艺人组织起来，先是由"三社"入手，即杭剧春秋社、评话温古社、杂艺改进社。20 世纪 50 年代又成立了"杭州市戏曲改进协会"，并由俞笑飞担任主任委员，在他的召集与组织下，许多小热昏艺人都被吸收为会员。这样，过去像一盘散沙的民间艺人，被政府出面组织起来以后，积极性被调动起来，干劲倍增，演出热情也空前高涨，纷纷投入到老节目整理改编、新节目创演的热潮之中。1958 年杭州市成立了"杭州曲艺团"，俞笑飞被任命为团长，同时组织联谊滑稽剧团，也是由他负责的。由于他在曲艺界的影响与贡献，浙江省曲艺工作者协会成立以后，他被推举为首任主席。从此，这位在旧社会饱经沧桑、历尽坎坷的老艺人重新焕发了艺术青春，他亲力亲为，兢兢业业，团结了一大批艺人，在挖掘、抢救、继承、弘扬杭州民间戏曲、曲艺艺术等方面立下了汗马功劳，在广大艺人中间留下了极好的口碑。

在俞笑飞的鼓动和宣传下，许多从旧社会走过来的曲艺演员纷纷加入到新组建的文艺团体中来。1953 年，参加抗美援朝慰问团演出回杭后的知名曲艺演员吴剑伟，在俞笑飞的热心帮助下，成立了杭州市曲艺团的前身——杭州市曲艺说唱队。当时经常上演的曲艺形式有小热昏、独脚戏、杭曲、鹦哥戏，等等。为配合当时的政治形势，说唱队编演了许多节目，经常深入到工厂、矿山、企业、海岛、城乡等基层演出，对活跃当地群众的文化生活，宣传新社会出现的新人新事新风尚，都引起了良好的社会反响。尤其值得一提的是，杭州小热昏的第四代传人安忠文（艺名筱翔飞），将浙江著名剧作家顾锡东创作的同名唱词《比媳妇》改编成同名小热昏（当时称"小锣书"）演唱，宣传新社会新风尚，在当时深受广大人民群众的喜爱。1958 年 8 月，在浙江省曲艺家协会的推荐下，参加了全国曲艺汇演并大获成功。由于这个节目立意好、手法巧，加上安忠文的表演绘声绘色，因此被邀请进中南海为中央领导演出，受到了周恩来、董必武等党和国家领导人的亲切接见。这在当时引

安忠文在杭州河坊街表演杭州小热昏

起了很大的轰动，报刊评论说"小热昏唱进了怀仁堂……"的确，从旧社会不登大雅之堂靠摆摊谋生的"街头艺术"，到进入中南海怀仁堂演出，并受到党和国家领导人的接见与好评，对小热昏而言可以说是"一步登天"。这不能不说是小热昏艺术发展史上最值得大书特书的辉煌一笔。当时安忠文演唱的《比媳妇》还被灌制成唱片发行，安忠文还经常为工农群众和文艺爱好者进行辅导，所有这一切都扩大了小热昏在民间的影响，小热昏这一独特的艺术形式也重新为人们所熟悉。

随着时代的变迁，小热昏在中华人民共和国成立后的一段时期被人们称为"小锣书"，往往有人将二者混为一谈。这里有必要将其名称来源交代清楚。

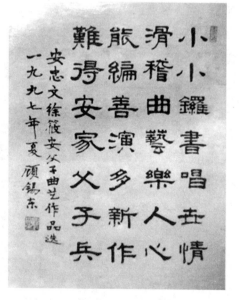

著名剧作家顾锡东为安忠文徐筱安父子题词

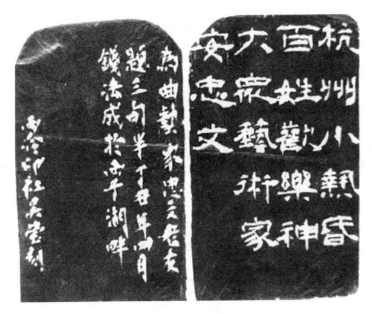

艺术家钱法成为安忠文题词并由吴莹篆刻

小锣书，其实是小热昏演出中的一种形式——锣先锋，它是整个演出过程中的有机组成部分。它最早源于说唱新闻、卖朝报，后来被以杜宝林为代表的卖梨膏糖的艺人发展成为说唱时事新闻、生活趣事、民间笑话的"小热昏"。随着这种说唱形式在民间的影响，在20世纪20年代末期"小热昏"曾以"醒世笑谈"的名义在舞台上演出。名称似乎听起来"雅"了不少，但广大听众似乎并不买账，因为"小热昏"这个名称易记易懂且早已深入人心，因此，大家还是愿意把这种民间说唱形称之为"小热昏"。

而"锣先锋"为"小热昏"的开场小段。原为小热昏在开唱之前，以小锣为打击乐器，有节奏、有变化地敲打一段小锣，以唱为主，间以说白，既作为说唱前的"过门"，又可以烘托气氛，招徕听众，因此称这种形式为"锣先锋"，艺人行话称为"吊棚"，传统曲目有《水果招亲》和《蔬菜打仗》等。至于"小锣书"的称谓，据原杭州市曲艺团团长徐永华回忆，1972 年，"文革"接近尾声，同年 12 月 9 日至 21 日，杭州市文化局举办"杭州市地区部分专业文艺团体和业余文宣队联合演出"，当时专业剧团参演的剧种有京剧、越剧、绍剧、话剧、婺剧、睦剧等，全是小戏或"样板戏折子戏"。业余宣传队参加演出的比重很大。在讨论演出说明书上，其他剧（节）目都没有问题，而在一张曲艺演出说明书上，演出形式上署名"小热昏"的蒋子龙的《知了叫了》，大家觉得"吃不准"，当时心有余悸，"小热昏"这个名字属不属于"复旧"？为了不至于取消掉这个节目，不得已大家便想出了一个折中方案——改用一个别的名字来取代"小热昏"。当时在局里分管联系滑稽和曲艺工作的徐永华提议说，上海有"沪书"，湖州、桐乡有"钹子书"，"小热昏"可以不可以叫"锣书"？因为小热昏演出时敲的是小锣而不是大锣，前面再加上一个"小"字，所以便成了"小锣书"。大家感觉此提法不错，既形象又比较贴切，所以获得一致通过。从此"小锣书"便替代了"小热昏"。因此说，"小锣书"实际上是由传统"小热昏"其中的一种形式——"锣先锋"发展来的，而不是它的全部，有人将其视为另外一个独立的曲种是欠妥的。

"文化大革命"开始后，十年浩劫，小热昏像其他民族民间传统艺术一样，在劫难逃。小热昏、独脚戏被视为封、资、修的东西被打入冷宫，许多艺人受到运动冲击纷纷解散，整个文艺百花园一片凋零。杭州小热昏这种深为民众喜爱的民间艺术，自杭州沦陷的1937 年至 1945 年之后，经历了历史上的又一重大灾难时期。由于

"文革"的原因，小热昏没有沿续中华人民共和国成立后良好的发展势头，因此也错过了历史上最好的发展时期，这门杭城土生土长的民间说唱艺术处于停滞期。当然，"文革"期间局部地区的个别艺人也有零星的演出，但已形不成什么气候了。

第五节 杭州小热昏的现状

进入改革开放的新时期以来，杭州文艺百花园逐渐复苏，随着各项文艺政策的落实，湮没已久的小热昏艺术又重新走进了人们的视野。

杭州小热昏演员徐筱安早年演出照

在杭州提到小热昏的现状，不能不提安忠文、徐筱安父子。安忠文，艺名筱翔飞，是杭州小热昏艺术的第四代嫡系传人，也是毕生从事了一辈子小热昏表演艺术的人，可以说他几乎见证了小热昏的兴衰发展历史。他1925年出生于杭州市，从小家境贫寒，迫于生计，只好走上了一条求师拜艺之路。当时杭州流行的一句俗谚是："大生意开当，小生意卖糖"。而旧时杭州卖梨膏糖是街头唱小热昏的卖艺者赖以谋生的手段。观众以买糖代替买票，如果噱头足、唱得好，自然就吸引了更多的人，卖糖的艺人一天下来收入还是不错的。因此，安忠文下定决心，一心一意要吃小热昏这碗"开口饭"。1942年，安忠文在杭州祖庙巷正式拜小热昏艺术的第三代传人俞笑飞（艺名小如飞）为师，从此开始了他演唱小热昏艺术的生涯。他幼年时曾在杭州玄坛弄读过一年私塾，后因家贫无奈辍学。他记性好、悟性高、肯用功，被人们称为"半支笔杆子"，因此，在小热昏艺人中文化水平还算是高的。中华人民共和国成立后，他曾结合当时社会现实创编演出了不少为大家喜闻乐见的新段子。1958年，安忠文进入由其老师俞笑飞先生任团长的杭州曲艺团。同年，全国第一届曲艺汇演在北京举行，安忠文应邀进入中南海怀仁堂为周恩来、董必武等党和国家领导人演唱了根据顾锡东同名唱词改编的《比媳妇》，受到了好评。这是安忠文代表小热昏艺人第一次进中南海怀仁堂演出，是小热昏演艺史上的一个"闪光点"，在小热昏艺术发展史上留下了重要的一笔。

"文化大革命"期间，安忠文和他的小热昏艺术饱受摧残。安忠文被打成"现行反革命"，被迫躲进诸暨老家，不能公开演唱自己的心爱的小热昏艺术，只好偷偷摸摸地为自己的朋友暗地里唱上几段。粉碎"四人帮"后，安忠文才得以重返舞台。安忠文之子徐长根

（艺名徐筱安），得其父真传，全面继承了祖传小热昏的衣钵。1980年，浙江省职工文艺汇演，徐筱安与父亲合作表演了小锣书段子《来阿来》，而且在演出时徐筱安大胆尝试别开生面拉来了一支小乐队为其伴奏。与传统的小热昏表演程式相比，用小乐器伴奏来烘托气氛，的确是小热昏艺术发展史上破天荒的第一次。此后安忠文、徐筱安父子又合作编演了一批有影响的剧目。1999年，安忠文从艺60周年纪念活动在杭州隆重举办，在杭的许多省市专家出席并欣然题词。其中著名剧作家顾锡东题诗为："小小锣书唱世情，滑稽曲艺乐人心。能编善演多新作，难得安家父子兵。"著名戏剧家、书法家、原浙江省文化厅厅长钱法成题词为："杭州小热昏，百姓欢喜神，大众艺术家——安忠文"。著名戏剧评论家沈祖安题词为："侧敲旁击真本领，潜移默化妙文章"。原杭州市文化局老领导孙晓泉题词为："书中蕴玉，口中含香。"对安忠文的小热昏艺术给予了高度评价。

这次纪念活动期间，还由杭州市曲艺家协会编辑出版了《安忠文、徐筱安父子曲艺作品选》，收录了父子俩整理、改编、创作、演唱过的一些小热昏、独脚戏等代表作品。这也是目前我们能够见到的为数不多的小热昏作品专辑。为了更好地了解小热昏的曲目，在这里我们不妨选录其中的部分曲目简介如下。

安忠文创作演出的《连环洞》（1958年）、《赵老五养猪》（1960年），以及根据顾锡东同名唱词改编的《比媳妇》（1958年），都是结合当时的生活现实、反映社会上出现的新人、新事、新风尚。1959年创作演出的"小锣书"《活包公》，则是反映"后进变先进"的一个社会典型。进入20世纪80年代以来，又创作演出了一些在当时产生一定社会影响的优秀作品。如1980年，安忠文、徐筱安父子合作编写、演唱的《来阿来》，鞭挞了结婚要彩礼的社会陋习，反映了"喜事新办"的社会婚俗新观念，在当时具有一定的社会现实意义与教育意义。而根据传统作品《蔬菜打仗》，整理改编的"童话式"或称"寓言式"作品《菜场新貌》，则通过拟人手法，绕有趣味地反映了"社会分工不同""各负其责、各显其能"这样一个浅显的大道理，具有很强的社会现实意义。"小锣书"《纠察队员张老头》（写于 1982 年）是一个社会治安题材的作品，反映纠察队员挺身而出、不畏邪恶、勇斗歹徒的精神，弘扬了一种社会正气。《阿强找对象》（写于 1983 年）反映社会上某些青年人爱慕虚荣，最终自食其果的一种社会现象，提倡人们要树立一种正确的婚恋观。《便宜货》（写于 1986 年）鞭挞了不孝敬老人、视老年人为"便宜货"的一种不良社会现象。《一只鸭毛儿》（写于 1987 年）反映的内容主要为奉劝大家要增强法律意识，"待人接物要谦让，精神文明顶重要"，不要因为鸡毛蒜皮的小事酿成大祸，以致触犯法律。《水果招亲》（写于 1988 年）运用拟人手法，通过"水果招亲"这一谐趣的故事，从一个侧面折射出当下社会一些人的"婚恋观"。《半斤八两》（写于 1989 年）反映青年人要树立正确的恋爱观，对那些爱慕虚荣的社会不良现象给予无情鞭挞。《香烟退婚》（写于 1990 年）与《水果招亲》堪称为"姊妹篇"，作者以拟人的手法、用童话的笔调，讽刺那些在婚恋中崇洋媚外、喜新厌旧的不良社会现象，语言诙谐，表演轻松幽默，有较深寓意，对启迪人生、教育年轻人都有一定的现实意义。《关于西瓜》（写于 1999 年）仍以拟人手法，以西瓜"自述"的方式讲述了西瓜在人们生活中的价值，是一个饶有生活情趣的小段儿。《水果打工记》（写于 1996 年）可视为"寓言童话类"

小热昏中的系列作品，作者仍以小热昏中惯用的传统拟人手法，以物喻人，反映了一个见义勇为的故事，具有一定的社会现实意义与教育意义。

总之，安忠文、徐筱安父子的小热昏作品，无论是根据传统作品整理改编的，还是源于社会现实生活创作的，不管反映的是家长里短，还是社会问题，都是发生在老百姓身边的人或事，因此深受广大群众欢迎。源于民间，反映的也是民间百姓的喜怒哀乐，这大概是小热昏艺术魅力之所在吧。

随着时代的发展和社会生活节奏的加快，高科技的电影、电视、网络媒体纷纷进入了人们的欣赏视野，人们的娱乐选择也呈现出多元化趋势。很多源于民间的舞台艺术面临着极大挑战与冲击，小热昏自然也不例外。杭州小热昏艺术的第五代传人徐筱安与第六代传人周志华虽说仍在零星地演唱小热昏，但似乎已很难形成大的气候，

周志华和徐筱安在杭州河坊街表演杭州小热昏

从事小热昏行当者已寥寥可数，表演者也面临着青黄不接、难以为继的局面。

　　徐筱安和周志华是合作了多年的黄金搭档，但他们目前的主要精力放在滑稽戏的编排和电视台的"方言类"节目录播上。尽管小热昏已很难找到昔日的辉煌，但作为小热昏的嫡传弟子，他们仍凭着自己对这门艺术的痴爱来做一些力所能及的宣传工作。杭州在举办西湖博览会期间，周志华就献艺杭州清河坊，用人们久违了的"小热昏"形式，边唱边卖杭城当地的土特产——天一牌梨膏糖，让人们重睹了昔年小热昏卖糖的风采。2004 年，在第七届中国艺术节上，周志华表演的小热昏《没有拆迁的拆迁户》，作为浙江省唯一一个曲艺节目，应邀参加 9 月 19 日举办的全国群星奖曲艺大会。故事很简短，大约 10 分钟左右，情节也不复杂，讲的是杭州一老人，因有一套地段较好的房子，自己的三个子女都"各怀鬼胎"，以拆迁为借口，让老人搬进自己的家，进而想把房子据为己有。讲的尽管是现代人的生活故事，却承袭了小热昏针砭时弊、贴近市民百姓生活的优良传统，充满了讽喻意味和喜剧色彩。该节目长演不衰，备受市民百姓的欢迎。2005 年 7 月 8 日第五届中国曲艺节开幕

周志华在表演小热昏

式在杭州隆重举行，该节目又被应邀参加演出，仍大受欢迎，由此也可窥见其在民间的生命力。

如今，借助电视这一进入千家万户的大众传媒，徐筱安、周志华、安峰以及著名绍兴莲花落演员翁仁康等人在杭州电视台生活频道的新闻评论节目《我和你说》《阿六头说新闻》以及喜剧类栏目《生活真开心》里担纲主播或主演，用杭州话等方言演绎发生在杭州地面上的事情。这正继承了当年小热昏"说朝报、讲新闻"，贴近生活、服务百姓的优良传统，某种程度上，可以说是传统的小热昏与现代的电视传媒结合后产生的"电视小热昏"，是小热昏在新时代借助传媒这个新平台以后产生的新形式，也可以说是小热昏艺术在电视荧屏上的"移步换形"——只不过当年的"梨膏糖"变成了当今的"收视率"。

因此，作为有着悠久历史传统和市民基础的杭州小热昏，在当前多方位、多元化的文化消费中想重振雄风，再现昔日的"红火景象"是不太现实，也是几乎不可能的。它作为一门民间说唱艺术和一种市民文化形态，正在逐渐被边缘化，进而淡出市民视线、退出演出舞台。不单是小热昏，全国其他地方的一些频危曲种也都难逃此厄运。这也是让每一个文化工作者所忧虑的事情。但它可以借助电视、网络等强势媒体，作为一种民间艺术的"活化石"，在一个相当长的时间内存在于市民的生活之中。当然，我们也欣喜地看到，2005 年 5 月 30 日浙江省第一批非物质文化遗产代表作名录公布，其中濒临灭绝的杭州土生土长的稀有剧种杭剧和曾孕育了独脚戏、滑稽戏的稀有曲种小热昏榜上有名，2006 年杭州小热昏被列入第一批国家级非物质文化遗产名录，随即一些保护和抢救措施也在有条不紊地展开，这对小热昏等民间说唱艺术而言，或许是一个福音吧。

第二章 从杭州小热昏到独脚戏（滑稽）

第一节 独脚戏的由来及其与小热昏等艺术形式的渊源关系

小热昏与独脚戏一脉相承，同属说唱艺术大家庭中的一员。不过小热昏表演时多为一人（单档），并且有小锣等伴奏乐器；独脚戏演出虽也有单档，但多为双档演出，在演出形式和笑料结构上更接近于北方的相声。

独脚戏，因为带有一个"戏"字，不明就里的人"望文生义"，往往将其视为一个地方剧种，其实它是江浙沪一带的一个曲艺曲种，又称"滑稽"，初创时期与小热昏的演出形式差不多，多为一人演出，故名"独脚戏"（也写作"独角戏"，现在通常写作"独脚戏"）。主要流行于上海以及江苏和浙江靠近上海的部分地区。在浙江主要流行于杭州、宁波、嘉兴、湖州、绍兴等地。以吴语方言演出，主要以上海方言（沪语）为主来表演。前面讲过，大约在 20 世纪 20 年代，由上海的"文明戏"艺人王无能吸收江浙沪一带流行的曲艺形式"小热昏""唱新闻""隔壁戏"等的艺术因素创始而成。不久出现了由王无能、江笑笑和刘春山为代表的一批著名艺人，其中王无能、江笑笑和刘春山三人成就最高、影响最大，被时人称之为"滑稽三大家"。他们的表演同时吸收有文明戏和相声的一些表现手法，形成了"说、学、做、唱"不离"滑稽"的艺术风格，并借助广播电台这个"空中舞台"而迅速扩大影响，成为广受大众欢迎的时新曲种。上海是是独脚戏的大本营，提到独角戏自然绕不过上海滩。上海独脚戏早期以口技摹学和杂学唱一类的节目为多，逐渐发展出以"学"为主的《学电台》《学话剧》《各地堂信》《关店大拍卖》，以"说"为主讲述人物故事的《金蛤蟆》《72家房客》《阿福上生意》，以"做"为主的《钉巴》《关亡》等节目类型。表演形式通常为一至三人通过喜剧性的"说、学、做、唱"来叙事故事、塑造人物、阐明事理，包括一人叙说兼有摹学的"单口"形式、二人表演的"对口"形式和三人以及三人以上表演的"群口"形式，以二人的对口表演较为常见。叙说幽默、摹学夸张和注重制造笑料。这几种表演形式与北方的相声非常相像，故有人也把独脚戏（滑稽）通俗地称为"南方的相声"，不过北方相声中的笑料行话称为"包袱"，而南方独脚戏的笑料则通常称为"噱头"。

江笑笑、鲍乐乐在表演独脚戏

除了影响最大的"母体"小热昏，杭州的隔壁戏、文明戏与独角戏关系密切，二者直接影响了独脚戏的成熟与发展。

首先理一下隔壁戏与独脚戏的关系。

隔壁戏是杭州比较古老的一个曲种，大约成熟形成于清代。它以"叫声"（亦名吟叫）和"学乡谈"作为自己的主要表演技艺。因此，在清人徐珂的《清稗类钞》中又称它为"口技"或"口戏"。隔壁戏可溯之源很久，追溯其两种表演技艺，可远推至宋代。据宋高承《事物纪原·吟叫》记载："京师凡卖一物，必有声韵，其吟哦俱不同，故市人采其声调，间以词章，以为戏乐也。"到了南宋，杭州这种"叫声"技艺很盛行。据吴自牧的《梦粱录·妓乐》记载："今街市与宅院，往往效京师叫声，以市井诸色歌叫卖物之声，采合宫商成其词也。"表演也相当出声："教乐所人员等效学百禽鸣，内外肃然，止闻半空和鸣，鸾凤翔集。"据周密的《武林旧事·社会》记载，当时杭州的吟叫艺人还有自己的行会组织"律华社"等。可见，这种表演技艺的源头是非常久远的。

另外，在当时杭州的瓦舍勾栏中，还盛行一种学说各地方言的"学乡谈"技艺，专业艺人有方斋郎等。把"叫声""学乡谈"这两种技艺作为主要表演手段，躲在布幔里表演，杭州人称之为"隔壁戏"，艺人行话则叫"暗春"。所谓"暗春"，意指只闻其声，而不见其人的表演。让人看见的演出，则叫"明春"。隔壁戏暗春节目比较多，也有少量在明处的表演。艺人把这两种演出形式又统称为"春戏"，故"隔壁戏"又曾名"春戏"。

清道光年间顾铁卿所著《清嘉录》记载："穿幕于壁，一人在幕中，作数人问答语，谓之'隔壁戏'。"《杭俗遗风》有"隔壁戏"

条曰："以八仙桌两张，横摆叠起，围以布幔，一人藏内，惟有扇子一把，钱板一块，作数人声口，鸟兽叫唤以及各物响动，无不确肖，初不料其一人所能也。此多与戏法连班而来者。"清代中后期，隔壁戏在杭州非常兴盛，常为人家邀请作"堂会"演出，以娱嘉宾。至民国初期，隔壁戏衰落，据《杭俗遗风·补辑足本》，其中"声色类·增补"在"隔壁戏"条目加按语称："今亦尤是，但于庙会中为多，亦有在闹市游览之地而间一为之者。"

由记载可知，隔壁戏以一人演出居多，偶有两人演出的。两张八仙桌相叠，桌前置以幕围，幕中开数洞，艺人将手伸至幕外，以各种手势作模拟性表演。演出者身体藏于幕后，模仿各种声响，如鸡叫犬吠、马嘶鸟鸣、婴孩啼哭、风声雨声、推独轮车声等，惟妙惟肖；艺人还擅长各种方言，称之为"乡谈"，常用的方言有杭州话、绍兴话、宁波话、萧山话、苏北话等。隔壁戏的表演形式与周密（1232～1298）所著《武林旧事》卷六所记载的南宋临安"瓦子勾栏"中的古代曲艺形式"吟叫"一脉相承，系经历史演变在清代的遗存。隔壁戏也是叙述故事情节的曲目，通过方言刻画各色人物。如1909年沪杭铁路通车，隔壁戏艺人编演《绍兴人乘火车》，颇受欢迎。

如前所述，艺人于幕后以口技、口语为主要表演手段的隔壁戏，称作"暗春"；在幕前表演的，称作"明春"。艺人以单弦、胡琴拉戏，拉出戏曲人物生、旦、净、丑的声腔，是一种用乐器演奏的拟声表演，艺人还兼在幕围前表演古彩戏法（俗称变戏法）。

隔壁戏在清代，以唱堂会为主，艺人多会小魔术（时称古彩戏法），演出仅一人。隔壁戏中有少量节目是在明处说唱的，其中以

《杭城一把抓》影响最大。《杭城一把抓》还把杭州城内的街巷编成唱词说唱，由于该节目内容发噱、有趣味性，因此很受听众的欢迎。该节目还被杭州的小热昏、武林班、杭滩等曲种艺人所吸收，成为他们的常演曲目。

隔壁戏到清同治年间在杭州很盛行。清末民初，隔壁戏除唱堂会外，开始进入街头或广场演出。当时，著名艺人有章志生（裁缝阿四）、大脚阿春、李连生、邵炳荣（麻雀儿）、何品三、潘美春、张兰芳、潘祖彬、张福坤（张和尚）、阿琦等40多人。另据《清稗类钞》记载，1911年，杭州隔壁戏艺人方寿山，还把此艺带到上海演出。隔壁戏在绍兴亦较流行。

民国初年，是杭州民间隔壁戏的全盛时期。仅杭州就有李连生班、潘祖彬班等5个隔壁戏班子。大的戏班子有演员13人，小的戏班子演员5至6人不等。1911年，杭州口技艺人方寿山，把隔壁戏带到上海演出，很受欢迎。1919年，李连生、潘祖彬和王阿其等著名的口技艺人，登上杭州"大世界共和厅"的舞台，轮流演出隔壁戏。

据统计，隔壁戏经常上演的节目有：《火烧豆腐店》《瞎子借雨伞》《绍兴人乘火车》《萧山人拜门神》《杭城一把抓》《小贩卖糕》《旺响》《卖母》《灶司传》《犯夜》《点名》《双骗》《罗梦》《产子》《赌鬼状元糕》《拜新年》《王小二过年》《怕妻》《百鸟朝凤》《半夜走路》《三家店》《捣乱百家姓》《打灶头》《点名》《巧遇》《醉鬼》《女婢》《扒灰》《尼姑养儿子》等等，后来的独脚戏保留节目大都由此而来。

20世纪20年代，杭州小热昏艺人杜宝林把隔壁戏中的《萧山人拜门神》《火烧豆腐店》《瞎子借雨伞》《绍兴人乘火车》《杭城一把抓》《王小二过年》等精彩节目和表演技艺吸收过去，并加以丰富、发展，演出效果比隔壁戏还好。因此，许多隔壁戏艺人亦逐渐改演曲艺小热昏，或转演杂技、小魔术。从此，隔壁戏逐渐式微直至消亡。

在这一时期，小热昏艺人杜宝林进入杭州大世界游艺场共和厅小舞台演出，遂将当时观众耳熟能详的隔壁戏"暗春"曲目如《火烧豆腐店》《瞎子借雨伞》《萧山人拜门神》《打灶头》《绍兴人乘火车》（后改名为《阿毛乘火车》）《狗推牌九》等改编成"双卖口"式的小热昏，即独脚戏的雏形。他与江笑笑合作，撤去幕围，改为直面观众表演，以简易的人物装扮、夸张的表演动作、风趣流畅口语艺术、惟妙惟肖的口技特长改变了初期独脚戏以"单卖口"说笑话为主的表演形式，形成双人、多人表演的格局。

此外，杭州的文明戏与独脚戏也有着密不可分的关系。

一般认为，文明戏为中国话剧的一支，又称文明新戏、新剧、通俗话剧，民国初年在杭州已颇为盛行。杭州城站的第一舞台除演出京剧外，也演文明戏。民国三年（1914）开业的盖世界游乐场，民国十年（1921）开业的大世界游艺场，文明戏都是其中的重要演艺项目之一，可见其受欢迎程度。

文明戏早期演出剧目主要为清装戏《张文祥刺马》《杨乃武》《清宫秘史》等，后又转向《情夫恨》《雌老虎》《妻妾争风》等以家庭争端为主要题材的时装戏。20世纪30年代末逐渐衰落。文明戏按中国戏曲行当（角色）分生、旦、净、末、丑，无固定演出脚本，称"幕表制"，即在后台张贴一张"幕表"，列明剧中场次、人物出场次序、大致情节和主要人物简略，无固定台词，演出中的台词内容由艺人在舞台上自由发挥。

在文明戏整本剧目（正剧）开演前，会有加演一段短剧，主要为招集吸引观众，同时也为整本剧作铺垫，时称"趣剧"，也称"等客戏"，如同戏曲中的"开锣戏"，无布景设置，在幕前演出，杭州人称之为"靡诃滑稽"，"靡诃"即"入迷"之意。由丑角二至三人演出，通常由为学艺不久、资历较浅的艺人表演，以插科打诨、滑稽的言语和身段取悦观众。

"趣剧"常演节目多为中国古典戏曲中以丑角为主的片段，如《绣襦记》中的《元和教歌》、《孟姜女》中的《过关》、《唐伯虎点秋香》中的《三约牡丹亭》，以及《约法三章》（后称《阿福上生意》）《红墨水》《吃白食》《大小骗》《查户口》等。人物装扮简单而夸张，艺人插科打诨、制造笑料，以滑稽而活泼的口语为特色，常临场发挥制造"噱头"，以引起市民阶层观众的兴趣。早期知名的杭州独脚戏艺人如江笑笑、鲍乐乐、黄笑侬、范哈哈、赵希希、俞祥明、徐笑林、张樵侬、杨华生、王一呆等均曾在杭州进行过文明戏之"趣剧"小戏表演。如20世纪30年代初，大世界游艺场有"智社通俗话剧团"（文明戏）演出，该团男艺徒为"剑"字辈，女艺徒为"莺"字辈，独脚戏艺人吴剑伟、刘剑士、王剑痕（毅君）、张慧莺均出自该团。早期传统独脚戏简易化装人物的部分曲目，也来源于"趣剧"小戏，由此丰富、拓展、强化了独脚戏的艺术表现力。

总之，独脚戏这一浙江曲艺品种，可以说是小热昏、隔壁戏、文明戏（趣剧）的艺术聚集体，于民国初期形成，20世纪20～30年代经由前辈艺人的创造而发展，20 世纪 40 年代中后期开始向滑稽戏演变。

第二节　新型娱乐场所的兴起
为独脚戏的表演提供了施展才艺的舞台

　　1911 年辛亥革命推翻了清王朝统治，结束了统治中国几千年的君主专制制度，建立起资产阶级共和国，开创了完全意义上的近代民族民主革命，推动了历史的进程。中华民国成立后的 1912 年 7 月，杭州拆除了钱塘门至涌金门的城墙，建了供游人游玩的湖滨公园，久封的西湖得以向市民大众开放。民国三年（1914），有商业头脑的人便在西湖东南角搭建起一所临时性的建筑——"盖世界游乐场"，这是当时杭州第一家综合性娱乐场所。虽设施欠佳，却拥有得天独厚的地理位置。进入游乐场的观众在观看演出的同时，又能一览山清水秀的西湖景色，可谓一举两得。盖世界游乐场与当时杭州城站的"第一舞台"以及拱宸桥畔日租界的戏园、茶楼相比，显得更时尚、更新颖，也更适合辛亥革命后市民大众的文化娱乐与休闲需求。与小热昏源于街头不同，独脚戏这一主要表现市民阶层生活情趣的民间说唱艺术，便是诞生于杭州这一新兴的娱乐场所内。

　　1914 年杭州盖世界游乐场开业后，以演出曲艺、杂耍和时称"新戏"的"文明戏（方言话剧）"为主。为吸引观众，聚集人气，盖世界游乐场邀请当时在杭州已经很有些名气的小热昏艺人杜宝林进场演出。杜宝林从摆地摆摊的街头巷尾卖梨膏糖作艺到进入大剧场演出，演出环境和听众都发生了变化，这就迫使他不得不摒弃了以往以卖梨膏糖为主要目的的表演形式，而是更强调了演出性。他采用小热昏中讲短段笑话（行话称为"单卖口"，现在也有人称为"清口"），唱"三巧赋"的形式进行表演，同时也吸收隔壁戏等艺术形式的一些表演手法。主要节目有为广大观众所喜欢的传统曲目《清河桥》《水果笑话》《打灯谜》《三皇五帝》《十二生肖》《长短夫妻》《特别三国》《赵钱孙李》《麻雀抬轿》等，以其独特的"说功"口语艺术表演，赢得了广大观众的喜爱与欢迎。这应该说是独脚戏表演的初始形态。

杜宝林不仅在演出形式上，就是在称谓上也一直在动脑筋。据1927年2月17日的《浙江商报》广告栏中载：大世界共和厅楼上由杜宝林演出"醒世笑谈"。可见小热昏艺人杜宝林离开街头走上舞台演出后，曾用过这个听起来似乎更"雅"一些的名字。不过或许过于"文雅"，不如小热昏的称呼更接地气，此叫法一直未流传开来。在演出时，杜宝林"跳进跳出"，一人演多角，并无其他角色助演。杭州方言把"角色"称为"脚色"，因此称此种表演形式为"独脚戏"。由此可见，小热昏与独脚戏并没有严格的边界，二者都源于民间，一个主要在街头撂地边演边卖梨膏糖，一个脱离了商业色彩更强调纯表演，也可以说独脚戏是小热昏的"升级版"与"改良版"。寻根溯源，杜宝林不仅是小热昏的开山鼻祖，无疑也是对后来滑稽戏产生过重大影响的独脚戏的创始人，而杭州盖世界游乐场等演出场所也成为独脚戏的孕育与诞生之地。

由于杜宝林的影响越来越大，社会上出现了一批追随者，如江笑笑（原名江文彬）、赵希希（原名赵云亭）、范哈哈（原名范良益）等，他们在杜宝林的影响与传授下，参与了独脚戏初创时期的演艺活动，继而赴上海发展，成为上海滩著名的独脚戏艺人。他们继承并发展杜宝林的说唱艺术，为上海独脚戏与滑稽戏的形成、完善与发展做出了很大的贡献。

民国初年，杭州西湖人气越来越盛，西湖及其周边成为重要的商业与游艺中心。民国十年（1921），模仿上海"新世界""大世界"等娱乐场所，占地7亩有余的"杭州大世界游艺场"在杭州仁和路开业。该游艺场规模宏大，其中坐北朝南两层楼的一楼是以演出曲艺为主的"共和厅小舞台"，设施相对完善，专门演出独脚戏、杭州滩簧、双簧，等等。此时，深受市民百姓欢迎和喜爱的杜宝林应聘从"盖世界游乐场"转为"大世界游艺场"演出，并长期在此献艺。杭州大世界游艺场非常适合广大市民与周边民众的娱乐休闲消费。杜宝林深知仅仅依托小热昏的短段笑话已经跟不上观众的审美娱乐需求，一直对杜执弟子礼的杭州人江笑笑经杜宝林推荐，先进入大世界游艺场的"迪社"文明戏剧团演丑角戏，后利用文明戏演出空隙，与黄杏珊在共和厅小舞台表演滑稽双簧。期间，杜宝林与江笑笑合作，将南宋时期遗存、清代称为"隔壁戏"的曲目《火烧豆腐店》《阿毛乘火车》《瞎子借雨伞》《狗推牌九》等，经过加工改编，以独脚戏的形式在共和厅小舞台演出。师徒二人配合默契，优势互补，小热昏中的短段笑话（即独脚戏的"单卖口"）与独脚戏轮番登台、交互上演，不仅丰富了上演曲目，而且也为独角戏的后续发展进一步奠定了坚实的基础。

杜宝林与江笑笑等人在杭州大世界游艺场"共和厅小舞台"成功演出，不仅培育了大量观众，更吸引了一批喜爱独脚戏表演的演员汇聚于此。其中就有浙江瑞安人鲍乐乐，他早年曾加入文明戏剧社，民国十三年（1924），与江笑笑合作于共和厅小舞台表演独脚戏。二人都在文明戏团体待过，江笑笑充"上手"，表演灵活机智，泼辣老到，说、学、做、唱无一不精；鲍乐乐充"下手"，负责"托稳、保平、引好"，表演沉稳冷峻，类似于对口相声中的"捧哏"与"逗哏"的关系。此后二人长期合作，成为珠联璧合独树一帜的"江鲍双档"，追随与传承者甚众。民国十六年（1927），江、鲍二人应邀到上海，在永安公司的"天韵楼"挂牌演出独脚戏，他们二人是在上海走向剧场、登上舞台的首档独脚戏艺人，在独脚戏发展史上具有举足轻重的地位。到 20 世纪 30 年代初期，杭州人江笑笑与当时上海滩著名的滑稽艺人王无能、刘春山被上海观众称为"滑稽三大家"，可谓名噪一时。除了江笑笑、鲍乐乐、黄杏珊等人，在共和厅小舞台演出而成名的江浙沪独脚戏名家还有黄笑侬、赵希希、徐笑林、朱聚生、张樵侬、杨华生、王一呆、胡九皋、吴剑伟等人。共和厅小舞台不仅是独脚戏成熟、完善和发展的重要平台，而且也是培育和锻炼独脚戏艺人成长的重要摇篮。

第三节　中华人民共和国成立后杭州独脚戏的发展

1949 年中华人民共和国成立后，包括独脚戏艺人在内的杭州曲艺杂技艺人参加了"杭州市戏曲改进协会"，主任俞笑飞最初学唱小热昏，后也演出独脚戏和滑稽戏。独脚戏艺人的社会地位得到了很大的提高，在"戏曲改进协会"的领导下，积极投身于新中国的文化建设，编演新曲目，反映新生活，同时对累积下来的传统曲目进行"取其精华，去其糟粕"的挖掘整理工作。

提及小热昏与独脚戏，小热昏的第三代传人俞笑飞是一个不得不说的人物。

俞笑飞（1914~1967）小名宝福，艺名"小如飞"。父母是小手工业主，在杭州下城开摇房（生产白丝）。俞笑飞在宝极观巷读书时就喜爱文艺，经常去大世界观看文明戏，并且熟悉了几个文明戏艺人。民国十七年（1928），在朱克勤的引荐下，俞笑飞投拜丁友生为师。第二年，为了避免家人的干涉，他和大师兄朱克勤的徒弟朱玲童开码头去嘉兴表演小热昏。数年后，俞笑飞和师妹赵美英在拱宸桥结了婚，从此后，夫妻档的武卖梨膏糖（小热昏在江湖上称为"武卖"）在杭、嘉、湖一带闯荡江湖演出。

赵美英身材修长，长相俊美，最拿手的是唱滑稽京戏，如《沙陀国借兵》《朱买臣》等段子。她自拉自唱九腔十八调，加上俞笑飞的敲打配合，夫妻俩在两只长凳的舞台上，竟然像一个京戏班子开锣，唱的有《江北甘露寺》《绍兴朱买臣》《宁波空城计》等。先是赵美英唱字正腔圆的正宗京戏，然后听俞先生唱方言的翻版京戏。《宁波空城计》唱得司马懿像个绍兴人，诸葛亮变成了宁波人，活灵活现，观众为之捧腹大笑，胃口吊牢。可惜赵美英英年早逝，俞笑飞失去了一位好伴侣。

抗战胜利后，俞笑飞和韩文英女士结了婚。他的艺名由"小如飞"改为俞笑飞。那时杭城的前辈小热昏艺人已大多作古，而俞的技艺早已成熟，在同行中可说是鹤立鸡群，一时声名大振，就是颇有声望的俞顺金（小福禄）也甘拜下风。当时还有俞笑飞的嫡系徒孙陈锦林（艺名小红森）虽也能别树一帜，但终究不能与他相提并论。

当时投在俞笑飞门下的人很多，如上海的李福祥、朱宝山，宁波的孙莲卿等。俞的第一个门生叫夏雨田（艺名小天嘻），后改行学医。第二个门生叫叶云登（艺名小天红），小名阿宗，原是评词演员。陈锦林就是夏雨田的学生。而周家奎（艺名小红云）则是叶云登的学生。俞笑飞的学生还有俞招友（艺名小天飞）、应福成（艺名小笑飞）等。另外，还有安忠文（艺名筱翔飞，也作小翔飞）及其弟弟安永林（艺名小一飞）。此时，可说是俞笑飞演艺事业的全盛时期。

杭州一解放，俞笑飞即接受政府聘请，到市文化机关工作，把一盘散沙的杭城街头艺人组织起来。先是分成三个社，即杭剧春秋社、评话温故社、杂艺改进社；后来又成立戏曲改进协会，俞任主任委员。1958年杭州曲艺团成立，他担任团长，并负责组建联谊滑稽剧团。由于他在曲艺界的影响与贡献，浙江省曲艺工作者协会成立以后，他被推举为首届主席。

中华人民共和国成立后，在"双百"方针和"二为"方向指引下，曲艺一直扮演着"轻骑兵"的角色，紧跟时代，反映现实，是曲艺艺术的优良传统。这一点在独脚戏艺人身上得到了充分体现。

抗美援朝战争爆发后，1951年11月，杭州独脚戏演员吴剑伟根据组织安排，参加了中国人民保护世界和平委员会浙江分会慰问团，跨过鸭绿江，赴朝鲜为中国人民志愿军慰问演出，深受战士们的欢迎。1955年是杭州曲艺艺术发展史上的一个重要里程碑。这一年2月成立了以独脚戏演员吴剑伟为首的杭州曲艺实验组（后改名为杭州曲艺实验演出队），以独脚戏等曲艺表演形式，到工厂、乡镇、工人文化宫以及各区的居民俱乐部巡回演出。此时，已在杭州注册登记的联谊滑稽剧团、骆驼滑稽剧团在演出滑稽戏的同时，也经常上演独脚戏。这些从旧社会过来的曲艺艺人，深怀对新中国、新社会的热爱，以饱满的创作激情，创编演出了许多反映现实生活沧桑巨变的新曲目，如由刘剑士创编、吴剑伟演出的《美丽的西湖》《黄河大铁桥》《想一想》等，深受人民大众的欢迎。尤其值得一提的是，1958 年 8 月，《黄河大铁桥》还代表杭州赴北京参加了第一届全国曲艺汇演。这一时期，吴剑伟与沈似尔编演的反映新时代、新社会、新人新事新风貌的独脚戏《长征》《深刻检讨》等产生了较大反响。

杭州和上海可谓是独脚戏艺术的两大阵地，杭州是源头，是独脚戏这种艺术形式的原产地。当时，两地的独脚戏交往非常频繁，除了常规性的业务演出外，还经常进行切磋交流。1957 年春，杭州市文化局在杭州举办了两场独角戏观摩交流演出，参加演出的两地演员和曲目有《滑稽关亡》（杭州胡九皋、王一呆）、《想一想》（杭州吴剑伟、沈似尔）、《骗大饼》（杭州王双柏、倪一峰）、《心肝宝贝》（上海绿杨、丹琳）、《老法结婚》（上海笑嘻嘻、沈一乐）、《普通话与方言》（上海杨华生、张樵侬）。演出盛况空前，是沪杭两地独脚戏艺术的一次盛会，留下了两地独脚戏艺术跨区域交流的一段佳话。

1958 年 5 月，杭州市曲艺工作者协会成立，俞笑飞任主席、吴剑伟任副主席。同年，俞笑飞、吴剑伟还分别被推选为浙江省曲艺工作者协会主席、副主席。一向"各自为战"分散作艺的独脚戏演员从此有了自己的行业组织。与此同时，以表演独脚戏为主的杭州曲艺团说唱队及兼演独脚戏的杭州滑稽剧团先后成立，尤其是杭州曲艺团说唱队，在发掘、整理、演出、继承传统独脚戏曲目方面发挥了积极作用。独脚戏演员深入生活，反映新人新事的创作演出不断涌现，老艺人扶持培育青年演员，使杭州独脚戏的表演艺术获得健康发展，受到人民大众的广泛欢迎，在江、浙、沪等地区产生较大影响。1961年6月至1963年1月期间，党和国家领导人毛泽东、周恩来、陈云、陈毅等分别在杭州观看王鹏飞、胡九皋演出的《风吹不动》《全体会》等独脚戏曲目。1963年1月9日，周恩来亲切接见王鹏飞、胡九皋，鼓励他们多创作、多演出反映人民生活中的新人新事新作品，反映了老一辈领导人对民间说唱艺术的关爱。

20世纪60年代初朱伟芳、胡梦演出独脚戏

20世纪50年代中后期至60年代前期，可以称得上是杭州独脚戏艺术的兴盛时期。除专业团体外，杭州、宁波、嘉兴、湖州等地的业余独脚戏演出活动也非常活跃，如杭州市工人文化宫业余曲艺队经常公演，一些独脚戏业余骨干在群众中也颇有影响力，独脚戏

真正成为老百姓喜闻乐见的曲艺曲种。

1966 年，史无前例的"文化大革命"开始，像其他曲艺曲种一样，独脚戏演员饱受侮辱和摧残，"下入"工厂劳动。"文化大革命"10 年中，一些独脚戏演员虽然身处劣境，但还是以各种方式进行零零星星的业余演出。如由朱秋僧创作，王鹏飞、胡九皋演出的《途中》，从内容到形式都保留了独脚戏的艺术特点。由于历史的原因与时代的局限，这一时期创作演出的独脚戏曲目相对粗疏，缺少舞台的长期演出打磨，所以难以成为长期传承的保留曲目。

1976 年，"四人帮"被粉碎，标志着十年浩劫"文化大革命"的结束。文艺界拨乱反正以后，独脚戏原专业演员和业余演员一起，充分发挥独脚戏长于讽刺的艺术特点，积极创作、演出了一批揭批"四人帮"的作品，发挥了说唱艺术"文艺轻骑兵"的作用。1977 年 12 月，杭州曲艺队成立，一批原杭州曲艺团、原杭州滑稽剧团的独脚戏演员重返舞台亮相演出，杭州市工人文化宫业余曲艺队及宁波、嘉兴、湖州等地的业余独脚戏演出活动也空前活跃。1978 年 12 月党的十一届三中全会后，曲艺艺术和其他艺术门类一样，得到了党和人民的爱护和尊敬，其艺术魅力重放光彩。1981 年 10 月，杭州滑稽剧团、杭州曲艺团先后恢复建制，独脚戏表演蓬勃开展，创作、演出了一批反映时代风貌的新曲目，如朱伟芳、毛礼龙创作演出的《15 比 0》，胡梦、金小华演出的《南腔北调》，王鹏飞、杨正平演出的《婚礼》；一批久别舞台曾被打成"大毒草"的传统曲目也逐渐恢复演出，如王鹏飞、胡九皋演出的《风吹不动》，王双柏、刘笑声演出的《滑稽楼台会》，在当时都产生了较大的影响。

王双柏、刘笑声 1979 年演出的独脚戏《滑稽楼台会》

20 世纪 70 年代末至 90 年代初，浙江群众文化活动蓬勃开展，业余的独脚戏创演也非常活跃。这一时期创作演出了大量反映新时期新人、新貌、新生活的曲目，独脚戏重新给老百姓带来了笑声与快乐，大大活跃与丰富了人民群众的文化生活。

为传承独脚戏表演艺术，解决演出人才青黄不接的状况，杭州市艺术学校于 1986 年、1994 年先后招收学员，举办滑稽曲艺班，专门培养独脚戏和滑稽戏表演的后备人才。杭州滑稽剧团的刘笑声、朱秋僧、魏忠年、金小华、林珏、谢永云等担任教师，根据独脚戏"说、学、做、唱"的表演艺术基本功编写教材，因材施教，取得丰硕成果，为滑稽舞台培养了一批新生力量。如今活跃在舞台上的独脚戏演员汤君儿、沈庭芳、沈益民、董其峰、方菁萍、梁雪、沈君、罗瀚、贺镭、李想等均为该滑稽曲艺班的学员。可惜由于诸多原因，这个滑稽曲艺班只办了两届，未能延续下去。

龚一呆、韩天虹表演独脚戏《逼熬》

随着时代的迅猛发展，生活方式的快速改变，人们对文化生活有着前所未有的多样性选择，而从事独脚戏表演的一大批老艺术家逐渐离开舞台，演出事业后继乏人。从20世纪90年代后期起，独脚戏这个以地方语言为依托的曲种逐渐出现颓势，面临可持续发展的困境。

2008年6月7日，国务院公布第二批国家级非物质文化遗产名录（国发〔2008〕19号文），独脚戏榜上有名，被列入其中。杭州滑稽艺术剧院作为"非遗"项目独脚戏的申报和保护责任单位之一，以此为契机，马上行动起来，采取举办青年演员培训班、创演新曲目、传承优秀传统曲目等多项举措，为保护、传承、弘扬、发展独脚戏这一曲艺品种而做出了很大努力。

第四节　独脚戏表演的喜剧美学特点

独脚戏因其演出特色又称滑稽，是一门以滑稽搞笑为主要手段的曲艺艺术，故滑稽是其最大的美学特征。滑稽是一种语言艺术形式，以言语滑稽逗人发笑，寻根溯源，历史久远，它和我国古代的参军戏、说诨话、隔壁戏中的"吟叫"以及杂剧、文明戏等戏剧中存在的大量插科打诨的表演一脉相承，擅长讽刺，讲究幽默，语言风趣诙谐，表演戏谑俏皮，其表演艺术特点是通过滑稽而机智的对话、独白、演唱，像相声中的"抖包袱"一样，用一个个既在情理之中又出乎意料之外的"噱头"，还有夸张的动作举止，以演出者身份叙述可笑之人与可笑之事，从而引起广大观众的"笑声共鸣"。有些传统曲目也可以像后来的小戏、小品一样简单装扮人物，推进喜剧性故事的情节发展，以逗笑作为独脚戏的主要技艺手段，引人共鸣、令人解颐、促人思考、给人启迪，使观众达到情感愉悦继而引发深思的审美目的。

一、独脚戏的表演形式

独脚戏继承和发展了我国古代滑稽的艺术传统，以言语滑稽、幽默为特点引人发噱，可以说是一种典型的喜剧艺术（或称"笑的艺术"）。前面讲过，独脚戏源于杭州小热昏、隔壁戏、文明戏"趣剧"的碰撞、杂糅与交融，原有曲种的表演形式聚而又散、分而又合，有时在独脚戏表演中左牵右联时隐时现。其曲种形成虽然只有百年左右的历史，但其兼容并包、善于学习和汲取姊妹艺术的长处为我所用的开放、包容精神没有变。另外，受众爱好、商业追求、表演内容、艺人的意趣和特长等因素，也造就了表演风格的多样性。如有的演员擅长"说功"，口齿伶俐，念白清楚，嘴皮子利索，擅长学习各地的方言土话；有的演员擅长"唱功"，九腔十八调都能模仿，常演出以唱为主的曲目（这类似于相声中的"柳活儿"）；有的演员擅长"做功"，装龙扮虎，学谁像谁，形体语言丰富，常演出简易而象征性的装扮人物的曲目。

独脚戏表演丰富多样，形态各异，大体上可分为三类：一人表演的"单卖口"独脚戏，两人表演的"双卖口"乃至三人表演的独脚戏，一人或两人以唱为主兼有说表的说唱性独脚戏。这有些类似于相声艺术中的单口、对口与群口（三人或三人以上表演者）。

（一）"单卖口"——一人表演的独脚戏

一人表演的独脚戏，行话称之为"单卖口"。或说笑话，用嘲讽、幽默、诙谐、机智的手法讲述逗人发笑的滑稽故事，或唱一段可笑的人或事；或学唱各类经过夸张性偷换唱词（新编唱词仍用原调演唱）的戏曲、歌曲，学说各种夸张的方言土语以及学唱各类叫卖声等。这种脱胎于杭州的小热昏的个人单独的站台表演形式，仍带有一些小热昏表演的影子，不过已淡化了唱的成分，更重在说口，这种"卖口"即逗人发笑、噱头连串的段子，其技巧性较强，讲究说话流畅，如水之注滔滔不绝，既有以第三者的身份叙述故事情节，又有以角色身份叙事、描绘或为人物代言，往往一个作品中出现数个人物，各色人等、各种方言均由表演者一人担当，对表演者有更大的挑战性。人物转换不露痕迹，辅之以夸张或幽默的表情动作，真正是"一人多角，跳进跳出"。如"单卖口"独脚戏《清和桥》，讲的是一个读书的秀才、一个化缘的和尚和一个年轻女子遇雨，三人争过清河桥，通过几个回合有趣的"对诗"比赛，最终年轻女子获胜优先过桥。该作品为小热昏与独脚戏共有的保留曲目，取材于民间故事，也是江笑笑、鲍乐乐早期经常上演的一个曲目，是一个"语言游戏"类的"单卖口"作品。一人表演，以说为主，三个人物"跳进跳出"，全凭艺人一张嘴，对话出人意表，笑料迭出。"单卖口"的独脚戏类似单口相声，又似评书、评话中的笑话小段，多数篇幅不长，却能在短短的时间内，通过艺人的一人表演，形式活泼风趣，语言俏皮诙谐，达到引人发噱的喜剧效果，可以说这是真正意义上的"独脚戏"。

（二）"双卖口"——两人表演的独脚戏

两人表演的独脚戏，行话称之为"双卖口"，为两人站台表演形式。初期的两人表演独脚戏，艺人的舞台化妆、装扮均较夸张，单纯追求形体上的滑稽，称作"扮相"。说直接一点，就是单凭外形上的"出洋相"来博取观众的眼球。如20世纪20年代末，著名艺人江笑笑、鲍乐乐合作演出独脚戏，通常江笑笑会身穿圆领大袖清代服装，罩紫马褂，剃光头，贴膏药做成的假辫，戴瓜皮帽，眼皮、鼻子抹白粉（类似双簧装扮）；鲍乐乐则戴用电线做成的眼镜。这类造型虽然显得古怪而滑稽，也会产生"笑点"，但时间一长，单凭出乖露丑，难免让观众生厌。后来，江笑笑、鲍乐乐意识到应该坚持以口语为艺术特征，开掘曲目内容的滑稽因素，强化自身的表演技艺。他们抛弃了这种稀奇古怪的无聊装束，以滑稽的曲目内容、幽默诙谐的语言、夸张的动作表情的完整统一赢得了观众的喜爱。除部分曲目使用象征性的装扮，他们坚持以庄重的形象出现在舞台，开创了两人表演独脚戏的新形式，一搭一档，一上一下，经年累月，传承至今。

两人表演的独脚戏，通常以站舞台左侧者为主，也有站立右侧的。有时因曲目内容的需要互换位置，或在表演过程中互换。两人有主次之分，为主者称"上手"，另一人称"下手"；"上手"又叫"说"，"下手"又叫"托"；"上手"重、"下手"轻，行话通常称为"一头沉"；"上手""下手"表演力度并重的，称作"两头沉"。在演出文学脚本中即称"甲""乙"。表演以滑稽对话为大宗，也有"上手"为主的滑稽独白，或叙述事件，或模仿人物；"下手"以衬托为主，不时随事件进展转换成人物，与"上手"进行滑稽对话。"上手"与"下手"之间要求配合默契，"上手"说话流利、机智，进入人物表情动作夸张滑稽，是中心事件的主导者；"下手"是曲目内容的烘托者，是整个曲目的"托盘"，讲究"托稳、保牢（保住笑点），引好"的艺术技巧，不可喧宾夺主。在许多独脚戏的前辈艺人中，"上手"与"下手"都是长期的合作者，熟悉彼此特点，少有随意拆档。诸多两人表演滑稽歌唱类的曲目，更注重"上手"与"下手"之间音调、音色的和谐。这种一捧一逗的表演形式很类似于北方对口相声中的捧哏与逗哏的关系。

传统曲目中有许多两人表演的形式，表演者身后置一桌，桌前围以幔，桌上置折扇、手拍及木鱼、三巧板、胡琴、三弦等乐器，还有人物化装用的服装、髯口等道具。诸多前辈艺人擅奏乐器，如《宁波空城计》《江北甘露寺》、滑稽《追韩信》《投军别窑》等都有大段唱腔，由"上手"或"下手"操琴伴奏。

在有此曲目中，艺人需加各类滑稽唱调，以三巧板和木鱼伴奏。三巧板用三块竹板或木板制成，源于小热昏曲种的伴奏乐器。击打讲究叠、击、顶、碎、拍、碰、垛、粘的节奏感；木鱼本是佛教的响器之一，为宣唱宝卷（俗称宣卷）曲种唯一的击节乐器，也被独脚戏借用。三巧板、木鱼不仅作为击节乐器，在有的曲目中还用作模拟性的道具。如在《理发春秋》中，三巧板模拟成为理发师手中的剃头刀，木鱼成为檀香肥皂等道具。形式多样，广采博取，这也是独脚戏表演的独到之处。

王鹏飞、胡九皋表演独脚戏《理发春秋》

（三）三人表演的独脚戏

除两人表演的独脚戏外，尚有三人表演的独脚戏，多出现于20

世纪 50 年代，如《看电影》《打电话》等，除说表外，多以一人一角为主，演员以地方语言模拟人物，气氛热烈，人物形象鲜明。但此类表演形式已接近于小型的滑稽戏，留下来的传统曲目为数不多。

独脚戏的表演形态虽然多种多样，但其全盛时期以及今天的表演仍以两人表演为主流。

（四）彩装表演的独脚戏

部分独脚戏传统曲目，也做一些象征性的人物化装，直接扮演人物，以加强演出效果。独脚戏曲种在形成时期受文明戏的影响颇大，彩装表演即是文明戏"趣剧"的形式。如独脚戏《阿毛乘火车》，"上手"穿阿毛的人物服装上场，"下手"要模仿火车站售票员、检票员、铁路警察、乘客、小贩等各色人物，只用象征性的服装、道具等。以曲艺表演"跳进跳出"的方式和方言特征区别、刻画不同身份的人物，具有强烈的表现性。彩装表演的独脚戏曲目具有浓厚的方言喜剧特色，人物较为集中，具有小闹剧的特点。后来的滑稽戏在此基础上繁衍、拓展，进而归入戏曲门类。

（五）独脚戏中的"说唱"表演形式

独脚戏中有一类由一人或两人以唱为主，兼有说、表的说唱性表演形式，此类表演形式脱胎于杭州小热昏的说唱。

独脚戏中的"说唱"表演形式，在杭州一直被称为"说唱"或"滑稽说唱"，上海从 20 世纪 60 年代初起称之为"上海说唱"。它的唱腔与独脚戏相同，来源于江南的民间俗曲，如滩簧（后滩）中的"苏滩赋"，民间俗曲中的"夜夜游""杨柳青""银绞丝"，以及越剧、扬剧、沪剧、甬剧、锡剧等滩簧类戏曲唱腔曲调，未有其自身独有的基本曲调。而该表演形式历来由独脚戏艺人演出，故属于独脚戏表演的一种，是独脚戏表演形式的子系统。

20世纪50年代，杭州著名独脚戏演员吴剑伟以唱"苏滩赋"著称，在表演时，通常先与"下手"表演一段短小的"双卖口"，接着演唱以"苏滩赋"为曲调的曲目。有时则单独演出，以"苏滩赋"一曲到底，如根据时事编演的《黄河大铁桥》，抒发情感的《想一想》《三个刘老头》及描景绘物类的《美丽的西湖》等。唱词多为七字句，下句押韵，整个曲目一韵到底。一般分四个段落演唱，每段以四句起腔；中间按平板分上下句清唱，讲究节奏快、慢、徐、疾，音调高低变化自由，吐字清晰流畅，每段末两句为尾部收腔。

黄宪高与金小华表演独脚戏《越剧哈哈笑》

杭州滑稽艺术剧院老演员黄宪高经常单人演唱《金陵塔》，该曲目源自上海的独脚戏名家袁一灵，起句唱腔源于俗曲中的"夜夜游"，其中大量运用绕口令，与相声的称呼一样，也称"贯口"，似说似唱，将声母、韵母及声调容易混淆的文字连缀成句，一口气急速念出，字字清晰，中气充沛，是独脚戏中脍炙人口的代表性曲目。

除单人说唱外，也有两人叙事性说唱表演形式。上述说唱表演多以江南丝竹民乐队伴奏，20世纪90年代后，则"与时俱进"以电子光盘伴奏。

第五节　独脚戏演员的基本功

独脚戏是曲艺的一种。曲艺是人类说话功能的艺术化，说话包含叙事、抒情、表意、绘景、状物、说理等许多方面。独脚戏属滑稽类曲种，有的具有叙事性，有的以对话辩理为主，有的以滑稽的歌唱为号召，不管用何种形式，其目的是引观众发笑，让人产生愉悦感。受众通过演员的表演技艺来实现自己的审美取向，又有各不相同的审美要求。独脚戏表演艺术本意是技艺和才能表演，它形成了本曲种演员应该具备的基本功。当然，基于天赋及其他多种因素，演员各有擅长，形成了各具特色的艺术风格。在百余年的艺术实践中，独脚戏逐渐形成了"说""学""做""唱"的基本功，这与相声的四门功课——"说学逗唱"大致类似。

（一）*说功*

与相声艺术以"说"为主一样，"说功"是独脚戏表演的第一功，因此，"说"是独脚戏表演艺术技能的统领者，包括叙事的"表白"和进入人物的"道白"以及与观众的语言交流。口语叙事是所有曲艺曲种的本质属性和艺术特征，北方相声的"说、学、逗、唱"，南方苏州弹词的"说、噱、弹、唱"，独脚戏的"说、学、做、唱"，均将"说"放在首位。曲艺界历来有"一个字说不到，观众急得要直跳"的艺谚，要求"吐字千斤重，真切听得清""快而不乱，慢而不断"，讲究抑扬顿挫、快慢徐疾、高低长短等吐字咬句、节奏变化的技巧。曲艺的语言艺术并不等同于人们生活中的言语，它是艺术化的语言。两人表演的独脚戏，"上手""下手"之间的对话（包括对唱中夹对话的"说"）必定存在着一种相倚相扶的关系。两位演员语言的节奏、尺度、高低、轻重、用词，辅以面部表情、体态手势，形成互相衬托、互动映射的关系，从而使诸多的"噱头""笑料"在"上手""下手"的对话（或对唱）中"抖响"，从而引发观众的笑声。有时双方故意重复同一个词，行话称"吃进吐出"，但双方的语气、语音、轻重肯定不同，一轻一重，一快一慢，从而产生"噱头""笑料"。所以，演员"说"的功力非常重要，往往同一词句，"说功"强的演员说得"噱头"很响，艺术效果很强烈；而"说功"较弱的演员就收不到同样的效果。显然，在独脚戏表演技艺中，"说功"是占主导地位的。

在独脚戏的"说功"中有一种称为"活口"的表演技能，即在合适的情绪里，结合观众的情绪，联系当时当地发生的事件，进行即兴创作，穿插于表演的曲目中，产生强烈的演出效果。北方相声中的称这种表演技巧为"现挂"。当年杜宝林在街头作艺，环境及受众复杂，说唱内容常摄取社会新闻时事加以评述，或讽刺、或调侃，以引起听者共鸣，均为即兴创作的"现炒现卖"。为避免招惹祸害，杜宝林取艺名"小热昏"，意思是"我在头发热，说昏话"，不必当真。其徒江笑笑继承乃师的演艺风格，也以擅长"活口"著称，在20世纪30年代有"社会滑稽"的美誉。他与鲍乐乐长期合作，"江鲍"档成为早期独脚戏的一代宗师，对以后的独脚戏表演产生了很大影响。

"活口"表演处乱不惊，随机应变，在遇到突然变故时解除困境，而且能收到意想不到的火爆效果。一些老演员都有过急中生智运用"活口"的范例。这样的例子很多，限于篇幅，兹不一一例举。"活口"的运用不仅仅是一种技巧，更是智慧、趣味和综合艺术素质的体现，艺人若无长期的演出经验，是难以做到的。

（二）学功

"学"在独脚戏表演中的意思是模仿。独脚戏表演大多反映某个时期的市民阶层生活，它的表演不像戏曲——戏曲的人物造型有一种的程式，一人一角贯穿全剧，有仿真性很强的道具，更有布景的衬托；而独脚戏以口语为艺术特征，往往是"一人多角、跳进跳出"塑造人物，有时学各种声调、口气来模仿人物，曲艺行话称作"声音化妆"。

独脚戏学习各种地方语言，称"乡谈"，这也是过去隔壁戏中经常表演的内容。主要用于刻画人物，区分不同的角色。地方语言最能体现某地的文化底蕴，让人们感受到通俗、风趣的市井生活。独脚戏演员往往能抓住某种地方语言中最具人物身份、性格特点的典型言语，经过艺术加工，使观众感到有趣亲切，从而产生"噱头""笑料"。传统独脚戏使用的方言非常丰富，有上海话、苏北话、杭州话、山东话、宁波话、绍兴话、苏州话、常熟话等。传统独脚戏曲目《十三人搓麻将》《各地堂倌》《广东上海话》《宁波音乐家》等都是学方言的曲目。通过"学"的技巧，虽然仍以演员的面貌出现在观众面前，但各色人物的性别、年龄、性格、品质、身份、职业甚至生理诸方面的特征，都会呈现给观众，让他们如临其境，如闻其声，如见其人，从而达到传神、逼真的艺术效果。

有的独脚戏曲目也有简单的化装，但只是象征性的，动作是模拟性的，引导观众联想人物的"现身"。这种"现身"性的"学功"

不是生活的照搬，而是演员通过观察，对生活进行提炼、概括，再经过艺术夸张，塑造出鲜明的人物形象。演员在舞台上"学"一个人物的绝妙"现身"，往往会给人们一种比生活更鲜活的真实感。而这"现身"是"点到为止"的，因为演员很快要转换身份，"跳出"人物，回复到表演者自身。一些情节性强的曲目中，独脚戏演员显然具有两重性，即参与性（将演员自身与所要"现身"的人物置于同一情境中）和间距性（参与过程与人物保持距离）。若参与性不强，人物便缺乏血肉光彩；而间距性不强，则很难迅速从人物回复到表演者的身份上来。这种看似简易的"现身"技巧，绝非一日之功。演员在所表现的角色中"跳进跳出、出入自如"，这也是作为曲种的独角戏灵活多样的表演特色之所在。

（三）做功

这里的"做功"，指的是演员表演过程中的表情动作。是"说""学""唱"的辅助手段。"做"并非"演"的同义词，只是"演"中的表情动作那一部分。独脚戏是以口语为特征的表演艺术，但仍需要面部表情、形体动作作为辅助手段，在一个节目完整的表演过程中"做功"也同样重要性。

常言说"心有所思，手有所指"，人们对话交流时会用手势，在集会上发言演讲时也会用手势。独脚戏非常重视手势的运用，它发挥着拟人、状物、助情、点示方位等诸多作用。不同的手势，能呈现人物的不同身份。如在传统曲目中，出兰花指即是古代年轻女子，双手合掌即是和尚，闭目触摸当是盲人等，这与戏曲道具中的写意性表演有着异曲同工之妙。

东晋大画家顾恺之"四体妍蚩，本无关于妙处，传神写照，正在阿堵中"。曲艺界也有谚语说，"神在两目，情在面容"，"看人先看脸，看脸先看眼"，"有戏无戏全在脸，有神无神全看眼"，"上台凭双眼，喜怒哀乐全"，都说明了眼神运用的重要性。眼神是脸部表情的切入点，是传达人物情感的窗口，点示准确，变化快速，是独脚戏演员需要勤学苦练的必修课程。

独脚戏并没有如舞蹈、戏曲、杂技等表演艺术那样强调形体训练，但俗话说"坐有坐姿，站有站相"，演员走上舞台，开口之先，便要通过自己端庄大方的姿态给观众留下一个亲切而美好的印象。独脚戏中的人物表演，大多是演员在叙述中"跳进"人物，抓住人物的个性特点，模拟其形体动作做给观众看，当他"跳出"人物角色，进入演员本色，就显得非常自然而妥帖。当然，有些独脚戏曲目以简单的人物化装上场，一个人物演到底，一上场就是角色，直到下场都不"跳出"。如《阿毛乘火车》中的阿毛，是"我"又不是"我"，身份是阿毛，又以独脚戏演员的形象展示"阿毛"。前者称为参与性表演，即演员自身与角色置身于同一个情境中，后者称间距性表演，近似戏曲，但又与戏曲表演不完全一样，人物角色是展示性的。

（四）唱功

独脚戏早在它的前身——杜宝林创造的小热昏时期，就非常重视"唱功"，通过唱民歌、东乡调、西乡调、宣卷调等明清以来的俗曲小调，来丰富演出的曲目内容和趣味性。独脚戏初创时期，前辈艺人对"唱功"有"九腔十八调"之说，意思是凡是歌唱性的东西都要学，学来都能为我所用。清末民国初至20世纪三四十年代京剧盛行之际，独脚戏《宁波空城计》《江北甘露寺》《滑稽投军别窑》

等以学唱京剧为主的曲目非常受欢迎，成为主打曲目。后来，越剧、绍剧、沪剧、扬剧、淮剧及由宁波、无锡等地的花鼓滩簧（又称后滩）等发展而成的地方戏曲、苏州弹词的声腔流派都被独脚戏所用，形成以唱为主的如《借红灯》《戏迷》《白相大世界》《各派越剧》《滑稽广东戏》《开无线电》等脍炙人口的曲目。20世纪80年代后期，由黄宪高编演、至今仍为保留曲目的《越剧哈哈笑》，也是以唱戏为主体的曲目。各个时期的流行歌曲也是独脚戏的保留题材。20世纪30年代的电影《十字街头》插曲，一度成为独脚戏、滑稽戏的常用曲调。现为杭州滑稽艺术剧院演出的独脚戏《K歌之王》，就是运用传统套路，将当前观众最熟悉的流行歌曲进行歌词转换，通过歌唱对比，差错诡辩，突出原歌曲的音乐特点，产生富有新鲜感的滑稽效果，是以唱为主的新曲目。

可以说，在唱功上，独脚戏堪称为兼收并蓄的"大杂烩"，只要曲目内容和表演需要，一切能唱的东西都可以用"拿来主义"为己所用。

独脚戏对唱的基本功要求很高，滑稽名家杨华生先生在1998年杭州"纪念杜宝林、江笑笑诞辰百年滑稽专场演出暨艺术研讨会"上说："独脚戏里的唱，要么不唱，要唱就唱准，唱不准，宁可不唱。"前辈演员在有唱的曲目中，会先唱一段非常标准的、有流派独特风格的唱腔，在观众中引起震撼，引来掌声，这叫"正唱"，然后通过人物差错、拉扯串行、偷换唱词、运用谐音等滑稽手法进行"歪唱"，从而产生"笑果"。独脚戏演员对唱的曲目是需要苦练的。独脚戏中有种以一人或两人表演唱段为主体的形式，例如显示在嘴上功夫的《金陵塔》，有用民间曲调"杨柳青""醒世曲"等编曲的独立演唱，有的短篇曲目有故事情节。中华人民共和国成立后，在相当长一个时期内，独脚戏作为宣传和思想教育工具，以广大群众喜闻乐见的说唱形式对时政进行宣传普及。1958 年，由刘剑士编词、以滩簧中的"苏滩赋"为曲调、吴剑伟演唱的《黄河大铁桥》参加在北京举行的首届全国曲艺汇演。吴剑伟、刘剑士师兄弟曾多次合作，由吴剑伟演唱的《想一想》《三个刘姥姥》《美丽的西湖》等曲目在观众中有很大的影响力，为推动独脚戏表演艺术的发展做出了重要的贡献。直至 20 世纪 70 年代末，还能在杭州偶尔见到吴剑伟的演出。他的"唱功"以"苏滩赋"一曲到底见长，通常分成 4～6 个段落，数百句唱词一气呵成，其"唱功"中气充沛、吐字清晰，在滑稽界堪称一绝。

第六节　独脚戏的常用曲调

独脚戏是以逗笑为艺术手段的，因此没有其他曲种自身的说唱音乐基本唱腔。曲目中的唱调称为"九腔十八调"，意思是只要曲目需要，能产生滑稽效果，什么曲调都能运用。曲目中经常采用各类戏曲、曲艺、歌曲、民歌小调、流行音乐（包括外国歌曲、电影插曲）等各类唱调，利用其唱腔，改变其歌词。演唱时注重唱腔的原有风格，有时也对某些戏曲唱腔或歌曲予以唱法上的夸张和加工，突出其逗笑的趣味性，以达到滑稽的效果。有时也用模仿、夸张手法把"乡谈"（学各种方言）、叫卖声等变化为似说似唱的声腔。

中华人民共和国成立后，杭州的一些曲艺演员于 1955 年组织了"杭州曲艺实验队"。以吴剑伟为代表的独脚戏演员曾常年表演小段的"滑稽说唱",也曾以"南方说唱""杭州说唱"命名(亦有人称"上海说唱")。通常是两人演出,其唱调除了各种戏曲流派唱腔外,还较多地采用社会上广为流传的民间小调,如《想一想》《黄河大铁桥》等,均采用"苏滩赋"曲调演唱,在当时深受群众欢迎,并吸引了一批业余曲艺爱好者学唱。从 20 世纪 50 年代起,杭州滑稽艺术家胡九皋、朱秋僧、王双柏、龚一呆、朱伟芳、胡梦恩、黄宪高、毛礼龙、金小华、周志华等人以"醒世曲""苏滩赋""金陵塔""夜夜游""银绞丝""杨柳青"等小调演唱新曲目。这些流传下来的明清俗曲小调不仅被独脚戏广泛采用,也被杭嘉湖地区的曲艺工作者、爱好者广泛采用,配以新词演唱,古为今用,重放异彩。

第七节　独脚戏的人文价值与艺术价值

作为一门老百姓喜闻乐见的一种大众喜剧形式,独脚戏自然有其独特的人文价值与艺术价值。

首先说其人文价值。自 1917 年杜宝林进入当时的杭州盖世界游乐场后,小热昏表演逐渐演变成独脚戏曲种,影响也由杭州扩展至长江以南广大地区,并在色彩斑斓的大都会上海获得更大发展,成为我国曲艺表演艺术滑稽类中的主要曲种之一。它的历史已近百年,随着时光的流逝,社会的变迁,杭州盖世界游乐场、大世界游艺场以及上海滩的十里洋场,许多光怪陆离的东西都已烟消云散,踪影难觅,唯有独脚戏以非物质文化遗产的形态长留世间。它跨世纪延续到今天,影响了一代又一代的人,尤其善于反映市井生活,寄寓了老百姓的喜乐悲欢,在不同历史阶段熔铸了市民百姓的世界观、价值观与人生观。正因为如此，无论是在战乱年代还是中华人民共和国成立后的各个历史时期，独脚戏始终与民众同喜同悲，休戚与共，可以说它是源自杭州并在长三角地区产生过重要影响的最接地气的艺术形式。独脚戏的形成和发展轨迹反映了社会政治、经济和市井生活的变革，它是社会生活尤其是市民生活的"润滑剂"，给大众带来"笑"的慰藉与精神上的愉悦。在当今的现实生活中，独脚戏仍以其独有的艺术特色，让人们在娱乐中树立道德标准，汲取人生智慧，获得人生经验，弘扬社会正气，歌颂真善美，鞭挞假丑恶，承载着思想、文明、伦理、道德的现实意义。因此，它的人文价值不仅长存于它的非物质文化形态中，也长存于老百姓的心目中。

作为一个上承小热昏、下启滑稽戏的江南重要曲种，独脚戏自然有其重要的艺术价值。

众所周知，独脚戏是一种以口语为主要特征的喜剧表演艺术。它活跃在我国长三角地区，运用地方方言（行话称"乡谈"）塑造人物是独脚戏演员的基本功之一。随着经济发展，交通发达，人口流动加快，普通话普及率的提高，地方方言受到了很大的冲击，方言区的观众流失加速。迄今仍活跃在舞台上的独脚戏的口语表演艺术特征，通过电视以及网络等新媒体的传播，对我国长三角地区地方语言文化的留存具有一定的作用。

独脚戏由杭州起源，在上海等地发祥与发展，进而广泛传播于长三角地区，涌现出多位享誉全国的表演艺术大家。在近百年的艺术实践中，独脚戏艺术家们积累了丰富而宝贵的艺术经验，总结出"说、学、做、唱"作为独脚戏表演艺术的四大基本功，是其表演艺术基本价值的具体体现。

独脚戏的言语形态诙谐流利，出口成章，词不穷竭，论辩敏捷，言非若是，说是若非，它继承的是数千年前古代滑稽艺术的讽喻传统，确立了讽刺、幽默、滑稽、逗笑的审美取向，是喜剧大家庭中的奇葩。尤其是中华人民共和国成立以后，演员们更加追求独脚戏婉而多讽、谑而不虐、乐而不淫的精神追求，以丰富多彩的艺术形式为新社会和人民大众服务。

独脚戏的艺术价值是历辈艺人和人民大众共同创造的，它给世人留下了一笔重要的精神财富。在观赏过程中使人们感到愉悦、欢乐，在笑声中给人以思考、借鉴、教益，其核心价值在于寓教于乐与"以艺化人"。

第八节　独脚戏的保护与传承

2006 年 6 月，杭州小热昏被列入国务院公布的第一批国家级非物质文化遗产名录（国发"2006"18 号文），小热昏率先步入了"非遗"保护的"国家队"。

时隔两年，2008 年 6 月，国务院公布第二批国家级非物质文化遗产名录（国发"2008"19 号文），独脚戏被列入其中。这是独脚戏发展史上一个重要的里程碑。

杭州滑稽艺术剧院作为"非遗"项目独脚戏的申报和保护责任单位之一，目前共有独脚戏国家级代表性传承人 1 人、省级代表性传承人 5 人、市级代表性传承人 1 人。近年来，以独脚戏入选国家级非遗名录为契机，借此"东风"，在独脚戏的保护和传承方面做了大量行之有效的工作。

一、收集、整理珍贵艺术资料

加强对传统独脚戏演出曲目文本、相关文字资料的记录和音像、图片等的搜集工作，以保存独脚戏史料，并有选择地整理、编辑、出版相关书籍，如《朱秋僧独脚戏滑稽小品集》，黄宪高《滑稽越剧哈哈笑》；录制老艺术家的表演艺术音像资料，如《开心不开心——周志华从艺五十周年曲艺专场演出》，制作《王双柏独脚戏专辑》等，为独脚戏扩大影响、留存史料、提供传承教材打下了较好的基础。

二、面向社会，招收培养青年演员

2009 年底，杭州滑稽艺术剧院举办独脚戏等杭州地方曲种的曲艺培训班，通过杭州的电视媒体广告，面向社会免费招收学员。除杭州滑稽艺术剧院青年演员积极参加外，社会各界的独脚戏爱好者也踊跃报名。剧院聘请国家级和省级非物质文化遗产曲艺类的代表性传承人担任授课教师。经培训班的教学，一些优秀的业余学员与专业独脚戏演员一起进社区实践演出，取得良好效果。首届培训班的成功举办，为独脚戏的生态型保护、传承做出了良好的尝试，既提高了专业独脚戏青年演员的表演艺术水平，也吸引了社会各界广大曲艺爱好者，激起了人们保护和传承独脚戏等杭州地方曲艺的热情。

三、充分发挥代表性传承人的作用

杭州滑稽艺术剧院的刘笑声系独脚戏的国家级代表性传承人。剧院于 2011 年成立了"刘笑声非物质文化遗产（曲艺）保护工作室"，其宗旨为培养年轻的独脚戏演员，提高加强专业青年演员和业余爱好者的独脚戏表演技艺。工作室每年都开办独脚戏培训班，在青年演员中开展方言课程等说、学、做、唱基本功的学习、训练，学员培训的传统作品有《骗银楼》《调查户口》《逼煞》《清和桥》《金陵塔》等等，收到了良好的效果。近几年来，由刘笑声创作或指导的独脚戏曲目有：青年演员叶蓉、方菁萍表演的《日本越剧》，梁雪、罗瀚表演的《我有钱》，潘婷、梁雪表演的《K歌之王》，金一戈、罗瀚表演的《比媳妇》。独脚戏表演已经成为剧院内青年演员年终考核的主要内容之一。虽然目前独脚戏还缺乏更多的新作和演员，有些青年演员基本功较弱，又缺乏生活积累，尚难以形成集群性的创演力量。但是，通过近年来的不断努力，青年演员在恢复排演传统独脚戏曲目和创作演出新曲目方面，均取得了较好的成果。如青年演员董其峰、方菁萍表演的传统独脚戏《阿毛乘火车》，在2011年4月"中国（浙江）非物质文化遗产博览会"上获表演奖；刘笑声创作指导，青年演员潘婷、梁雪表演的独脚戏《K歌之王》，在2012年"浙江省第四届曲艺杂技魔术节"上获作品奖和表演金奖，并于2013年参加上海广播电视台主办的"星戏会30周年庆典演出季"滑稽专场"江浙沪滑稽独脚戏大会串"，备受赞扬。

独脚戏表演艺术目前尚有一定的演出市场，一些电视娱乐节目中也大量借用独脚戏的滑稽手段。但独脚戏产生于舞台，演员与观众的心灵交往是独脚戏曲艺品种的特征之一。如今电视与网络进入千家万户，如何在保持独脚戏艺术特性的前提下借助融媒体的平台，将其与新的时代融会结合，是一个重要课题，需要独脚戏演员与融媒体艺术工作者等共同研究、实践和探索。前辈独脚戏艺术家们紧扣时代脉搏，充分运用传统手法，从现实生活中汲取养料，摄取题材，提炼笑料，积累了无数优秀曲目。我们在保护、传承独脚戏曲种时，需要进一步加强自身学习，学习前辈的创作表演技能，反映时代生活，丰富上演曲目。面对演出文本少、脚本创作后继乏人、尖子演员青黄不接的现状，独脚戏的保护、传承和发展具有一定的难度。我们期待通过不断的努力，创作出更多更好的新曲目，以繁荣独脚戏在舞台上的演出。在信息化、多媒体时代，要充分发挥电视、网络等新媒体的展示作用，展现独脚戏这一国家级非物质文化遗产的绚丽风采与独特魅力。

（本章在编写过程中参阅了"浙江非物质文化遗产代表作丛书"《独脚戏》的部分章节）

第三章　从独脚戏到滑稽戏

第一节　"放大了的独脚戏"——滑稽戏的由来

在戏剧学范畴中，我们通常把使人发笑的人物、语言、行为、事态统称为滑稽，并成为一种喜剧美学的研究对象。20 世纪 20 年代至 40 年代，在江浙沪一带，滑稽又有一个特定的指称，那便是曲艺样式的独脚戏与戏剧样式的滑稽戏的统称。二者虽都属喜剧美学范畴，但从独脚戏到滑稽戏却是曲种到剧种嬗变。

如前所述，独脚戏源于小热昏，大致兴起于 1920 年前后。早期多由一人演出，艺术上受到江、浙、沪一带流行的"小热昏""唱新闻""隔壁戏"等说唱形式的影响。独脚戏创始时期的代表性艺人王无能，曾演过文明戏的丑角，江笑笑、刘春山也各有专擅，当时被称为"滑稽三大家"。他们的表演也吸收了隔壁戏、文明戏和相声的表现手法，形成"说唱"与"滑稽"的拼挡演出，遂使独脚戏形成独立的曲种。可以说，没有小热昏就没有独脚戏，同样也就没有后来的滑稽戏。

前面我们花了很大的篇幅介绍了流行于江浙沪一带的曲艺曲种"独脚戏"，它与北方的相声类似，一般由一人至二人来表演，也有三人以上的。表演形式大致有两种：一种是以说笑话和学各地方言取胜；一种是以学唱戏曲腔调、小歌、歌曲或自编曲调演唱滑稽故事为主。到了抗日战争时期才逐渐发展为滑稽戏。不过此时，从独脚戏到滑稽戏，此"戏"已非彼"戏"，二者虽有千丝万缕的联系，却分属不同的艺术门类，一为曲种，一为剧种，虽最初均源自小热昏，但已经发生了质的变化。正因为独脚戏是在小热昏的基础上派生发展起来的，故有人说独脚戏是"放大了的小热昏"，同理，也可以把"滑稽戏"理解成"放大了的独脚戏"或"扩展版"的"独脚戏"。

王无能、江笑笑编演的电影《到上海去》海报

在滑稽戏的初创时期，著名滑稽演员王无能，一人成档，专事滑稽曲艺——独脚戏的演出。著名的独脚戏演员，除王无能外还有江笑笑与刘春山。江、刘二人与王无能被人们称为"滑稽三大家"，

三人鼎足而立，各有所长。民国三十年（1941）10月，江笑笑、刘春山等团结一批同行程笑亭、陆希希、赵宝山、杨天笑等在过去偶尔为之的"滑稽大会串"基础上，演出更加注重情节结构与人物性格塑造的整本大戏《一碗饭》。此剧可称为滑稽戏的雏形剧目，在从曲种向剧种过渡的进程中迈出了关键一步。在《一碗饭》演出后，杨天笑、赵宝山等组织天宝剧团，在沪宁线流动，继续演出《一碗饭》和其他剧目，扩大了滑稽戏的影响。1942年太平洋战争爆发，一些独角戏艺人和文明戏演员纷纷组织滑稽剧团，逐步取代渐趋没落的文明戏，从此，滑稽戏便开始成了颇有影响的戏剧剧种。江笑笑、鲍乐乐组织笑笑剧团，根据独脚戏传统曲目改编演出的《荒乎其唐》《瞎子借雨伞》《火烧豆腐店》等剧，大获成功。一些擅演趣剧的新剧滑稽行当艺人也陆续参加或组织演出团体，滑稽戏作为一个新兴剧种得到社会的承认。

"滑稽戏"脱胎于曲艺"独脚戏"，流行于江浙沪的部分地区，以演喜剧、闹剧为主，故事情节中误会法、巧合法用得比较多。表演时用上海、宁波、绍兴、苏州、无锡、扬州及苏北、山东、广东等地方言，唱上海与江浙流行

刘春山编演的电影"潮流滑稽"
《鸡鸭夫妻》海报

的地方戏曲调和京剧曲
调；利用一些流派唱腔的
特点予以夸张和加工，达
到滑稽戏令人发笑的艺术
效果。早期的滑稽戏剧目
有《调查户口》《小山东
到上海》等。1949年后
改编的产生过一定影响的

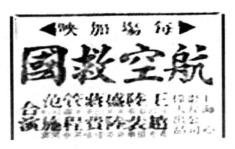

裴扬华、盛呆呆、程笑亭、范哈哈、
陆希希主演的电影《航空救国》海报

剧目主要有《72家房客》《三毛学生意》《苏州两公差》，以及反映
现代生活的《满意不满意》（拍成电影为《小小得月楼》）、《出色
的答案》，等等。

滑稽戏的看点，说白了就
是看演员利用滑稽戏的表演程
式来演绎剧中人物的情感，或
说，或唱，或用形体表演。要
有能引起发笑的"噱头"（类似
北方相声中的"包袱"），又要
使这笑料既在情理之中，又在
意料之外，而不是一味地无厘
头地为搞笑而搞笑。滑稽戏对
演员唱的要求是比较高的，它
要求演员要会唱各种戏曲曲调、
民间曲调、流行歌曲及各种流
派的唱腔，且要像那么回事，

滑稽戏《72家房客》海报

所谓装龙扮虎，学啥像啥；口齿伶俐、反应敏捷能够说一口地道的方言，是滑稽戏对演员的另一个要求了；还有一点，因为滑稽戏的舞台效果是要惹人发笑，所以，要求滑稽戏演员在舞台上的唱还会"串"，比如从锡剧"串"到沪剧等；语言也是如此的，要有把各种方言"糅"在一块说的本领，比如上海话、扬州话、广东话（粤语）、上海话以及重庆话、北京话等等各地方言，利用谐音误会等搞笑手段，产生引人发噱的艺术"笑果"。

天南地北的方言交错，曲调的"东拼西凑"，造成的误会，遇到的巧合，如此，滑稽戏就有了噱头与看头。的确，滑稽戏是很大众很生活很现实的，它是一种最接地气民间说唱艺术。所以，在表演上，要做到雅俗共赏、老少咸宜，与曲高和寡的阳春白雪相比，它应该是更受"下里巴人"欢迎的通俗艺术。但它的"俗"，不是"低俗""庸俗""媚俗"，更不是"恶俗"。一台滑稽戏的成功，同样也集聚了演员们生活的体验、文本的编撰、语言的选择、曲调的搭配等等艰辛的创作过程。

滑稽戏是文艺百花园地中的一朵奇葩。它的独特之处在于这一剧种的三大艺术手段，也就是滑稽戏的三大艺术特色，即：招笑手段、各地方言和南腔北调。首要的招笑技巧是滑稽，滑稽戏（包括小戏和独脚戏与小品等等）不能没有"套子"，"套子"是个宝，滑稽作品少不了。"套子"是前辈们创造的招笑技巧，"套子"用的越多越滑稽，当然不能滥用或生搬硬套。没有"套子"的滑稽戏（包括其他滑稽作品）往往是不够滑稽或者是不滑稽的。不能一味地为滑稽而滑稽，要讲究滑稽的品位。"套子"要"多""用""巧"。"多"就是掌握的"套子"要多，多了就可以信手拈来，且有选择余地；"用"就是要会用，用得恰到好处，不能生搬硬套；"巧"就是要用得巧妙，为新的内容服务，不露痕迹，活学活用，甚至创造出"新套子"。

第二节　滑稽戏的角色行当、主要表演特色与音乐特点

一、滑稽戏的角色行当

滑稽戏孕育于文明戏等艺术形式，其角色行当划分亦按文明戏旧例，有滑稽、老生、小生、旦、老旦，而以滑稽为主。文明戏中的角色滑稽一行，与小生、悲旦、泼旦、老生合称为"四庭柱一正梁"。由于其表演身段动作保持生活的原有形态，略加夸张，故在角色分行中，将生活中性格大体相同的人物归为一类，使之定型化，由此而产生风骚旦、悲旦、言论小生、言论老生、阴险小生、马褂滑稽、马甲滑稽等。此外，由于某些演员个人表演风格不同，而产生所谓"冷面滑稽""呆派滑稽"等派别。

二、滑稽戏的主要表演特点

滑稽戏是笑的艺术，在笑声中叙述故事情节，在笑声中揭示矛盾冲突，在笑声中展现人物性格。笑，是滑稽戏的主要艺术特色。为此，演员的表演更围绕着"招笑"二字形成了与其他剧种截然不同的艺术特点和艺术风格。如夸张变形，南腔北调，九腔十八调，卖口招笑，跳进跳出等。因此，艺术特点与前面介绍的独脚戏大同小异，限于篇幅，这儿就不展开叙述了。

三、滑稽戏的主要音乐与语言特点

滑稽戏的音乐，沿用独脚戏的"九腔十八调"，所以其音乐特点

与独脚戏大同小异。滑稽戏的表演，是以独脚戏、相声等曲艺的表演为基础，又吸收了文明戏的表演。滑稽戏演员在"说""唱"和形体动作等方面都有许多明显特点：（1）优秀的滑稽戏演员不但要会多种戏曲唱腔、常用民间曲调或流行歌曲，而且还要学会各种流派唱腔。（2）滑稽戏演员要口齿伶俐、反应敏捷，能讲一口漂亮的各地方言，如上海话、宁波话、绍兴话、杭州话、苏州话、无锡话、南京话、扬州话、山东话、四川话、广东话等，而且往往以会讲混杂的方言为妙，方言混搭，从而产生意想不到的喜剧效果。如广东上海话、北京四川话等。滑稽戏演员有时还根据戏剧的需要讲说英语、日语、韩语等外国语言。（3）滑稽戏的形体动作是特别夸张的，一招一式，一颦一笑，都能产生喜剧效果，与说唱相得益彰，互为补充。

第三节　滑稽戏的剧目分类及代表性剧目选介

一、滑稽戏的剧目分类

从上海滑稽戏上演的剧目来看，滑稽戏的剧目大致可分五类：第一类是根据独脚戏的"段子"发展和改编成的。其中《三毛学生意》《72家房客》，因其思想性深刻，艺术性完整，已成为滑稽戏优秀的传统保留剧目，并被搬上了银幕。第二类是从文明戏移植而来。主要有《方卿见姑娘》《包公捉拿落帽风》《济公》等。第三类是中华人民共和国成立初期，从话剧、戏曲、电影剧本移植、改编的。移植的地方戏剧目有《苏州二公差》（即《炼印》）《好好先生》（即《三家福》）；根据话剧剧本改编的有《幸福》《西望长安》等；

根据话剧剧本改编的，有《小九妹》（即《蜻蜓姑娘》）《万无一失》（即《天罗地网》）等。第四类，是根据外国剧本改编的，如《活菩萨》一剧，连演连满 1 年零 9 个月，创自有滑稽戏以来演出场次最多的纪录。第五类是新创作的剧目。如《样样管》《不夜的村庄》《满园春色》《性命交关》《一千零一天》等。1981 年 9 月鲁迅诞生 100 周年纪念时，根据其同名小说改编的滑稽戏的《阿 Q 正传》被列为上海纪念演出的重点剧目之一。

二、滑稽戏代表性剧目选介

1. 《火烧豆腐店》

传统剧目。脱胎于江笑笑、鲍乐乐的同名独脚戏。民国三十一年（1942）由金慧声以幕表形式扩展为滑稽大戏，笑笑剧团演出。故事写滑稽艺人辛梅友去买豆腐，豆腐店老板爱听笑话，硬要辛"瞎三话四"地讲几句，辛谎称没有空讲笑话，因为黄浦江里翻了黄豆被淹死，卸下门板去收尸。老板对辛扛来门板不解，辛谎称豆腐店起火，只抢出一块门板。在老板夫妇知受辛戏耍后，与辛评理，辛又以老板要他"瞎三话四"为辩。江笑笑饰滑稽艺人，鲍乐乐饰豆腐店老板。剧中杂糅进一些其他独脚戏的段子，结构松散，主题不清，对老板贪图小利有所刻画与揭露。

2. 《瞎子借雨伞》

传统剧目。民国三十一年（1942）由笑笑剧团首演。以幕表排练。剧中叙说名张冬生者，途中遇雨，见一瞎子被雨淋湿，好心借伞与他合撑，孰知雨停后，瞎子竟诬伞主骗夺其雨伞；棺材店老板黄义露、医生包松宗自以为见义勇为，抱打不平，错把瞎子当作受欺者，打跑伞主；张冬生怨气难消，出钱请地痞老爷叔报仇。老爷叔先至包的诊所,谎称黄妻染病在床,请包出诊;再去黄的棺材店,假说包妻猝亡,马上要来买棺材。黄、包会晤,包欲与黄妻搭脉,可黄要包"参观"棺材,引起误会,包认为黄故意触他霉头,双方动武。老爷叔则把瞎子打了一顿,声称是受黄、包指使;并请了一群和尚至包家,说是受黄委托来超度亡魂。在众和尚大闹棺材店中闭幕。任咪咪饰瞎子,江笑笑饰棺材店老板,鲍乐乐饰医生,笑嘻嘻饰学徒。断续演至民国三十六年(1947)5月。其间,有时也化整为零,在电台分几天播出。后,鲍乐乐、陆希希、金慧声组成天声剧团进入大世界游乐场再演此剧。其他剧团也演过,是滑稽戏保留剧目之一。其中第三幕开头,棺材店生意清淡,学徒出谋献策,大搞有奖销售和赠送丧物一节,成为独脚戏演员常演的段子,名为《棺材店大拍卖》;老爷庙中请和尚时,适逢和尚大做佛事,这一段也被抽出作为独脚戏段子《和尚放焰口》。

3.《大闹明伦堂》

传统剧目,又名《祝枝山大闹明伦堂》。以幕表排演。以文明戏与苏州弹词同名剧(曲)目有关情节为框架,写唐伯虎为追秋香卖身华府为奴后,祝枝山不知其所往,寻至杭州。除夕之夜,有意在地头蛇徐子建门前无字对联上填写晦气词句。徐大怒,聚集众老子与祝评理。祝枝山以对对联赌银两。众人争出上联,祝从容地一一对出下联,得胜满载而归。民国三十一年(1942)年底,笑笑剧团在张园首演。江笑笑饰祝枝山,鲍乐乐饰徐子建,金慧声、裴扬华、陆希希、姚慕双、周柏春、笑嘻嘻、杨笑峰、俞祥明、金不换、徐古董饰众才子。各人说自己擅长的方言,以滑稽对联使观众发笑。后来有些滑稽演员如姚慕双、周柏春等亦在电台连续播出。1959年,上海人民广播电台组织当时的一些著名滑稽演员举行大会串，再次演出此剧，并实况录音，在每周"滑稽广播会"中播出。演员有姚慕双、周柏春、杨华生、笑嘻嘻、张樵侬、沈一乐、文彬彬、范哈哈、袁一灵、朱翔飞、筱咪咪等。1985 年春节，上海电视台组织上海滑稽剧团的演员在文庙大成殿内复演，并实况录像播放。

4. 《唐伯虎点秋香》

传统剧目。以幕表排演。以文明戏和苏州弹词同名剧（曲）目有关情节为框架，写唐伯虎为追秋香卖身华府为奴后，祝枝山寻至华府授计，由唐伯虎假意提出要随祝枝山而去，华太师欲赠美婢相留，唐遂在众婢女中点中了为其爱慕的秋香。婚后，深夜双方逃归唐寓。杨笑峰饰唐伯虎，江笑笑饰祝枝山。民国三十一年（1942年）年底，笑笑剧团在张园演出《大闹明伦堂》后附演。情节集中于"点秋香"一段，剧名简称《大点秋香》。1951 年，鲍乐乐、陆希希领导的天声剧团在大世界演出全剧，剧中婢女全由男演员扮演，身穿奇装异服，有的甚至穿当代的旗袍、高跟鞋。诸如六旬烧火老妪搔首弄姿，卖弄风骚；丑八怪浓装淡抹，活像一个母夜叉；6 岁小丫头叽叽喳喳，亦来应征；身怀六甲的孕妇死乞白赖地硬要当新娘……滑稽突梯，离题甚远。《唐伯虎点秋香》也常由滑稽演员在电台播出，如姚慕双、周柏春在"大点秋香"一节中配以各种南腔北调，由唐伯虎与众婢女一一对唱。有时以"大点秋香"为核心，前面加播《除夕贴对》《大闹明伦堂》，后面再播《王老虎抢亲》等。实则成为长篇滑稽连续广播剧。

5. 《一碗饭》

现代剧目。民国三十年（1941）10 月，上海滑稽界以"全沪滑稽大会串"名义为难童教养院筹集经费而演。编写幕表者於斗斗。故事写"米蛀虫"万钟衡家的女佣因给饥饿难忍的公公吃了一碗饭，被万踢死，万之长子介强不满父亲所为，离家出走。适政府究查奸商，万妾与账房私通，卷款潜逃。万之次子介长沦为匪徒，万亦沦为乞丐。参加演出者有江笑笑、刘春山、陆奇奇、程笑亭等。剧中对奸商有一定揭露，符合市民心理，演出甚受欢迎。张冶儿等携此剧目去天津演出，后由相声艺人常宝堃等移植上演。以杨天笑、赵宝山为主的天宝剧团在沪宁线流动演出，以此剧为保留剧目。1962年，常州市滑稽剧团曾重新整理上演。这是独脚戏向滑稽戏过渡的标志性剧目，当然还只是滑稽戏的雏形。

6.《小山东到上海》

现代剧目。民国三十一年（1942）华亭剧团首演。李竹庵、陈秋风借鉴话剧《夜店》《上海屋檐下》和文明戏《阁楼上的嫂嫂》，以及某些滑稽戏、独脚戏的情节，以幕表方式排练。写在上海打拳卖艺的小山东刘德才寄宿于小客栈中，结识了各色人等；客栈老板娘欲逼一农村姑娘为娼，小山东出头打抱不平；伪巡长陶桃与老板娘勾结，追捕小山东，小山东巧与伪巡长周旋。剧中情节简单，但展示了旧上海底层市民生活的真实画面。程笑亭扮演伪巡长，因其"冷面滑稽"的风格日趋成熟，演出获得成功。嗣后，又以小山东和伪巡长为贯串人物编演续集至 9 本之多。主要演员除程笑亭外，裴扬华扮演小山东。民国三十六年（1947）华亭剧团解散，由程笑亭独挑大梁复演时，改剧名为《伪巡长》。上海解放后，星艺滑稽剧团、上海人民艺术剧院滑稽剧团、苏州市滑稽剧团曾先后整理演出。或名《小山东到上海》，或名《伪巡长》。

第四章 "海派滑稽"大放异彩

——滑稽戏在上海

第一节 滑稽戏成为上海滩的"主流戏剧"

滑稽戏是在抗日战争中期（20 世纪 40 年代）由曲艺独脚戏接受了中外喜剧、闹剧和江南各地方戏曲的影响而逐步形成的新兴戏剧剧种。它流行于上海、江苏、浙江的许多地区，受到广大观众的欢迎。除了上海是滑稽戏的发祥地与大本营外，江苏的苏州、南京，浙江的杭州，也是滑稽戏发展的重镇。可以说"海派滑稽""吴门滑稽""杭派滑稽"占据了中国滑稽艺术的"三分天下"。1957 年至 1965 年期间，南京市滑稽剧团常沿长江中上游各埠及湖南、广东、广西等地演出。苏州市滑稽剧团足迹也遍及江、浙、沪、皖、鄂、豫等省市。杭州滑稽艺术剧院作为滑稽戏的源头——小热昏与独脚戏的保护和传承单位，近些年也编演了不少产生一定社会影响的优秀滑稽戏剧目。

滑稽戏的形成与发展同文明戏（新剧）、独脚戏等有着不可分割的内在联系。文明戏又称通俗话剧或方言话剧，它是由"新剧"（又称爱美剧）分化出来的。滑稽戏刚从文明戏派生出来之时，其表演艺术及角色分行一如文明戏体例，仅是改由大滑稽行的演员领衔，剧中安排较多笑料。后独脚戏与文明戏合流，形成了一个有说有唱着重于制造笑料的特殊戏剧表演艺术——滑稽戏。滑稽戏在上海的形成，也是伴随着上海的社会变革而产生的。从近代开始，上海一直是四海通商、五方杂处的都市，多元文化在这里交汇，全国各地的戏剧、曲艺不下几十个，可是上海土生土长的剧种、曲种却并不太多，戏剧剧种仅有沪剧与滑稽戏两种，曲艺、曲种仅有独脚戏、沪书、本滩等数种。

在清末民初出现的新剧中有"马褂滑稽"和"马甲滑稽"两行，大多扮演喜剧人物。在演出整本大戏时，又有加演一出小喜剧的通例，通称为"趣剧"，多由"滑稽"行当扮演。随着新剧正剧的式微和独脚戏的兴起，某些"滑稽"行当艺人组团专演趣剧，如张冶儿、易方朔创建的"精神团"，杨醉蝶、邢哈哈、凌无私创建的"星期团"等。有时他们在宣传媒体上亦称"滑稽戏"，那是就主演者的角色行当和戏的内容而言，总体上仍属新剧范畴，和作为剧种的"滑稽戏"概念有所不同。也有不少新剧滑稽行当艺人脱离新剧团体，投身到独脚戏的潮流中，又给独脚戏注入了新的养料。

大约在民国初期，苏州籍文明新剧滑稽演员王无能率先将各种方言、戏曲、市声杂唱做滑稽化的独立表演，遂有"独脚戏"之名。时人誉为"老牌滑稽"。民国十六年（1927）深受杭州卖梨膏糖艺人"小热昏"杜宝林影响的杭州人江笑笑来沪献艺，因其擅说具有一定社会意义的曲目，时称"社会滑稽"。民国十七年（1928），出身于上海城隍庙、学过浦东说书、得多种技艺熏陶的刘春山崛起，以迅速反映时事新闻为其主要特色，人称"潮流滑稽"。王、江、刘三家在曲目内容和表演技巧上各具个性，"老牌滑稽""社会滑稽""潮流滑稽"三足鼎立，共同开创了独脚戏的新天地。其后，仿效者群起，著名滑稽演员还有赵希希、丁怪怪、陆希希、程笑亭、朱翔飞、何双呆等。表演形式多是二人拼为一档（类似于对口相声），全盛时期有近百档，亦有组成班社的，如五档10人组成的五福团等。他们演出于各电台、游乐场以及"堂会"上，成为最为群众喜闻乐见的一个曲种。

　　正当独脚戏十分红火进入全盛时期之时，1937年"八一三事变"爆发，日寇大举入侵

刘春山、盛呆呆在演出"潮流滑稽"

江笑笑录制的《宁波打严嵩》唱片

王无能录制的"老牌滑稽"《哭妙根笃爷》唱片

中国，"十里洋场"的上海顿时沦陷为孤岛。江笑笑、鲍乐乐富有爱国情怀，二人在电台上创编演出了反映抵制日货的作品《八一三小鼓调》。考虑到二人的影响，日本人威逼利诱，企图让他们上电台宣传"大东亚共荣"以掩盖其侵略事实。江、鲍不为所动，为躲避迫害，在亲朋好友处东躲西藏，长达一年半之久。这期间，二人把过去演出过的作品整理成集，编成《江鲍笑集》一、二集，为后人留下了一份弥足珍贵的喜剧资料，这也是目前所见到的最早的独脚戏作品集。

民国三十年（1941），日军进入上海租界，独脚戏艺人原有的基本演出场所游乐场和私营电台纷纷关闭或受到限制，"堂会"生意空前清淡，迫使艺人们不得不另觅出路。同年10月，江笑笑、刘春山等团结程笑亭、陆希希、赵宝山、杨天笑等

刘春山录制的滑稽《游码头》唱片

一批同行，在过去偶尔为之的"滑稽大会串"基础上，创作演出更加注重人物性格塑造与故事情节的整本大戏《一碗饭》。此剧可称为滑稽戏的雏形剧目，在从曲艺向戏剧过渡的进程中迈了重要一步，因此具有划时代的意义。在《一碗饭》演出后，杨天笑、赵宝山等组织天宝剧团，在沪宁线继续流动演出《一碗饭》和其他剧目，进一步扩大了滑稽戏的影响。江笑笑、鲍乐乐组织成立了上海第一个滑稽戏剧团——笑笑剧团，陆续演出根据独脚戏传统曲目改编的《荒乎其唐》《瞎子借雨伞》《火烧豆腐店》等剧，获得成功。一些擅演趣剧的新剧滑稽行当艺人也陆续参加或组织演出团体，滑稽戏作为一个新兴剧种得到社会的承认。可以说，滑稽戏是源于独脚戏和新剧中的"滑稽"因素（艺人、剧目）的大合流。上海滑稽戏就其成员来说，有来自独脚戏一脉的，如刘春山、程笑亭，以及后来的姚慕双、周柏春等；有带着趣剧加盟的，如张冶儿、易方朔等；更多的则是脱离新剧到独脚戏后又回归于戏剧的，如江笑笑、鲍乐乐、范哈哈、袁一灵以及后来的杨华生等。

1942年笑笑剧团演出《瞎子借雨伞》剧照

上海解放前艺人地位低下，生活困苦，常受地痞、戏霸的敲诈欺凌，因而他们对当时的现实不满，时有讥讽时弊之作；但为了生计，又不得不拜流氓恶霸为"老头子"，寻求庇护，少数艺人染有恶习并有劣迹。也有个别并无演唱才能混进剧团、班社的社会混混，因而队伍状况鱼龙混合比较复杂。所演剧目，均无剧本，以幕表排戏，台词、唱腔全由演员即兴发挥，其题材多反映当代生活，尤其善于表现凡人小事中的喜剧冲突，刻画中下层市民的思想感情，但由于受半封建半殖民地城市审美趣味的影响，在追求笑声的时候容易滑向低级趣味与庸俗下流，无论思想上还是艺术上比较上乘的剧目较少，其中《小山东到上海》（又名《伪巡长》）暴露了旧上海的混乱面貌，对小人物的苦难和反动统治的腐败有所反映。

1949 年杨华生、张樵侬、沈一乐演出《西洋景》剧照

上海解放前，滑稽剧团和班社曾发展得很多，但聚散无常，具体数字已无法统计。1949年上海解放后，滑稽戏艺人政治上翻了身，社会地位得到尊重，积极性极大提高，滑稽剧团一度发展到近30个，但量多质差。通过戏曲"三改"（改人、改戏、改制），人民政府文化主管部门先后举办了多期戏曲研究班，组织编导及主要演员学习政治和中国共产党的文艺方针政策，提高政治文化素养；同时取缔了戏霸，精简了冗员，改私有制为集体所有制，剧团稳定在10个左右；同时改幕表制为剧本制和导演制，并选派了一些新文艺工作者参与艺术创作，使滑稽界的面貌发生了很大的变化，创作演出了一批配合当时政治运动反映现实生活的新编剧目，如《老账房》《王老板》《跑街先生》等，得到了政府的免税鼓励。到1959年，整顿为"大公"（主要演员杨华生、张樵侬、笑嘻嘻、沈一乐、绿杨）、"大众"（主要演员文彬彬、范哈哈、俞祥明、嫩娘、刘侠声）、"蜜蜂"（主要演员姚慕双、周柏春、朱翔飞、袁一灵、筱咪咪）、"海燕"（主要演员田丽丽、杨柳村、张醉地）4个滑稽剧团，艺术力量相对集中，出现了一批优秀剧目，如反映旧上海生活的《三毛学生意》《72家房客》；根据鲁迅名著改编的《阿Q正传》和现代剧《不夜的村庄》《女理发师》等。1960年，蜜蜂滑稽剧团划归上海人民艺术剧院，改名为上海人民艺术剧院滑稽剧团。在院长、著名导演黄佐临的领导下，加强了编导和舞美等方面的艺术力量，表演上汲取了一些话剧的营养，使滑稽戏趋于成熟，创作演出了《满园春色》《笑着向昨天告别》《一千零一天》等剧目，反映了滑稽发展的新水平。

"文化大革命"中，同全国一样，上海文艺百花园一片凋零，滑稽剧团全部被迫解散，主要艺术人员多遭摧残，先后被迫害致死的有田丽丽、沈一乐、文彬彬等，上海的滑稽戏艺术蒙受了重大损失。

"文革"结束后，文艺界拨乱反正。1978年后，滑稽剧团陆续重建，有市属剧团一个：上海滑稽剧团，主要演员有姚慕双、周柏春、袁一灵、筱咪咪等。区属剧团两个：南市区的上海市人民滑稽剧团，主要演员有杨华生、笑嘻嘻、张樵侬、绿杨等；黄浦区的上海市青年滑稽剧团，主要演员有嫩娘、刘福山、方艳华、蔡剑英等。创作演出的优秀作品有《出色的答案》《性命交关》《婚姻大事》《路灯下的宝贝》《甜酸苦辣》《出租的新娘》《阿混新传》《敲一记》《七十三家房客》《假夫假妻》《光明使者》《GPT不正常》《世界真奇妙》等。20世纪80年代后期，老一辈演员相继退出舞台，新成长起来获市级以上奖项的中青年演员有顾竹君、周庆阳、姚祺儿、王汝刚、胡晴云、钱程、秦雷等。在业余群众文艺活动中，亦有滑稽戏的创作和演出，也曾产生过一些优秀作品，如《三万元》《美丽的心灵》等。

改革开放、转向市场经济以后，3个滑稽剧团在体制上虽仍保持着一个全民所有制、两个集体所有制，但在经济上均为独立核算、自负盈亏，国家不再给予补贴。随着电视等文化娱乐设施的普及，舞台艺术呈衰落趋势，为了争取观众，各剧团多创作演出反映某一行业事迹的剧目（有人称之为"定向戏"或"行业剧"），同时以团（队）冠名、说明书夹带广告、演出海报等方式为其作宣传，以求得支持和赞助。滑稽戏在困境中艰难向前发展。

滑稽戏专演喜剧和闹剧，以众多的"噱头"引观众发笑为主要特征。结构剧情时，常运用被称之为"套子"的特别手法制造强烈的喜剧情势。表演以写实为主,兼用民族戏曲和民间曲艺的写意手法;演员有时跳出人物,以衬白、托白、咕白等方法进一步突出噱头和发展噱头;形体动作夸张奇特,有一定的模式性。舞台用语以上海话为主,又根据人物籍贯和性格的不同,可并用其他地方的各种方言,且从夸张某种方言语汇语音的特殊性以及多种方言的误会纠葛中形成噱头。滑稽戏的音乐唱腔除有自己的常用曲调外,一切音乐材料如各剧种、曲种的曲调,各种民歌小曲以及中外歌曲等,只要剧情需要或符合人物性格、感情都可为滑稽戏吸收使用,表现出极大的包容性和丰富性,可以说"万物可以为我所用",有"九腔十八调"之说。此外,还有根据某些市声民俗创制的曲调,如吸收苏州民间妇女哭丧旋律编制的"哭妙根笃爷",将耍猴艺人吆喝声加以夸张的音乐化的"耍猴儿"等。唱腔曲调的选用,一般按人物的籍贯、性格、职业、情绪决定;观众的时尚爱好也起到很大的作用,如早年多唱京剧、越剧曲调,近年则常出现以流行歌曲填入滑稽唱词演唱。

第二节 上海滑稽戏代表性艺术家选介

一、丁怪怪(1883~1933)

原名丁仲一,又名丁楚鹤,祖籍湖南,生于上海。曾为钱庄账房,后弃商从艺,演文明戏,工丑角;有时也扮女角,以扮演老妪见长。曾参加新颖剧团,在笑舞台演出时与王无能同事,见王改唱独脚戏成绩卓著,便在1927年起而效仿。初与杨吗吗搭档,曲目有《跳草裙舞》等。不久改与赵希希搭档,成为"五福团"响档之一。

丁怪怪（左）、赵希希演出照

擅演节目有自编的滑稽京剧《宣统皇帝大劫关》《投军别窑》等。在《投军别窑》中，他让鸦片鬼薛平贵念出"头戴烟灯一点红，两个烟泡挂在胸……"的定场诗。也曾与其四女儿丁玲玲搭档，合演载歌载舞的《渔翁捉蚌》。唱段方面，则有仿"五更调"劝嫖的《宁波节节高》以及《鸦片毛延寿》等近10个曲目，灌有唱片。丁生性慷慨，乐于助人。曾兼营商业，后因债台高筑，精神失常，悬梁自尽，身后萧条，有子女5人，除丁玲玲外，长女丁凤英、幼子丁小怪（后改名小丁怪怪）都继承父业。

二、易方朔（1891~1960）

文明戏"趣剧"演员。本名易祥云，因慕汉代名士东方朔而改名。浙江绍兴人。少时，在杭州某布庄当学徒，渐对戏剧产生兴趣，先拜文明戏演员张利声为师，后又投郑正秋门下。因办"小京班"，再向京剧名家赵如泉学艺。擅演书僮、仆从、小贩等"小

人物"。注重刻画人物性格，常以独脚戏的招笑手法，给人以幽默、诙谐之感。他的"趣剧"代表作有《山东马永贞》《天下第一桥》等。这些原属文明戏的剧目，经过他的滑稽化处理，为滑稽戏的形成和发展提供了条件。因有基础，故也常演滑稽京戏。所率"方朔精神团"，每到一地，男演员均反穿皮袍坐在黄包车上，列队绕街一圈，以招徕观众。该团成员以其家人和徒弟为主。因广收门徒，同行称之为"老夫子"。

三、王无能（1892～1933）

王无能《到上海去》剧照（右）

独脚戏、滑稽戏演员。本名念祖，小名阿魁；幼年时辫子奇细，故绰号为"小辫子阿魁"。江苏苏州人。清光绪三十一年（1905）左右随父来沪，在文明书局编辑所附设之文明小学就读，后因家贫辍学学艺，在笑舞台唱文明戏，工丑角，擅演书僮、小贩、箴片等穿马甲的小人物，故称"马甲滑稽"。表演上洒脱自然，口齿清楚，语言流畅，善说各地方言，即兴发挥甚多。其时大型滑稽戏尚未形成，在文明戏启幕前常加演被称为"趣剧"的滑稽小戏。其参与主演的剧目有《孟姜女过关》《约法三章》《谁先死》《贱骨头》《代理丈夫》《王小二过年》等，诙谐百出，滑稽可笑，成为保留精品，至今仍常被一些现代滑稽戏作为"套子"借鉴使用。后受小热昏、隔壁戏、双簧、苏滩、相声之影响，开辟新曲种，在"堂会"上兼演以学方言、唱戏曲、说笑话、讲故事为主的独脚戏。民国十六年（1927），正式打出独脚戏牌子。其代表作有《哭妙根笃爷》《各地堂倌》等。由于起了创始作用，艺术上又有口皆碑，故被公认是"老牌滑稽"和上海"滑稽三大家"之一。王无能虽然以唱独脚戏为主，但也演过近乎大型滑稽戏的喜剧，如与郑正秋、秦哈哈、张冶儿、易方朔联袂演出的《上海一滑头》等。还与电影明星宣景琳合拍过一部滑稽故事片《曹参谋说媒》。民国二十一年（1932），与钱无量、江笑笑、张冶儿合办"三一影片公司"，联络了裴扬华、范哈哈等人，合拍滑稽故事片《到上海去》。

王无能的生活习惯不好，嗜食鸦片，吃尽当光，一生穷困潦倒，死后连买棺材钱也没有，是同行募捐，为他料理的后事。一生并无嫡传弟子，然同行、后辈对他为滑稽奠基、发展所做的贡献十分敬仰，尊称为"滑稽鼻祖"。

四、张冶儿（1894～1962）

滑稽戏演员。原名张景华，祖籍安徽，生于江苏苏州。民国二年（1913）加入任天知领导的文明戏表演团体进化团，演童子生。后又加入春柳社、菊风社、民兴社等著名文明戏团体。富有喜剧才能，擅演

文明戏中的中小型"趣剧"；民国十三年（1924）在笑舞台主演之"趣剧"《大教歌》颇受好评。民国十五年（1926）与易方朔合组精神团，所演剧目多为文明戏中之"趣剧"，或在"趣剧"中加强各种方言噱头和歌唱等因素，而称之为"什锦戏"。代表剧目有《代理丈夫》《谁先死》和根据京戏《鸿鸾禧》改编的《喜临门》等。长期在新新、大世界等游乐场演出，影响很大，是滑稽戏诞生的前奏。民国二十五年（1936）后，跳出游乐场，进入市中心舞台，演出剧目有《阿Q正传》《山东马永贞》等。由于与易方朔意见分歧，曾三合三分，民国三十二年（1943）彻底分手。1950年，张先后组建过星艺、奋斗等滑稽戏剧团，演出过《三毛学生意》等戏。上海解放以后，曾组建过"星艺""奋斗"等滑稽剧团，并在《三毛学生意》中扮演过角色。1958年离团还乡，在病榻上追忆、口述早年所演之"趣剧"30出，经人整理成文，由苏州市戏曲研究所编印成《滑稽小戏集》。其表演夸张有度，寓巧于拙，人称"呆派滑稽"。传人知名者有俞祥明、包一飞等。

五、江笑笑（1900～1947）

滑稽戏、独脚戏演员。原名江文彬。浙江杭县（今杭州）人。少时曾在饭店学厨师，受"小热昏"杜宝林熏陶。后又师从双簧艺人黄杏珊习艺，并随师同台演出"戏迷双簧"，充下手，演"阳面"。民国十三年（1924）后，改与赵希希搭档。民国十五年

（1926）后，一直与鲍乐乐搭档。民国十六年（1927）来沪，在永安公司天韵楼、大世界等游乐场演出，自称"踱觉戏"，但未能被社会认可，不久也改用独脚戏名称。其演出节目内容，多讥讽时弊，称为"社会滑稽"。后人誉为上海"滑稽三大家"之一。民国三十一年（1942）建立了专演滑稽大戏的笑笑剧团，有众多的独脚戏演员和文明戏演员参加，如鲍乐乐、朱翔飞、盛呆呆、仲心笑、杨笑峰、笑嘻嘻、袁一灵、张利声等。先后演出了《荒乎其唐》《洋囡囡征婚》《双良心》《瞎子借雨伞》《火烧豆腐店》《祝枝山大闹明伦堂》等剧。未行过师礼的私淑弟子甚多，因其资历老、影响大，同行称他为"江老夫子"。姚慕双、周柏春、笑嘻嘻等继承了江笑笑以"说"为主的表演风格，并加以发扬光大。江笑笑的表演常具"傻""戇"的面部表情，扮演乡巴佬、吝啬鬼之类的角色，形态逼真，惟妙惟肖，被称为"呆派"。擅长绍兴、宁波、杭州等地方言。著作有与鲍乐乐合作的《江鲍笑集》第一、第二两册。

六、陆希希（1901~1952）

滑稽戏演员。又名陆笑兰。江苏苏州人。与弟弟陆奇奇（又名陆幼兰）皆为先演文明戏后转为演独脚戏的演员。陆希希是胖矮个儿，陆奇奇是瘦长身材，两人搭档，相映成趣，遂与当时美国好莱坞两位滑稽红影星劳莱和哈台相比，自称"东方的劳莱和哈台"。由于陆希希的脑袋特别大，而陆奇奇的头颅又分外小，故观众往往直

呼陆希希为"大头鬼"、陆奇奇为"小头鬼"。在游乐场与民间电台拥有大量观（听）众。

虽然其方言欠佳，然一口吴侬软语委婉动听，在演文明戏时也兼演女角。转入滑稽戏剧种后，更发挥所长，每每以"滑稽彩旦"面目出现，不论媒婆、富孀、善良老太太、狠毒恶婆婆，均演得惟妙惟肖，"噱头"十足。

参加过的剧团甚多，计有"笑笑""联合""五福"等。先后与江笑笑、杨笑峰、笑嘻嘻、王亚森、张幻东、袁一灵、朱培声、姚慕双、周柏春、杨华生、张樵侬、包一飞、唐笑飞、吕笑峰等人合作过，在剧中是难得的"硬里子"。1951年后，与鲍乐乐共建"天声剧团"，在上海大世界游乐场演出。演过的大型滑稽戏有《百灵机征婚》《钞票机器》《艳福比赛》《筱丹桂自杀记》《火烧豆腐店》《红姑娘》等。在独脚戏中，拿手作品有《新吃看》、滑稽《投军别窑》。该两个段子由陆氏兄弟在百代公司灌成唱片，至今仍为保留曲目。

七、陆奇奇

又名陆幼兰，江苏苏州人。与兄陆希希（又名陆笑兰）皆为先演文明戏后转为演独脚戏的演员。

八、鲍乐乐（1902~1963）

滑稽戏、独脚戏演员。原名鲍冰魂。浙江杭州人。10岁丧父，母亲系中学教师。鲍原为杭州甲种工业专科学校学生，经常参加学生演剧活动，中途辍学"下海"。初演文明戏，工小生，兼演旦角；后演独脚戏，与

江笑笑搭档，充下手。举止文雅，"托"功不凡，无论江笑笑"说"得走题或即兴发挥，都能"托"得恰到妙处。与江共同形成了以"说"为主的"说派滑稽"。他多才多艺，会演奏多种乐器，如二胡、三弦、提琴等。为演唱流行歌曲伴奏，别开生面，开创了乐器搬上滑稽舞台的先例。《江鲍笑集》第一、二集由其执笔出版。还在笑笑剧团中负责剧团工作，与江笑笑合演了众多的滑稽戏。江笑笑去世后，先后与陆希希、金慧声拼档，改任上手。1950年，创立天声（滑稽）剧团，在大世界演出，任副团长，演出系列滑稽戏《日本宪兵队》达十几本之多，名噪一时。鲍乐乐的表演，也有江笑笑的风貌特点，面部表情说呆不呆、似傻非傻，语言阴冷，动作缓慢。1958年与王一明合作，又将其与江笑笑合演过的《火烧豆腐店》《王小毛》《贪小失大》《天竺馒头》《绍兴阿官乘火车》（即《绍兴人乘火车》）等剧（曲）目重新整理，由上海文化出版社出版。1962年被上海市人民政府聘为文史馆员。

九、刘春山（1902~1942）

独脚戏、滑稽戏演员。上海宝山人。幼年时，曾在上海南市区

永生堂梨膏糖店学生意，还在老城隍庙桂花厅前卖过馄饨；后加入润余社，唱过浦东说书；一度与程笑亭结伴"玩票"，唱京戏和独脚戏。民国十七年（1928）正式下海，与盛呆呆搭档，在永安公司天韵楼登台，标新立异，以"搭棚戏"为号召。其表演以"快口"著称，妙语如珠，神完气足，即兴表演尤佳，常把当天报载新闻编成段子演唱，这与小热昏"说朝报"的风格相近，观众冠以"潮流滑稽"称号。被誉为上海"滑稽三大家"之一。其代表作有《游码头》《热水袋》《汪家大出丧》《一百零八将》《搓麻将》等。20世纪30年代末，开始注重滑稽戏，参与过《一碗饭》的演出，并曾创办"快乐影片公司"，自筹资金拍摄滑稽电影《鸡鸭夫妻》和宣传抗战的滑稽短片《拼命》。曾任滑稽公会会长。

十、赵希希（1903~1959）

独脚戏、滑稽戏演员。原名赵云亭，祖籍河北，迁居浙江杭州。早年在杭州一银楼当学徒，因酷爱戏剧，遂弃商从艺。初在杭州大世界演文明戏，1924年与江笑笑合演双簧。1927年到上海，分别与丁怪怪、鲍乐乐、范哈哈等人搭档演独脚戏，演出于天韵楼、先施乐园、大新等游乐场。其中与丁怪怪合作时间最长。1929年参加"五福团"演出。曲目有化装表演的《投军别窑》《霸王别姬》《探阴山》等滑稽京戏，反映当时社会风情的《大战拆白党》，宣传抗日的《包公阴审白川》等。这些段子曾由百代公司灌制唱片。赵还参加刘春山、盛呆呆等的滑稽无声影片《鸡鸭夫妻》的拍摄。赵收徒不多，但能精心培育，知名者有袁一灵等。长女赵玲，初习京戏，后改演滑稽戏，曾为江苏省南京市滑稽剧团主要演员。长子赵麟童，习京剧，为浙江省京剧团主要演员。

十一、裴扬华（1904~1970）

裴扬华剧照

滑稽戏演员。祖籍湖南，生于江苏。少年时当过消防队员，继而演文明戏，后改唱独脚戏。第一个搭档为丁怪怪，先任下手，后易上手。第二个搭档为范哈哈，仍任上手。曾参加过王无能、江笑笑、张冶儿等所拍摄的滑稽电影《到上海去》。民国三十一年（1942）与程笑亭搭档唱独脚戏。同时成立了专演大型滑稽戏的华亭剧团，裴挂牌的头衔称作"滑稽泰斗"，上演了《小山东到上海》，扮演主角小山东刘德才，成功地塑造出这一外乡卖艺人憨厚老实、仗义助人的人物形象，成为其代表作。后与程笑亭分手，另组剧团，先后与江笑笑、范哈哈、文彬彬、朱培声、夏萍、唐茜娜等合作。演出过的大型滑稽戏有《卫生原子弹》《港瘪流浪记》《男女小飞机》等。其表演稳重大方，谈吐诙谐幽默，"乡谈"（学方言）以山东、湖北、苏州方言最为流畅，且能反串女角。在演出大戏之余，于深夜在民间电台讲故事，有根据《聊斋》改编的鬼故事，有根据张恨水的小说《春风回梦记》《红杏出墙记》播讲的言情故事，还把还珠楼主所著小说《蜀山剑侠传》编成武侠故事开讲。1950年12月去香港演出，定居未归，在百乐门舞厅、月园游乐场唱独脚戏，也在"丽的呼声"电台与女儿裴蓓一起播音。一度参加歌舞团去新加坡演出相声，有时也单独演些滑稽戏片断。

十二、秦哈哈（生卒年不详）

秦哈哈演出照

　　秦哈哈，滑稽戏演员。1923 年在上海影戏公司主演影片《饭桶》。1926 年任开心影片公司演员。后在明星、国光、友联、复旦等影片公司拍摄影片。1929 年任天一影片公司演员，后在白虹、大金龙等影片公司主演影片《血路》《血溅桃花》等片。

十三、杨宝成（生卒年不详）

滑稽戏早期演员。曾与凌无私、秦哈哈、王悲儿等组织星期团。

十四、汪摩陀（生卒年不详）

滑稽戏演员。是资历较老的滑稽戏表演者。

十五、凌无私（生卒年不详）

滑稽戏早期演员。星期团骨干成员，是星期团滑稽新戏演出的开拓者和维护者。这是一个以团体名义而非个人演员著称的剧团，主要成员有凌无私、邢哈哈、黄梦梅、王悲儿、杨醉蝶、陆月明等人，他们从1922年7月起在大世界演出，直到1939年9月结束。

十六、邢哈哈（生卒年不详）

滑稽戏早期演员。是星期团滑稽新戏演出的开拓者和维护者之一。

十七、王悲儿（生卒年不详）

早期滑稽戏演员、编剧。

十八、吕笑峰（1904~1982）

滑稽戏演员。小名阿宝。上海人。当过印刷工人。民国十七年（1928）进入上海各游乐场唱独脚戏。不久，拜易方朔为师。初始，吕笑峰提携唐笑飞，自任上手，称"麒派滑稽"。后唐笑飞改唱上手。吕笑峰是滑稽戏中难得的"硬里子"，多演"滑稽老生"，与许多著名滑稽演员合作过。如程笑飞领衔主演的大型滑稽戏《当我洋盘》《三轮车小姐》，吕笑峰为重要配角；筱快乐、田丽丽演出的《妈妈不要哭》，吕笑峰扮演失足儿童小狗之父；在程笑亭与田丽丽合建百花滑稽剧团复演《小山东到上海》时，吕演流氓阿宝；又在程笑亭演出《野人头》时扮演笨蛋。吕笑峰扮演之角色常具戆腔、憨态、疾痴奖、鲠劲，滑稽突梯，令人喷饭。1950 年，唐笑飞、吕笑峰合建滑稽剧团，从二人名字各取一字，定名"飞峰"。其代表剧目为《日本宪兵队》，越演越盛，演到第 6 本才作罢。吕笑峰在剧中扮演日本翻译，表演上采用"黑心呒用人"的路子，想要坑害抗日战士，反而自取其咎。其时，大多数滑稽戏演员在滑稽戏里皆爱用流行歌曲配唱剧中新词，但吕笑峰仍以京剧为主，常借用"流水板"演唱戏内词句。

十九、黄佐临（1906～1994）

戏剧、导演艺术家。
原名黄作霖，祖籍广东番
禺，生于天津。先后在英
国伯明翰大学攻读商科，
剑桥大学研究莎士比亚，
同时在伦敦戏剧学院学习
导演。回国后，先在重庆
国立戏剧专科学校任教，

后到上海从事戏剧活动，并创建若干剧团和参与创建文华影片公司。
1950年后任上海人民艺术剧院副院长、院长、名誉院长长达44年
之久。

黄佐临在探索中国民族演剧体系的奋斗过程中，探索具有民族
特色的中国喜剧是其中的一个组成部分。早在民国十五年（1926）
他在英国参加课余戏剧活动时，自编自导自演的一个短剧《中国茶》
就是一个讽刺喜剧。此后，在他所导演的剧目中，喜剧也占有相当
的比重。为实现自己的目标，他对滑稽戏产生了浓厚的兴趣。他认
为滑稽戏"具有自己的艺术特色，又符合我国观众的欣赏习惯，表
演生动、活泼、亲切，台上台下打成一片，没有挡在演员和观众之
间的第四堵墙，而且许多老艺人都有拿手的一招，如果加以改造、
提高，摒弃它原有的糟粕，吸取话剧和其他艺术的精华，是可以使
之发展为具有民族特色的中国喜剧的。"为此，1958年由他执导，将
滑稽戏《三毛学生意》搬上了银幕。紧接着，在1960年由他建议经

上级主管部门批准将原蜜蜂滑稽剧团纳入上海人民艺术剧院，成为上海人民艺术剧院滑稽剧团，作为探索基地。为了"把戏剧学院那套科学的系统的创作方法和滑稽戏传统的艺术手法溶合在一起，以提高滑稽戏的艺术品位"。他又于1963年把严顺开从中央戏剧学院调来滑稽剧团。

在黄佐临的领导下，先后创作演出了《满园春色》《笑着向昨天告别》等13部大型滑稽戏。其中黄佐临亲自执导的有《一千零一天》《纸船明烛照天烧》《梁上君子》等。这一批剧目无论在表演深度上和艺术品位上都使滑稽戏跃上了一个新的水平。所以说，他对滑稽戏美学品位的提升做出了重要贡献。

二十、范哈哈（1907~1987）

滑稽戏演员。本名范良益，浙江杭州人。自幼酷爱艺术，经常旷课去听杜宝林的"小热昏"，被学校开除。后在五金店当学徒，结识了银匠赵云亭（即赵希希）、菜馆学徒江阿伟（即江笑笑），在杭州大世界客串演出文明戏。民国十二年（1923）拜文明戏演员顾云洲为师。民国十四年（1925）来上海献艺，先在游乐场扮演"马褂滑稽"一类角色。民国二十二年（1933）与王无能、江笑笑、鲍乐乐、陆希希、张冶儿等共同拍摄了滑稽影片《到上海去》。民国二十五年（1936）与赵希希、裴扬华等搭档演独脚戏，编演了抗日曲目《包公阴审白川》《满清三百年》等名段。一度组织过家庭小京班，去各地演出。20世纪40年代起，组建过"万象""金龙""奋斗""大众"滑稽剧团。在大众滑稽剧团曾任艺委会主任、副团长、团长等职务，富有管理经验。1952年兼事编剧工作。1957年编演的《三毛学生意》晋京汇报演出时，周恩来总理两次亲临剧场观看，并与他握手交谈，合影留念。长期的舞台实践，形成了范派老生的艺术特点：光头红鼻子的造型，夸张的形体动作，杭州、绍兴的方言，成功地塑造了《三毛学生意》中的吴瞎子、《马戏团的小丑》中老地痞、《小皮匠挂帅》中的皇帝老子、《滑稽年代》中的老艺人等艺术形象。曾任上海市文联委员。

二十一、俞祥明（1907~1994）

滑稽戏演员。祖籍安徽。初始演文明戏，师承张冶儿。后来改演独脚戏，曾与吕笑峰、范哈哈、唐笑飞等拼过双档，同时兼演滑稽戏。

1948年，俞祥明与程笑飞、小刘春山合作，号称"阵（程）头（刘）雨（俞）"，成为民间电台的"三大响档"之一。

俞祥明方言不多，唱功也弱，但演技精湛，面部表情极其丰富，在"堂会"中或舞台上程笑飞演唱类似各派越剧的《绍兴小姐》时，俞与之以"双簧"的形式出现，程在俞身后当"阴面"，俞在程身前当"阳面"。程唱到"戚雅仙喜欢吃西瓜子"时，俞随着程的声调做出咬瓜子、剥瓜子、扔瓜子壳、吃瓜子肉等动作，生动细腻，配合甚是得体。在滑稽戏中，俞祥明工"滑稽老生"，始终为"硬里子"；并能做到不抢戏，在"本份"上尽力发挥。例如在《活菩萨》中饰潘老爷，一脸的封建、愚昧、蛮横、专制，塑造出一个颠顸透顶的糊涂虫。在《三毛学生意》中扮演的流氓老大，在《阎瑞生》中扮演的无赖吴春芳等角色，也刻画得颇具个性。演过的滑稽戏还有《游码头》《天亮了》《大闹洞房》《独出一张嘴》《老店新开》等。尤以《老店新开》最为突出，俞扮演相命先生，王自迷扮演卖大饼的小贩，创作了一个穷极无聊的相面先生骗吃大饼的一节戏。后被抽出，独立成篇，作为独脚戏演出，定名为《骗大饼》，被广大同行搬用，成为保留段子。

俞祥明参加过笑笑剧团、合作剧团、联谊剧团等。1951年与程笑飞、小刘春山合建了"大众滑稽剧团"。"文化大革命"后，因长期卧病在床，未曾复出。

二十二、程笑亭（1908~1961）

滑稽戏演员。原名程文新，上海人。青年时与滑稽大家刘春山、电影喜剧演员韩兰根为友。民国十六年（1927）起，在上海大世界和永安公司天韵楼等处表演独脚戏，常与管无灵搭档，因风度潇洒，有"摩登滑稽"之称。民国三十年（1941）参加滑稽戏《一碗饭》的演出，扮次要角色。表演上受

美国电影明星裴司凯登的影响，渐以其"冷面"的特点引起人们注意。民国三十一年（1942）与裴杨华合作建立"华亭剧团"。在1~9本《小山东到上海》中扮演伪巡长陶桃，一炮打响，红遍申城，"冷面"风格日趋成熟，自成一家。此后，所扮演人物均以白粉涂面，用墨笔勾出眼眶，把眉毛划成细短八字，绝少表情。每以快口和咕白中产生冷隽笑料，俗称"阴嗉"。即兴"嗉头"极多，几乎每场演出皆有新招，常使同台演出者忍俊不禁。"乡谈"（即学方言）少

而精，浦东、苏北、山东等方言异常逼真。1950 年后曾在新新滑稽剧团、人人滑稽剧团领衔主演。1953 年与田丽丽合作，建立"百花滑稽剧团"，所排新戏仍走"陶桃路子"，如《伪巡长自新》等，艺术上未有新的发展。

二十三、仲心笑（1909~1963）

本名仲荷生，祖籍浙江省湖州。师从江笑笑，1931 年开始演独脚戏，在新世界、大世界、大千世界等游乐场和堂会上献艺。1931 年初，先与黄世璜搭档，未几分手。之后，与其合作者有刘快乐、俞祥明、范哈哈等，其中与刘搭档时间最长。仲心笑少年时曾在美国花旗总会西餐厅当过仆从，初识英语。所演独脚戏有《外国空城计》等，被誉为"外国滑稽"，每每以中文杂以洋泾浜英语而招笑；常演曲目还有《话把戏》《广东上海话》《宁波挖花牌》等。表演朴实无华，精神饱满，说表清晰，多演上手。系裴扬华、程笑亭领导的华亭剧团老人马，还参加过江笑笑、鲍乐乐的笑笑剧团和龚一飞的玫瑰剧团等。

二十四、朱济苍

1910 年生，浙江吴兴人。编剧，民盟盟员。

少年时曾在布庄当过学徒，在洋货店当过小职员。民国二十二年（1933）来上海拜文明戏红小生林雍容为师，在新新公司学唱文明戏。自民国二十三年（1934）起，开始走向以"幕表"排戏的"幕表师傅"道路，先后为张幻尔、邹笑笑、方铁民等所在的文明戏团体排过众多的戏。1947 年开始编写滑稽戏"幕表"，为唐笑飞、朱翔飞的滑稽戏团体编排过《天字第一号》至《天字第八号》，为华亭剧团编排过《伪巡长》七、八集。

上海解放后，参加了文化主管部门举办的研究班、训练班，从"幕表师傅"转为编剧，编写过滑稽戏数十部，如筱快乐剧团的《团团圆圆》《妈妈不要哭》，联艺剧团的《警察与小偷》，艺锋滑稽剧团的《红灯花轿》《结发夫妻》《老江湖》，蜜蜂滑稽剧团的《播音鸳鸯》《小儿科》《老账房》《红艺人》，大众滑稽剧团的《老娘舅》《开无线电》《火烧小栈房》等。其中《老账房》配合了当时的"五反"运动，时任文化部副部长周扬看后予以肯定。《小儿科》获政府免税鼓励。1955年后，编制固定在蜜蜂滑稽剧团，1971年于上海人民艺术剧院滑稽剧团退休。

二十五、张樵侬（1910~1998）

独脚戏、滑稽戏演员。原名张保恩。1910年生，上海南汇人。中国农工民主党党员。中国曲艺家协会会员，上海戏剧家协会会员。幼年时读到小学五年级即失学。13岁时在上海万生昌烟纸店当学徒，14岁时拜文明戏演员俞樵翁为师，在上海大世界游乐场、先施乐园、杭州大世界和江浙两省演戏。民国二十五年（1936）改唱独脚戏，先与徐笑林搭档，后与杨华生合作。抗日战争时期，参加总政治部抗敌演剧队，后又另组战音杂剧团。1947年与杨华生到上海唱独脚戏，称为"重庆滑稽"。后沈一乐、笑嘻嘻相继加盟，成为"杨、张、笑、沈"的"四个档"。1950年春节，与杨、笑、沈及程笑飞、小刘春山、俞祥明共建合作滑稽剧团，演出大型滑稽戏《活菩萨》，反串潘老太一角，滑稽突梯，众口交誉。1951 年，张等 4 人另建大公滑稽剧团，张在《72 家房客》中成功地塑造了正直、机智的卖梨膏糖小贩杜福林一角；1979 年参加上海市人民滑稽剧团，在《孝顺伲子》中把一位才气横溢、慈眉善目的老画家演得非常成功。其在杭州时曾随著名小热昏杜宝林演出过几次，从杜身上得益匪浅，故所演的独脚戏大都以"说"为主。不论演大戏或曲艺，表演风格均朴实无华、稳健大方、中气充沛、嗓音刚亮。

二十六、朱翔飞（1911～1974）

滑稽戏演员。原名朱杏林，上海人。青年时曾在花旗总会、西湖博览会做过应试生，在大陆报馆、大来码头当过接线生，还当过印染工和电梯驾驶员，业余喜爱滑稽。民国二十年（1931）开始演独脚戏，先与何双呆搭档，后与任咪咪携手，多演出于私营电台、游乐场和堂会，在大新公司演唱时间最长。其表演冷隽洒脱，特擅说表，每每表演"单卖口"，在同行中有"唱不过麻皮（刘春山），讲不过（朱）翔飞"之誉。其独脚戏代表作有《水淹七军》《全体会》等。脍炙人口的独脚戏《72 家房客》的初演本即朱翔飞所作。中华人民共和国成立前，与唐笑飞、包一飞组建过"三飞剧团"。中华人民共和国成立后，曾任新艺滑稽剧团团长，所主演的大型滑稽戏《板板六十四》获好评。后为蜜蜂滑稽剧团、上海人民艺术剧院滑稽剧团主要演员。在滑稽戏《纸船明烛照天烧》中扮演美国总统，动作夸张而不失身份；在《满园春色》中扮演厨工庄师傅，有一大段近似单口相声的独白，语调、节奏处理出色，集中地显示了他的艺术特点。

二十七、包一飞（1911~1991）

滑稽戏演员。浙江绍兴人。19 岁时曾在上海市吴兴昌西服店当店员，受王无能、刘春山影响，系独脚戏"票友"。民国二十一年（1932）正式"下海"演独脚戏，与好运道搭档。常演曲目有《十三个人搓麻将》等。还常演半似独脚戏半似小戏的"什锦歌剧"，讲各地方言，唱南腔北调，饰诸类人物，在电台和堂会上演唱。还组织过一飞剧团，在大世界游乐场演出，剧目有《包公捉拿落帽风》《方卿见姑娘》等。所演之滑稽戏常以方言塑造各种不同人物而取胜，观众誉之为"方言滑稽"。还曾编演大戏《方言大王》，并曾多次参加别人组织的剧团演出。在笑笑剧团演出过大型滑稽戏《大闹明伦堂》，在华亭剧团演出过《小山东到上海》，还和唐笑飞、朱翔飞合作在天宫剧场演出过大型滑稽戏《三飞闹天宫》。1951 年后，与唐笑飞、杨笑峰、袁一灵、任咪咪、管无灵以"六块头牌"为号召，组建艺锋滑稽剧团。主演大型滑稽戏有《老江湖》《抱牌位做亲》《痴心梦想》《步步高》《闹家务》《隔壁气》等，尤以《老江湖》口碑最佳。包在剧中饰演卖梨膏糖的老江湖，刻画了一个在社会底层为生活挣扎，敢于在嬉笑怒骂中与反动警察、地痞流氓作不屈不挠斗争的老艺人形象。由于嗓子好，擅唱，在剧中不仅穿插了传统滑稽唱段《宁波"打严嵩"》，而且仿照《金铃塔》式样在最后一场连唱 5 段，快而不乱，一气呵成，显示了他的唱功。

二十八、何双呆（1911～1975）

原名何梅生，上海市人。由票友"下海"。初与朱翔飞搭档，充下手；后改与沈笑亭合作，为上手，技艺得以发挥。先后常演的节目有《浦东说书》《乘电车》《外国莲花落》《一对情侣》《开火车》《姨娘讲东家》《新老法结婚》《僵尸鬼出现》《笨家主婆》《结婚前后》《坏习惯》等，1958 年后，何双呆不再演出活动。何双呆有学生李小呆、陆再双、钮再双、姚慕双等。

二十九、管无灵（1911～2005）

生于 1911 年，1922 年开始与徐小英到宁波合作表演双簧，后又到上海小世界，与费嘻嘻、周笑笑、唐秀珍一起演过"四簧"。1930 年（20 岁）时拜王无能为师，并与程笑亭合作表演独脚戏，号称"零头戏""摩登滑稽"。代表作《滑稽"活捉张三郎"》；表演独脚戏新颖新潮，引入"踢踏舞"等时尚元素。管、程两人合作 10 多年后于 1942 年分手：程笑亭与裴扬华组建华亭剧团，管无灵以表演独脚戏为生。管无灵、程笑亭曾灌制过 11 张滑稽唱片。除《滑稽"活捉张三郎"》外，还有《滑稽黄陆戏》（高亭）、《山东老乡打黄盖》（高亭）、《印度"牧虎关"》（蓓开）、《老枪别窑》（蓓开）、《各方什语》（高亭）、《各地小贩》（高亭）、《各种小贩》（蓓开）、《借红纱》（蓓开）、《滑稽"活捉张三郎"》（蓓开）、《滑稽"珠帘寨"》（蓓开）、《路遥知马力》（高亭）等。管无灵一生活跃在滑稽舞台上，20世纪末他80多岁高龄时，还推出独脚戏《滑稽"拉网小调"》，中气十足，噱头连连。

三十、唐笑飞（1913~1961）

唐笑飞（左）演出照

滑稽戏演员。原名唐天仙，浙江嘉兴人。抗战初期，编演之独脚戏《外国莲花落》蜚声上海。有吸毒恶习，一度潦倒沦为街头卖艺。后应黄金荣之聘，在大世界大业电台播音。戒毒后艺事大进，因其神完气足，往往以丹田之声博取"彩头"，故被誉为"精神滑稽"。独挑大梁，演出大戏《海上迷宫》《楼外楼》等。抗战胜利后，与朱翔飞、包一飞合作，在天宫剧场上演《三飞闹天宫》，名噪一时，乃至京剧上演《天仙配》时邀去戏中串戏，在牛郎织女相会时演唱"堂会"；现代京剧《阎瑞生》中之包打听一角，亦邀其扮演，以此号召观众。由唐笑飞领衔主演的根据同名电影改编的大型滑稽戏《天字第一号》，因卖座甚佳，遂跳出电影框架，接排二本、三本；借用当时扑克牌"打罗宋"中赌博名称"六对半"而编成的大型滑稽戏《六对半》，根据电影《小女婿》改编的《红双喜》，与程笑飞合作演出的"时代新戏"《哭筱丹桂》，在当时均有一定影响。1950年，与吕笑峰组建了飞峰滑稽剧团，上演了大型滑稽戏《日本宪兵队》，共6本；唐笑飞扮演日本宪兵队大队长，运用了"自食其果"的招笑技巧，并施展谐音手法，一口叽叽咕咕的日本话，不懂都难辨真伪，其实是在说沪语，如"滑得过去滑，滑勿过去勿要滑"等噱头。1951年后与包一飞、杨笑峰、袁一灵、任咪咪、管无灵共建艺锋滑稽剧团。1959年后离开舞台。

三十一、杨天笑（1913~1971）

江苏省江阴市人。本名徐长福。曾在书局当过排字工。1933年，在上海拜王啸天为师。1935年，与包一飞、赵宝山等在上海合演独脚戏。曾与筱快乐、杨柳村、丁童声、筱春山（即顾春山）、袁一灵、筱咪咪、筱翔飞、徐笑亭、小无能5档独脚戏青年演员组成"小金刚五福团"，活跃在电

台、堂会、酒楼与游戏场。以说唱见长，会自拉自唱，代表作为《一百零八将》，唱得快而不乱、一气呵成。常演的曲目还有《三鲜汤》《草裙舞》《拉黄包车》《关亡》《各地方言》《清和桥》《剃头》《老枪投军别窑》《宁绍空城计》等。1937年，与赵宝山合建天宝剧团。1941年后，以文明戏改编的《一碗饭》在江苏、浙江一带演出。1950年，杨在沪再上电台兼唱独脚戏，新作有《影迷》等。弟子极多，知名者有小杨天笑、盛洪庄、徐天麟等；其女杨梅继承父

业，为常州市滑稽剧团主要演员。

三十二、筱咪咪

原名张金生，1914 年生，江苏无锡人。滑稽戏演员，民盟盟员，上海戏剧家协会会员，上海曲艺家协会会员。

少年时曾在姚公记机器厂当过学徒，民国二十一年（1932）拜新世界振社话剧团艺人刘汉明为师，学演文明戏。民国二十三年（1934）在小世界话剧团开始登台，更名张呆童。民国二十五年（1936）再拜任咪咪为师，改名筱咪咪。先后与邹笑笑、筱翔飞、沈一呆、袁一灵、龚一飞、张醉地搭档在各游乐场、电台、堂会以及无锡、苏州、杭州等地演出独脚戏。

1950 年参加蜜蜂滑稽剧团，1975 年从上海人民艺术剧院滑稽剧团退休。

演技老到，善于刻画人物，从性格中捕捉笑料，正反角色都能演得惟妙惟肖、入木三分。演过众多的滑稽戏，影响较大的有《闹新房》中的黑心二房东，《老账房》中的大老板，《认钱不认人》中的苦老头子，《笑着向昨天告别》中的大流氓老七，《西望长安》中官僚主义者林树桐，《阿大阿二》中的部队老军长，《甜酸苦辣》中的门卫王传璋等。拿手的独脚戏有《各地堂倌》《笑比哭好》《浦东说书》等。

三十三、刘侠声（1915~1978）

滑稽戏演员。本名刘孝华，生于江苏江都。13 年随父来沪，就读于通惠小学，因家境困难，辍学后拜文明戏演员王一士为师，进先施乐园戏班学艺，三年后去杭嘉湖一带演出。民国二十四年（1935）重返上海时，艺术上已比较成熟，在本市游乐场初露头角。民国二十六年（1937）先后去暹罗（今泰国）、安南（今越南）做营业性演出半年，与文明戏演员合演"趣剧"。回国后，先后

参加过易方朔、张冶儿的精神团，在《三毛学生意》中扮演剃头师傅一角，动作洒脱，表情丰富，语言幽默，节奏得当，以此成名，与文彬彬同步走红。《三毛学生意》电影放映后，受到电影导演谢晋的青睐，邀请他担任喜剧影片《大李小李和老李》的第一主角。"文化大革命"期间，《三毛学生意》《大李小老和老李》被打成"大毒草"，刘侠声受到迫害；后平反。1978年应上海曲艺剧团邀请，在滑稽戏《满园春色》中扮演厨工庄师傅一角。复排时参加该团揭批"四人帮"大会，在控诉时，情绪过于激动，当场昏厥，送至医院，因严重脑溢血，抢救无效去世。

三十四、袁一灵（1917~1992）

滑稽戏一级演员。中国农工民主党党员。原名袁国良，祖籍江苏，生于上海。少时曾在制作戏曲刀枪道具的作坊学过手艺。民国二十四年（1935）参加文明戏团体"癸酉社"学艺。民国二十五年（1936）师从滑稽艺人赵希希，先后与沈一呆、杨笑峰搭档唱独脚戏。擅唱，有"唱派滑稽"之称。"说""做"亦佳。其以唱为主的代表作有《金铃塔》《春到人间》《浦东

说书》等。尤其是《金铃塔》，在唱念中融合了"快口""绕口"技巧，咬字清晰，发音准确，舌如鼓簧，语似连珠，快而不喘，一气呵成，被同行誉为"绝活"，流传至今不衰。

民国三十一年（1942）参加笑笑剧团。1951年与杨笑峰等人共同组建艺锋滑稽剧团，演过《前说后忘记》《钱笃笃求雨》等数十部大戏，为该团"六块头牌"之一。1959年后，先后参加蜜蜂滑稽剧团、上海人民艺术剧院滑稽剧团、上海滑稽剧团。

表演上，袁一灵属"马甲滑稽"，擅于刻画"小人物"，如他在《小山东到上海》中扮演的小山东，在《王小毛》中扮演的王小毛，在《梁上君子》中扮演的惯偷包三，在《阿大阿二》中扮演的阿大、阿二，在《笑着向昨天告别》中扮演的小贩阿王等都很有出彩。1980年后，开始与荧屏结缘，他主演的喜剧电视片《颠倒主仆》获法国巴黎第一届华语影视"雄狮奖"三等奖。美国著名喜剧专家鲍勃·霍甫非常欣赏他的表演才华，特邀合拍喜剧片《通向中国之路》。

生前是中国曲艺家协会理事、上海市曲艺家协会副主席。

三十五、杨笑峰 （1918~1994）

滑稽戏演员。江苏常州人。因其兼营饭店、戏馆、民间电台等商业，每每为资本筹划，沪语为"别头寸"，故绰号为"头寸滑稽"。师承鲍乐乐。先后参加过"笑笑""五福""联合""艺锋"等滑稽剧团，且是艺锋滑稽剧团的创办人之一，任团长。

嗓子沙哑，并不擅唱，但以方言著称，常州、无锡、宁波、苏北、山东等"乡谈"（学方言）说得十分流畅；扮演各类角色非常投入，正角反角均能演得入木三分。演过的大型滑稽戏有《和尚尼姑做夫妻》《钞票机器》《小栈房》《抱牌位做亲》《百灵机征婚》等；最受观众欢迎的是《红灯花轿》，久演不衰，连满多年。

杨笑峰还擅于为滑稽戏作词，笔名英子。系"电台滑稽"起家，曾与笑嘻嘻、黄笑飞、孟晋、袁一灵等合作过。尤以与袁搭档时间最长，任上手。当袁一灵"翻场"唱《金铃塔》时，杨笑峰为袁一灵操琴。独脚戏拿手曲目有《常州人乘火车》《滑稽广东戏》《捉垃圾》等。

民国三十五年（1946）5月，杨笑峰编辑发行了《滑稽戏考》一书，书内以滑稽唱段为主，由文美印书馆印刷。在民间电台播音时叫卖，上海一些书店、报摊亦有售。

三十六、程笑飞（1918~1971）

滑稽戏演员。原名陈炳章，祖籍安徽巢县，生于江苏常州。少时曾拜文明戏演员王啸天为师，在大千世界游乐场学艺。民国二十六年（1937）加入包一飞剧团任演员兼乐师，擅奏胡琴。以后，以自拉自唱独树一帜，在游艺场、电台等处演独脚戏，影响较大。1943年，大世界组建笑飞剧团，独挑大梁，演出《小栈房》等数十部滑稽戏。

1944年后，"跳"出大世界，此后几年在金国、国际、红宝等戏院领衔主演了《当我洋盘》《三轮车小姐》等剧。1949 年与姚慕双、周柏春合演上海解放后的第一部大型滑稽戏《天亮了》。1950年与杨华生等组建合作滑稽剧团，为《活菩萨》的主要演员之一。1952 年与小刘春山、俞祥明、范哈哈、文彬彬、张冶儿等组建大众滑稽剧团，任团长。其表演擅"唱"，重视伴奏和唱词写作，善于在"唱"中组织包袱、产生噱头。代表剧目有《老娘舅》《游码头》《跑街先生》等。"文化大革命"期间，因病死于回常州的途中。

三十七、姚慕双（1918~2004）

原名姚锡祺。祖籍浙江宁波，1918 年生于上海。国家一级演员，民盟盟员，中国曲艺家协会理事，上海曲艺家协会常务理事。

师承何双呆，民国二十八年（1939）正式在电台演播独脚戏（时称"自由谈唱"）。实时搭档为巧运道，两个月后分手，此后 50年的艺术生涯中一直与胞弟周柏春搭档，是滑稽界搭档时间最长的享有盛誉的兄弟响档。其独脚戏代表作有《宁波音乐家》《英文翻译》《各地堂倌》《啥人嫁拨伊》等。在独脚戏向滑稽戏过渡的过程中，姚慕双、周柏春亦是第一批的开拓者，20 世纪 40 年代初期曾参加过最早的滑稽戏团体"笑笑剧团""华亭剧团"，参演过最早的滑稽戏《瞎子借雨伞》《小山东到上海》等。

1950 年，姚慕双、周柏春共同组建了蜜蜂滑稽剧团，主演的《小儿科》《老账房》《不夜的村庄》等现代剧目，受到当时的好评和鼓励。

1960 年，"蜜蜂"纳入上海人民艺术剧院。姚慕双在艺术上达到成熟的境界，在《满园春色》中扮演的饭店 4 号服务员，在《笑着向昨天告别》中扮演的祖传中医华祖康，均性格鲜明，给观众留下深刻的印象。上海曲艺剧团建立后，在《出色的答案》中扮演的大炉工老方，语言硬朗，形体动作棱角峥嵘，刻画出一个鄙视邪恶、正直无私的老工人形象，是滑稽戏舞台上典型程度较高的艺术形象。

1992 年获国务院颁发的文化事业突出贡献证书和政府特殊津贴。其弟子甚众，仅"双字辈"就有近 30 人。

三十八、杨华生（1918~2012）

独脚戏、滑稽戏演员。原名杨宝康，浙江绍兴人，师承滑稽鼻祖鲍乐乐先生。国家级非物质文化遗产"独脚戏"项目的代表性传承人，上海著名滑稽戏泰斗，国家一级演员，中国农工民主党党员。中国戏剧家协会会员，中国曲艺家协会会员，上海曲艺家协会第二届理事。

1931 年参加上海大世界华光新剧社，1937 年与张樵侬搭档，唱独脚戏，参加了周恩来直接领导的抗敌演剧第五队，辗转在东战场上从事抗日宣传演出。1947 年重返上海，1950 年任合作滑稽剧团团长，在滑稽戏《活菩萨》中扮演主角鲁道夫。1951 年后，组建大公滑稽剧团，在《72 家房客》中演"三六九"，刻画了一个刁诈、凶狠的反动警察形象；在《苏州两公差》中饰张超，塑造了一个侠骨柔肠、足智多谋的公差。1979 年参加上海市人民滑稽剧团，任副团长、名誉团长。在《假夫假妻》中扮演朱守财，以夸张的表演展现吝啬鬼的贪婪性格。独脚戏表演说、学、做、唱皆全，代表作为《戏曲杂唱》《普通话与方言》《宁波空城计》等。

主演的滑稽戏《72 家房客》《糊涂爹娘》《苏州两公差》《活菩萨》《阿 Q 正传》等作品赢得了观众、同行、专家的赞扬。特别是《72 家房客》里的"三六九"、《苏州两公差》里的张超等艺术形象几乎是家喻户晓。曾出席全国喜剧美学讨论会，还先后登上上海交通大学、复旦大学等 10 余所高等学府作过"滑稽讲座"。著作有《杨华生滑稽生涯 60 年》等。1992 年获国务院颁发的文化突出贡献证书和政府特殊津贴。2012 年 5 月 24 日，杨华生于上海病逝，享年 94 岁。

三十九、吴媚媚（1918~2012 年）

原名张媚娟。1918 年生，江苏南京人。滑稽戏女演员，上海戏剧家协会会员。

民国十七年（1928），拜"笑社"文明戏艺人吴一笑为师，满师后即挑大梁。年龄小，出道早，人们呼之为"小妹子"。16 岁因在《啼笑因缘》中扮演沈凤喜、何丽娜两个出身不同、性格迥异的年轻女子而走红。

民国三十一年（1942），在笑笑剧团演出的《秋海棠》中扮演罗湘绮、梅宝两个角色，在华亭剧团演出的《小山东到上海》中扮演女主角秀娟。1951 年参加艺锋滑稽剧团，在《红灯花轿》《结发夫妻》《毛头姑娘》《烟花女子告阴状》等近 20 部大型滑稽戏中饰演女主角。1958 年后进蜜蜂滑稽剧团、上海艺术剧院滑稽剧团，

1974年退休。

戏路宽广，表演细腻投入，塑造过儿童、年轻女子、中年妇女、老太太等众多的喜剧人物形象。44岁时还在《阿大阿二》中扮演天真活泼的红领巾，在《笑着向昨天告别》中扮演祖传中医华祖康善良敦厚的妻子，在《王老虎抢亲》中扮演老态龙钟、88岁的天官夫人。尤其是在《阿混新传》中刻画出一个溺爱孙子阿混到了不分是非的老祖母形象，给观众留下了深刻的印象。

四十、文彬彬（1919~1972）

滑稽戏演员。满族，江苏南京人。因身材矮小，习丑行，曾在安徽省安庆市一带参加黄梅戏班和京剧团客串演出。后又在江苏地区演过锡剧和沪剧，亦以扮演丑角为主。抗日战争时期，拜罗慧因为师，学演文明戏。不久，又在上海大世界演出滑稽京戏。1949~1951

年先后参加"飞马""人艺"等滑稽剧团。1955年后，在滑稽戏表演上日趋成熟。1957年在《三毛学生意》中塑造了一个好心、聪慧、勤劳并有反抗精神的三毛，名声大震。他把高度夸张的形体动作和人物的内心体验有机地结合在一起，揭露了旧上海的肮脏和畸形，获得了国内外一些著名戏剧家的高度评价。同年8月，《三毛学生意》晋京，周恩来总理两次观看了演出，接见演职员时对文彬彬诸多鼓励。1958年，上海天马电影制片厂将《三毛学生意》拍成影片，由黄佐临执导，三毛仍由文彬彬扮演。此后，文彬彬又在《马戏团的小丑》中扮演了小丑陆阿喜，在《滑稽年代》中扮演了滑稽艺人天晓得等角色。这些人物大都动作灵巧，稚气而善良，对旧社会有一定的不满和反抗。文彬彬把自己扮演的这类人物称为"小字号人物"；而观众则把他发挥自身优势，在"小字号人物"表演上形成的特点称作"文派"。1972年，文彬彬因在长期的"隔离审查"中受到残酷迫害，呕血身亡。粉碎"四人邦"后得到平反。

四十一、笑嘻嘻（1919～2006）

原名阙殿辉，著名滑稽艺术家，生于1919年11月17日，江苏吴县人。中国农工民主党党员，中国戏剧家协会会员，中国曲艺家协会会员，上海曲艺家协会第一、二届常务理事。1960年被授予上海市文化系统先进工作者称号。

师从滑稽鼻祖三大家之一的刘春山。1927年，9岁就与妹妹笑奇奇在大世界登台演出独脚戏，一炮打响，被誉为"滑稽神童"。1942年笑嘻嘻参加"笑笑剧团"与滑稽大师姚慕双、周柏春合作表演独脚戏，红极一时；1950年与杨华生、张樵侬等组建合作滑稽剧团，演出大型滑稽戏《活菩萨》产生很大影响；1952年笑嘻嘻与杨华生、张樵侬、沈一乐组建大公滑稽剧团并任副团长；1958～1966年任剧团团长、艺委会主任；他参与创作的大型滑稽戏《72家房客》《糊涂爹娘》等已成为滑稽戏的经典剧目；1979年任上海人民滑稽剧团副团长，1988年后担任名誉团长。"笑嘻嘻"这个艺名，亏了他家隔壁的裁缝师傅，原来笑嘻嘻叫阙殿辉，后改张文元，但两个名字都叫不响，最后隔壁裁缝师傅脱口而出："就叫笑嘻嘻吧！"从此，他就用上了笑嘻嘻的艺名。

演出过数十部大型滑稽戏,在《72家房客》中所饰欺压房客、敲诈钱财的流氓炳根,刻画得入木三分;该剧与其所演的《糊涂爷娘》皆拍摄成电影;在《苏州两公差》中所饰的公差李达,显示了善良、憨厚、胆小、正义的性格特征;在《活菩萨》中所饰的坏和尚,形态逼真;由其编、导、演的《孝顺侣子》,演出后社会反响强烈,被各地许多剧种移植。曾发表过独脚戏《钉巴》等几十个段子。

除了在舞台上塑造了许多各具特色的艺术形象外,笑嘻嘻还一直坚持创作,多年来笔耕不辍,许多脍炙人口的滑稽曲艺作品都出自他的笔下。他和杨华生、张樵侬、沈一乐一起创作的《72家房客》;与绿杨、叶一青一起创作的大型滑稽戏《糊涂爹娘》,被改编成同名电影;由他担任编导演的大型滑稽戏《孝顺儿子》,曾被许多剧种移植。另外,笑嘻嘻还整理创作了一大批独脚戏段子。晚年的笑嘻嘻依然笔耕不辍。2006年3月22日,因病在上海仁济医院逝世,享年88岁。

四十二、黄飞

号梦熊,1919年生,福建福州人。舞台美术设计,中国舞台美术学会会员,中国舞台美术学会上海分会顾问,上海美术广告协会会员,上海戏剧家协会会员。

民国二十五(1936),师从舞台美术师贺逸云学习舞台美术设计和绘景。先后在共舞台、黄金大戏院、卡尔登(今长江剧场)等剧场任舞台美术设计,其设计作品有京剧《西游记》《文素臣》《明末遗恨》《封神榜》等。

1950年参加蜜蜂滑稽剧团,1960年参加上海人民艺术剧院滑稽剧团,1979年从上海曲艺剧团退休。30余年中,担任过数十部滑稽戏的舞美设计，其作品参加上海舞美展览和在刊物上发表的有《满园春色》《一千零一天》《笑着向昨天告别》《出色的答案》《金锁片案件》《小山东到上海》《不夜的村庄》《性命交关》《此路必通》《千变万化》等设计图。《满园春色》和《一千零一天》舞美设计图还参加了1982年在北京举行的全国第一届舞台美术展览会。

四十三、夏萍

曾用名夏美云。1921年生，江苏南京人。滑稽戏女演员，民盟盟员，上海戏剧家协会会员。

民国二十五年（1936），拜新新公司"钟社"艺人董天心为师，学演文明戏。民国二十七年（1938）至民国三十一年（1942）间，先后在张幻尔剧团、王美玉剧团、新钟社、易方朔精神团等文明戏团当演员。民国三十四年（1945）后，在华亭剧团、万象剧团、三飞剧团等滑稽戏团体中演戏。上海解放后，先后参加联艺滑稽剧团、蜜蜂滑稽剧团、上海人民艺术剧院滑稽剧团、上海曲艺剧团。除担任演员外，于1981年至1982年任上海曲艺剧团学馆副馆长。1984年从上海滑稽剧团退休。

演过数十部滑稽戏，塑造过各种各样的角色，其中较有影响的有《不夜的村庄》中的知识分子露风华，《一千零一天》中的轻视邮递工作的姑娘焦蝶蝶，《出色的答案》中的小儿科医生戴素，《笑着向昨天告别》中的大流氓老七的妻子，《海外奇谈》中的摇头将军夫人等。

曾获第二届戏曲研究班学习模范，1979年度上海市文化局系统

"三八"红旗手。

四十四、田丽丽（1921～1966）

滑稽戏女演员。原名田秀英，江苏镇江人。幼时为童养媳，后以卖唱为生。民国三十三年（1944）入东方剧团学演文明戏，民国三十四年（1945）在大世界等处演出集各种戏曲、曲艺、小调、歌曲于一剧的"什锦歌剧"。民国三十五年（1946）参加筱快乐

剧团，学唱的才华进一步发展，以外国歌曲旋律为基础创造了滑稽戏至今常用的曲调《妈妈不要哭》。1952年任百花滑稽剧团副团长，艺术上开始成熟。1959年任海燕滑稽剧团团长，演技上更有开拓，成为滑稽戏演员中"唱派"的代表人物，以"九腔十八调"驰名。在所演剧目中，大多扮演喜爱歌唱或迷于歌唱的人物，如《女理发师》中的夏露华、《戏迷姑娘》中的肖新娟。唱功扎实，所擅曲调特多，嗓音宽亮，能翻男腔，自花脸至花旦皆能酷肖；模仿流派唱法神情俱备，风趣生动。在后期剧目中，更能注意以学唱为刻画人物性格的手段。"文化大革命"开始后，因不堪"造反派"的威逼和诬陷，跳楼自尽。粉碎"四人帮"后平反。

四十五、郭明（1921～1950）

原名郭锡洪，祖籍福建上杭，生于上海。民国二十七年（1938）在青年会中学读高中时，参加中共地下组织领导的"上海学生界抗日救亡协会"。民国二十八年（1939）参加中国共产党，在校曾任党支部书记。民国二十九年（1940）考入之江大学，继续从事学生工作。民国三十五年（1946）调中共上海市文委系统工作，任上海文

艺青年联谊会执行委员。上海解放前夕，党为加强戏曲界的工作，由郭明领导一个党小组，联系滑稽、沪剧和评弹。他自己深入滑稽界，和艺人广交朋友，并劝说知名演员不去台湾，为迎接上海解放做了许多工作。上海解放后，调上海市军事管制委员会文艺处工作，仍联系滑稽界，即和汪培合作编导了大型滑稽戏《大快人心》，由程笑亭、裴扬华、文彬彬、陈红、王亚铎等演出于金国剧场。这是上海解放后新文艺工作者参与改编创作的第一出滑稽戏，也是郭明接触滑稽界之后唯一的文艺实践。由于工作繁忙，夜以继日奔波，肺结核旧疾复发，但仍抱病坚持工作，以致英年早逝。时任华东区行政委员会文化部辅导科副科长。1953 年 4 月 1 日，市政府批准郭明为因公牺牲的烈士。1983 年 6 月 22 日，国务院民政部发给烈士证书。

四十六、南薇（1922~1989）

滑稽戏、越剧导演。原名刘松涛，江苏常州人。毕业于上海立信会计学校。自幼喜爱戏剧。民国三十一年（1942）与艺友韩义进行业余话剧活动，后进入越剧界，编导了《香妃》《孔雀东南飞》《梁祝》《祥林嫂》等40多个剧目。中华人民共和国成立后，参与了滑稽戏的编导，为各滑稽剧团执导新编剧目。其中，曾在大公滑稽剧团任编导4年，先后编导了大型滑稽戏《王老板》《活捉》；改编了《拉郎配》《亲家公》；并将鲁迅名著《阿Q正传》搬上滑稽戏舞台。南薇不仅能编善导，且对滑稽戏表演的特点非常熟悉，常为人（主要演员）写戏，为人设（设计角色）戏，故其编导的戏可看性较强，受到观众的欢迎。1956年后，除为本市滑稽剧团导戏外，还经常为外地的滑稽戏剧团排戏。"文化大革命"期间受到迫害。1979年后，他编的戏重新复演，有的拍成电影或电视剧。1981年又为上海市人民滑稽剧团导演了《五颜六色》《真假爱情》等大型滑稽戏。

四十七、周柏春（1922~2008）

原名姚振民，祖籍浙江宁波，1922年生于上海。一级演员。民盟盟员，中共党员。上海市第一届人大代表，第三、四、五、六、七、八届政协委员，上海市第三届文联委员，中国戏剧家协会理事，上海曲艺家协会第二、三届副主席。

民国二十八年（1939）与胞兄姚慕双搭档在电台演播独脚戏，开始了滑稽艺术生涯。

1950年与兄姚慕双共同组建蜜蜂滑稽剧团，任团长。同年代表滑稽界出席全国戏剧工作会议，受到周恩来总理接见。并曾先后担任过上海市滑稽戏剧改进会主席、传统剧目整理委员会滑话分会主任委员等职。在蜜蜂滑稽剧团参与主演的代表剧目有《小儿科》《老账房》《不夜的村庄》等。在人民艺术剧院滑稽剧团及上海曲艺剧团期间，主演过十几部大型滑稽戏，塑造出不少性格鲜明的喜剧人物形象。如《满园春色》中的先进工作者2号服务员，《出色的答案》中的"四人帮"爪牙马家骏，《路灯下的宝贝》中的小业主蒋阿桂等。其表演动作和语言柔软娇曲，富有弹性，铺垫从容，波谲云诡，具有"冷面滑稽"的特点。

其创作演出的独脚戏获奖的有《解放千字文》《啥人嫁拨伊》等。《学英语》由美国 ABC 广播公司录像后在美国播放。1985 年和姚慕双去香港演出,颇为轰动,当地报纸誉为"大陆超级滑稽双档"。

1992 年获国务院颁发的文化突出贡献证书和政府特殊津贴。和姚慕双共同培育了大批滑稽戏人才。

四十八、绿杨(1922~2014)

原名杨金凤,曾用艺名杨美媚,1922 年生,原籍浙江绍兴。一级女演员。中国农工民主党党员。中国戏剧家协会会员,上海戏剧家协会第三届理事。

15 岁入王美玉话剧团学艺,后转入先施乐园娱乐话剧社、大世界话剧社,均演文明戏。1950 年始,先后参加合作滑稽剧团、大公滑稽剧团,1979 年参加上海市人民滑稽剧团,任艺委会副主任。

绿杨(左二)与笑嘻嘻、张樵侬、杨华生合影

首演《活菩萨》,塑造了一个古道热肠、聪明伶俐的青年女佣,

使其一举成名。其戏路宽广，饰演过各种不同性格的人物。在《老糊涂》中演一个满脑子封建意识的农村老太，演来神态毕肖；在《阿Q正传》中饰吴妈，与阿Q对话时，配以熟练而有节奏的洗碗动作，突出刻画此妇的纯朴与勤劳，欧阳予倩观后撰文赞赏；《糊涂爷娘》中的朱娟是个欺夫宠儿、自私贪小、小市民气十足的悍妇，绿杨演得细腻而又泼辣，后天马电影制片厂把此剧搬上银幕；《72家房客》为其代表作，所饰二房东是精心塑造、有口皆碑的艺术形象；《假夫假妻》以老年和青年不同身份的人物交替出现，以变声和神态区别角色。通过长期艺术实践，已形成了自己的"女滑稽"表演风格。

四十九、周正行（1925~2009）

1925年生，江苏常熟人，一级女编剧，中国戏剧家协会会员，上海戏剧家协会第三届理事，上海曲艺家协会会员。

民国三十一年（1942）毕业于华光剧校编导系。处女作为《影迷传》，1941年发表在上海的杂志上。抗日战争时期，先后在中国艺术剧社、中国旅行剧团、天祥演出公司等话剧团体当演员。上海解放后，参加中国人民解放军松江分区文工队。转业后，在上海市数个戏曲团体中任编剧，1957年参加蜜蜂滑稽剧团任编剧，一直到1988年从上海滑稽剧团退休。

先后独自或与人合作编写滑稽戏近30部，其中上演、出版并在观众中影响较大的剧目有《满园春色》《不夜的村庄》《一千零一天》《出色的答案》《海外奇谈》《笑着向昨天告别》《冒险家的乐园》等。《出色的答案》曾获文化部颁发的创作奖和市文化局颁发的优秀创作奖。

1979 年获全国"三八"红旗手和上海市"三八"红旗手称号，1982 年、1983 年同获市"六好"积极分子称号。

五十、小刘春山（1926～2019）

原名刘治平。滑稽戏演员。1926 年生，上海人。其父系"滑稽三大家"之一的刘春山，自幼受到熏陶，高中毕业后即辍学从艺。民国三十二年（1943）受聘其师兄筱快乐剧团，在本市电台播唱"社会怪现象"，由于嗓子好，曲调新，颇受听众赞赏。民国三十三年（1944）离团，与程笑飞、俞祥明合作唱独脚戏，并组团演出大型滑稽戏《开无线电》《三轮车上的小姐》《电话听筒》等。由于程、刘有善唱的特点，故每本戏必有大段唱功，专人作词，并设乐队伴奏。1950 年与杨华生等组建合作滑稽剧团，演出《活菩萨》。1952 年与范哈哈、文彬彬、张冶儿、嫩娘组建大众滑稽剧团，1953 年程笑飞离团后出任团长。主演剧目《三个新郎》受到戏剧界瞩目。1957 年与朱翔飞等受聘于新艺滑稽剧团，演出自编剧《戏迷家庭》，充分发挥其唱的特长，轰动一时。退休后曾为电台播唱宣教词曲以及《108 将》，成为电台保留节目。

五十一、嫩娘

原名方丽英。一级演员。1926 年生，上海人。中国曲艺家协会会员，上海戏剧家协会会员。

中华人民共和国成立前，从事歌舞、话剧演出，1950 年参加合作滑稽剧团，在《活菩萨》中饰演潘丽蓉一角，成为滑稽界著名

"花旦"之一。1952年后，先后参加大众滑稽剧团、上海市青艺滑稽剧团。在《三毛学生意》中饰演主角小英。此剧赴京演出时，受到周恩来总理的接见；1958年由天马电影制片厂摄成电影。应邀于1961年参加喜剧影片《大李小李和老李》的拍摄。她主演的《荷珠配》，得到周扬、阳翰笙等的好评。20世纪70年代后，多扮演"老旦"或"彩旦"角色，如《婚姻大事》中的阿红娘，《出租的新娘》中的小娟娘，《活神仙吃喜酒》中的奶妈等，人物性格鲜明，逐渐形成独特的表演风格。

除演大戏外，还经常参加独脚戏及说唱的表演，如《做媒人》《杨大嫂回娘家》等，成为上海人民广播电台的保留节目。也曾参与电视剧《一女四婿》等的拍摄。

五十二、吴双艺（1927~2021）

1927年生，江苏丹徒人。一级演员，民盟盟员，中国戏剧家协会会员，中国曲艺家协会会员，上海曲艺家协会第二、三届理事。

1948年拜姚慕双、周柏春为师，1950年加入蜜蜂滑稽剧团，1960年划归上海人民艺术剧院滑稽剧团，1978年加入上海曲艺剧团，1987年从上海滑稽剧团退休。

演出过数十部大型滑稽戏，塑造了不同层次、不同性格、不同时代、不同国籍的人物数十人，有工人、服务员、车间主任、厂长、志愿军、理发师、医生以及伪警察局长、

"四人帮"爪牙等。在《满园春色》中扮演面孔冷冰冰、态度硬邦邦的饭店 8 号服务员，在《性命交关》中扮演虚伪奸诈、装腔作势的"造反派"头头贾一民，在《甜酸苦辣》中扮演工作认真、思想保守的车间主任劳国栋，在《金锁片案件》中扮演幽默机智、老练沉着的法官，在《不是冤家不碰头》中扮演热情豪爽、心直口快的退休工人，均给观众留下深刻的印象。这些剧目，有的获奖，有的拍成电影。

喜爱写作，参与编写的《不是冤家不碰头》由上海电影制片厂搬上银幕，《甜酸苦辣》获首届上海剧本创作奖。对滑稽戏的理论有所探索，发表了《浅谈滑稽戏的特征》等多篇文章。

其与翁双杰合演的独脚戏《啼笑皆非》在上海曲艺会演中获创作演出奖。

五十三、沈一乐（1926～1968）

滑稽戏演员。中国农工民主党党员。苏州人。父母早亡。曾就读于育德中学，一度在晴明眼科医院习医，后由其寄母介绍，拜筱快乐为师习艺，走上民间电台唱独脚戏。1942 年，离沪去苏州唱戏，后又去芜湖经商多年；抗战胜利后回上海，再拜沈菊隐为师，并充任师父下手。

1948 年与杨华生、张樵侬搭档，称为"杨、张、沈"；不久，笑嘻嘻也加盟入队，打出"杨、张、笑、沈""四大天王"的招牌，成为滑稽史上唯一的"四个档"独脚戏。在电台上，因沈年纪最轻，擅唱,且有些"女性化",故播出什锦戏时,沈常扮女角,如在《玉堂春》中饰演女主角苏三。

1951年,沈与杨、张、笑共建大公滑稽剧团。沈一乐在大型滑稽戏中初露头角的则为《活菩萨》。沈饰正直憨厚的尹士凡少爷,嫩娘饰清纯秀丽的潘丽蓉小姐,绿杨饰足智多谋的青梅丫环,有一节半个多小时的"爱情误会"戏,三人即兴发挥,越演越噱,成为脍炙人口的精彩片断,后常被抽出作单独演出。

沈一乐口齿清楚,台风朴实,配戏时恪尽职守,起到绿叶的辅助作用。在不少戏中亦有上佳表演,诸如《72家房客》中助人为乐、爱打不平的小皮匠,《苏州两公差》中趾高气扬、多说多话的小京官,《糊涂爷娘》中活泼可爱、敦厚老实的小阿龙等,均塑造出有鲜明个性的艺术形象。

1960年后任大公滑稽剧团副团长。

"文化大革命"期间,被迫害致死。粉碎"四人帮"后平反昭雪。

五十四、翁双杰

原名翁志刚,1928年生,浙江人。一级演员,民盟盟员,中国曲艺家协会会员,中国戏剧家协会会员。

少年时曾在王兴昌西服呢绒店当过学徒。1949年拜姚慕双、周柏春为师进入蜜蜂滑稽剧团,后又参加上海人民艺术剧院滑稽剧团、上海曲艺剧团、上海滑稽剧团。

　　表演上独创一种跳蹦摇弋的奇特形体动作，在每一部戏里都以这动作来招笑和塑造人物。为了和这一特点相适应，在戏里多扮演"小人物"一类的角色。如《性命交关》中大吹大擂、猥琐卑劣的"造反派"小喽罗阿六头，《满园春色》中胸无城府、幼稚欢跃的服务员小胖，《海外奇谈》中阳奉阴违、装模作样的餐馆侍者却利，《不是冤家不碰头》中笨拙中透机灵、热情中存偏执的退休工人丁雨柏，都展现了他的表演特征。特别是在《路灯下的宝贝》中扮演的待业青年蒋二毛更具有特色，获首届上海戏剧节表演奖。

　　独脚戏《啼笑皆非》《满园春色》《骗大饼》《拉黄包车》等为其常演的保留节目。

　　1979 年应美国著名喜剧家鲍勃·霍甫之邀，参与喜剧片《通向中国之路》的拍摄，深得合作者的赞誉。

五十五、龚一飞（1929~2003）

　　著名滑稽演员，师承程笑飞。龚一飞长期从事滑稽演艺事业，曾担任玫瑰滑稽剧团团长，创作并参加了多部滑稽戏的演出，是一名颇具特色、深受观众喜爱的滑稽演员。他的"长吃进"包袱炉火纯青，享有盛誉。特别是 20 世纪 80 年代，他与常州滑稽剧团合作创作演出了《土裁缝与洋小姐》《多情小和尚》等多部滑稽戏，并与上海青年滑稽剧团、上海人民滑稽剧团合作演出了《哎哟，妈妈》《阿 Q 正传》，还参加了大型滑稽戏《海上第一家》、海派系列小品《老娘舅系列》的演出。是著名滑稽演员龚仁龙的父亲。

　　龚一飞因患病，不幸于 2003 年 4 月 10 日去世，享年 74 岁。

五十六、王双庆（1932~2012）

原名王嘉庆，1932年生，南京人。一级
演员，民盟盟员，中国曲艺家协会会员，上
海戏剧家协会会员。

1949年拜姚慕双、周柏春为师，开始了
滑稽艺术生涯。先后参加过蜜蜂滑稽剧团、
上海人民艺术剧院滑稽剧团、上海曲艺剧团、
上海滑稽剧团。

王双庆演技成熟，戏路宽广，善于从人物动作、语言细微之处
发掘笑料。40年来，演过数十部滑稽戏，塑造出几十个不同类型的
喜剧人物形象，其中给观众留下深刻印象的有《大闹明伦堂》中的
有气无力、半死不活的迂腐秀才，《海外奇谈》中色厉内荏、装腔作
势的摇头将军，《甜酸苦辣》中纯朴憨直、书呆子式的技术员韩彬，
《灯红酒绿》中时颠时醒、亦聪亦愚的王父，《趁你还年轻》中胸无
大志、夫权思想严重的丈夫等。

除演戏外，还独自或与人合作创作了不少作品，其中大型滑稽
戏《我的未婚夫》获1985年杭州市戏剧调演剧本三等奖；《红房子
风波》（又名《一女四婿》）拍成喜剧电视片，获1986年全国电视
喜剧片优秀剧目奖；独脚戏《请角儿》获1986年全国曲艺比赛创作
二等奖和江南滑稽大奖赛最佳节目奖。其他如《各派越剧》等也是
剧团的保留节目。

五十七、李青

原名李方松，1932年生，江苏扬州人。一级演员，中国农工民
主党党员，中国曲艺家协会会员，上海曲艺家协会会员，上海戏剧

家协会会员。

1951 年拜张利音为师，进新生通俗话剧团学演文明戏。1952 年随师转入大公滑稽剧团。后又参加过大同通俗话剧团、新华滑稽剧团。1953 年重回大公滑稽剧团。1978 年参加上海曲艺剧团，又拜姚慕双、周柏春为师。

体形高大粗胖，动作灵活敏捷，嗓音宽宏高亮，面部表情丰富多变，曾在《72 家房客》中扮演大饼摊主老山东，在《活菩萨》中扮演潘少爷，在《阿 Q 正传》中扮演秀才，在《拉郎配》中扮演知县。20 世纪 80 年代后，塑造比较成功的人物有《性命交关》中的病员鲁大牛，《海外奇谈》中的拳师萨巴里，《路灯下的宝贝》中的行业青年丁阿发，《阿混新传》中的厂长杜孟雄，《不是冤家不碰头》中的医生林浩等。上述剧目有三个获奖，两个搬上银幕。

与童双春搭档的《南腔北调》《赞红娘》《日本越剧》《唱山歌》《啊！母亲》等独脚戏，在香港演出时受到热烈欢迎。

1979 年，应美国著名喜剧家鲍勃·霍甫邀请，参与喜剧片《通向中国之路》的拍摄。

五十八、张双勤

原名张锡庆，笔名宏夫、竹父等。1932 年生，上海人。一级编剧，中国农工民主党党员，上海市作家协会会员，中国戏剧家协会会员，中国曲艺家协会会员，上海市曲艺家协会第二、第三届理事，中华说唱艺术研究中心理事。

18 岁拜姚慕双、周柏春为师，在金都、合众等民间电台当滑稽演员，后改任编剧。曾就读于天津大学。在上海市人民滑稽剧团任编剧、艺委会剧务部主任、学员班班主任。长期从事群众文艺辅导工作。

数十年来，独作或与人合作的大、中、小滑稽戏已上演近70个，有《敲一记》《两厢情愿》《看看准足》《明媒争娶》等，其中《假夫假妻》获市文化局颁发的1986年上海法制文艺会演创作二等奖，《七十三家房客》获市委宣传部、市文化局颁发的1989年上海文化艺术节优秀成果奖。发表论文有《小议滑稽戏的"套子"》《滑稽语言逗笑50例》等。独脚戏、滑稽小品、上海说唱获全国或市级奖的曲目有《头头是道》《协会迷》《烧树枝》《派代表》《宝钢人》等。系上海电台开播的系列小品《滑稽王小毛》主要编剧之一，现已写了160余集。

1991年1月，曾举办"张双勤滑稽创作45周年作品演唱会"。

五十九、筱声咪

原名阚荣生，1933年生，江苏吴县人。一级演员，中国农工民主党党员，上海市戏剧家协会会员，中国电视艺术家协会会员，中国曲艺家协会会员，上海市曲艺家协会第二、第三届理事。

1950年初拜筱咪咪为师，1963年后又入杨华生门下。先后参加新新、飞峰、联艺、和平、艺海等滑稽剧团，1953年参加大公滑稽剧团，在大型滑稽戏《苏州两公差》《样样管》《拉郎配》《白宫末日记》等剧中扮演角色。演技自然，方言纯正，台风平衡；刻画人物细致入微，台词节奏把握正确。在《阿 Q 正传》里饰假洋鬼子，塑造了一个崇洋媚外的丑陋形象，令人叫绝；在《糊涂爷娘》里演活了一个幼稚、天真、调皮的顽童孙小宝，使其一举成名，后拍摄成电影《如此爹娘》，众口交誉。曾在 1959 年参加市文化局举办的"青年戏剧汇演"，以小戏《两夫妻》参赛，夺得个人表演一等奖。

1979 年参加上海广播电视艺术团，此后专演独脚戏，自编自演曲目达 60 多个；与孙明合作被誉为"黄金拍档"；代表作有《现身说法》《看病》等；1989 年举办了"来自生活的笑"独脚戏专场演出，得到好评。

六十、李尚奎（1933~1989）

滑稽戏导演。山东荣城人。1952 年考入中央戏剧学院华东分院，习话剧表演专业。毕业后，先后在安徽艺术学校任教师和上海人民广播电台广播剧团、上海电视台、上海人民艺术剧院从事编导工作。1977 年后，调任上海曲艺剧团导演，为该团以及江苏省的滑稽剧团执导过 10 余部大型滑稽戏，其中获省、市级以上奖励的有《性命交关》《甜酸苦辣》《三万元》《小小得月楼》《毛脚媳妇》5 部。1984 年在担任导演的同时，兼任培育学员工作，成绩显著，获"绿叶"奖。在对滑稽戏艺术的研究中，态度严谨，每导演一部戏，均前有阐述、后有总结，写下了大量的导演构思、艺术总结。生前是中国电视艺术家协会会员、上海电视艺术家协会理事、上海戏剧家协会会员。

六十一、童双春（1934~2021）

原名童永江，1934 年生，浙江宁海人。一级演员，中共党员，中国曲艺家协会会员，上海市曲艺家协会第二、第三届理事，上海市戏剧家协会会员，上海市电视艺术家协会会员。

1949年进杨笑峰创办的滑稽训练班学艺，并拜杨笑峰为师。1950年先后参加联合、联艺、飞马、人人、光明滑稽剧团当演员。1951年参加蜜蜂滑稽剧团，再拜姚慕双、周柏春为师，1960年随团划归上海人民艺术剧院滑稽剧团。粉碎"四人帮"后，负责筹建上海曲艺剧团，任副团长。1991年从上海滑稽剧团退休后又组建了上海太平洋海康艺术团，任团长。

童外貌英俊，故在滑稽戏中多扮演正派小生角色。尽可能地做到既要挖掘人物的喜剧因素，又要掌握分寸，不能"出格"，成功地塑造了许多人物。如《满园春色》中的饭店龙书记，《出色的答案》中的科研人员曾晓勇，《性命交关》中的"靠边"外科医生常春来，《GPT不正常》中的新闻记者周忠发，《路灯下的宝贝》中的行业青年蒋大毛等。

其演出的独脚戏多系自编，如《师徒俩》《唱山歌》《赞红娘》《南腔北调》《花儿为什么这样红》等，曾携带这些曲目5次赴香港、一次去美国演出，受到热烈欢迎。

六十二、李九松（1934~2020）

江苏海门人，1934年11月出生。上海市人民滑稽团表演艺术家、艺术顾问，中国曲艺家协会会员，上海戏剧协会会员，也是江南地区家喻户晓的"老娘舅"。

李九松出身于演艺之家，很小的时候就展露出戏剧表演天赋，3

岁客串演出，七八岁就独自登台表演，13 岁拜师学艺，逐步走进滑稽圈子。作为舞台上的捧哏，他口齿伶俐，动作感鲜明，塑造的角色往往憨态可掬，尤其擅长塑造各种小人物形象。

李九松与另一位著名滑稽表演艺术家王汝刚搭档 40 年之久，创作了《头头是道》《请保姆》《征婚》等经典滑稽戏、小品、独脚戏等。20 世纪 90 年代中期，他又领衔主演电视情景喜剧《老娘舅》，使得"老娘舅"这一形象深入人心，得到了观众的广泛喜爱。

六十三、缪依杭（1936～1994）

滑稽戏编辑。民盟盟员，中共党员。江苏南通人。毕业于上海市商业学校，曾在中百公司批发部任会计。后考入上海戏剧学院，1961 年毕业，任《上海戏剧》编辑等职。1977 年调入上海曲艺剧团（后易名上海滑稽剧团）任编剧、艺术室主任、团长、艺术指导等职。

对中国古典喜剧和滑稽戏有所研究。在创作实践中，继承滑稽戏传统的同时，立意改革创新，独作或与人合作了大型滑稽戏 10 余部及曲艺作品数十个，在省市级文艺会演中获奖的大戏有《性命交关》《出租的新娘》。《颠倒主仆》在上海市青艺滑稽剧团上演之后，由上海电影总公司电视部拍摄成上下集电视剧，参加了 1986 年全国电视喜剧展播，在第一届法国巴黎华语影视比赛中获"雄狮奖"三等奖。

治学态度严谨，撰写发表关于滑稽戏和曲艺文章约 15 万字，他撰写的《滑稽——独脚戏——?》一文曾在全国曲艺理论座谈会上宣读，并作为大会文件印发。此外，他还参与了《辞海》《中国文化辞典》《中国戏曲曲艺辞典》有关条目的撰写，以及承担《中国戏曲志·上海卷》《中国曲艺志·上海卷》《上海滑稽戏志》等志书的撰写、修订、编纂工作，撰写条目近10万字。

在担任上海滑稽剧团团长期间，致力于提高滑稽戏的品位，培养青年演员，使剧团创作演出的剧目屡屡获奖，青年演员逐步趋于成熟。国务院颁发"文化事业突出贡献"证书和政府特殊津贴，以表彰他的功绩。

生前曾兼任上海市艺术科学规划领导小组成员、上海戏剧家协会创作委员会委员、中国曲艺家协会会员、上海市曲艺家协会第三届理事、上海市戏剧家协会第四届理事。

六十四、严顺开（1937～2017）

1937年生，湖北人。一级演员，民盟盟员，中共党员，上海市文联第三届委员，中国电影家协会会员，上海市戏剧家协会第四届理事，中国电视艺术家协会会员。

1963年毕业于中央戏剧学院表演系，毕业后即调来上海人民艺术剧院滑稽剧团。

演过多部滑稽戏，如在《一千零一天》中饰不安心工作的邮递员王根根，在《性命交关》中饰被迫充当医生的公务员姚尧，在《出色的答案》中饰醉心于科研项目的曾晓勇，在《海外奇谈》中饰飘流海外的剃头师傅小叶子，在《阿混新传》中饰整天混日子的杜小西（阿混）等。特别善于从人物的内心深处挖掘笑料，增强表演深度，故他塑造的各类人物真实可信，使人动情。报刊常以"带泪的喜剧"评介他的演出。他主演的《阿混新传》由珠江电影制片厂搬上银幕，获电影第五届"金鸡奖"之特别奖。由于在喜剧电影《阿Q正传》中成功地塑造了阿Q一角，获瑞士·第二届维威国际电影节金手杖奖和最佳男演员称号，成为滑稽戏演员中在国际上获奖的第一人。此后又获得第六届电影"百花奖"最佳男主角奖、"新时期十年电影奖"男演员荣誉奖。并曾去法国、日本、希腊、菲律宾等国参加中国电影节。1983年被聘为在瑞士举行的第三届国际喜剧电影节评委。

除演戏外，还兼编、导。与人合作编写的《出色的答案》《阿混新传》《此路必通》《GPT不正常》等剧目有3部获奖。执导的《GPT不正常》获3项奖，《特别的爱》列为上海"五个一"工程选送剧目。

1995年获国务院颁发的文化事业突出贡献荣誉证书和政府津贴。

六十五、何俊

1939年生，浙江鄞县人。一级编剧，团长，民盟市委委员，文化委员会副主任。

1961年毕业于上海戏剧学院戏文系。在原长江沪剧团任编剧。1973年调入上海沪剧院任编剧，曾任一、三团团长，副院长。先后创作沪剧《扬眉吐气》《啼笑因缘》《被唾弃的人》《小巷之花》《寻娘记》等30余台。

1993年调任上海滑稽剧团团长，领导剧团创作演出了《刀枪不入》《OK股票》《招财进宝》《为你打开两扇窗》《特别的爱》等10余部大型滑稽戏。其中《刀枪不入》在市文化局主办的'93新剧目展演中获奖。其参与创作的《特别的爱》连演250余场，并参加了'96上海艺术节的演出，被列入上海市"五个一工程"选送剧目。1996年7月，携此剧赴广东等地演出，亦获好评。

1995年带队去香港演出古装滑稽戏《三约牡丹亭》，效果强烈，当地报纸称："场内笑闹气氛爆呔"。

六十六、方艳华

原名方菊芳，1940年生，浙江宁波人。一级女演员，民主促进会会员，中国曲艺家协会会员，上海戏剧家协会第三届理事，上海曲艺家协会第三届理事，上海市青艺滑稽剧团可蒙分团团长。

13岁拜文明戏演员王艳冰为师，学演文明戏。1961年进海燕滑稽剧团，受过田丽丽熏陶。1980年又投姚慕双、周柏春门下。从艺40余年，先后在《结婚进行曲》《出租的新娘》《一见她就笑》《金色的噩梦》《请把微笑留下》等滑稽戏中担任主要角色。

擅唱，有"金嗓子"之誉，无论是越剧、沪剧、锡剧、淮剧、吕剧、甬剧，皆能酷似毕肖，自成一派。参与创作演出的独脚戏有40余个，代表作《各派越剧》《戏迷》《家乡好》《辕门斩夫》等，有的获奖，有的收入选集，有的录成磁带。

六十七、徐维新

作家，曲艺理论家 徐维新

笔名关麟，1943 年生，祖籍浙江余姚。研究馆员，中共党员，市文联第三届委员，中国曲艺家协会会员，上海曲艺家协会第三届副主席，上海戏剧家协会会员。

自幼痴迷滑稽艺术，中学时即自编自演。1963 年毕业于上海戏剧学院戏文系。先后任海燕滑稽剧团编剧、上海滑稽剧团编剧、创作组副组长、学馆馆长。兼任上海市青年宫曲艺队指导近 10 年。

创作的大型滑稽戏有《向前看》《性命交关》《亲家对头》《醒醒！朋友》等 10 余部，其中《性命交关》曾获上海市创作奖，并由上海电影制片厂拍摄成喜剧影片。独脚戏和其他曲艺作品有《看风使舵》《新红娘》《保侬满意》《装聋作哑》等 30 余个。论文有《上海曲艺走向》等近 10 万字。还常与袁一灵搭档整理、演出独脚戏。1987 年起从事群众文化工作，先后任上海群众艺术馆副馆长、浦东文化馆馆长，仍关注滑稽事业，系上海人民广播电台开播的系列小品《滑稽王小毛》的主要编剧之一。担任《中国曲艺音乐集成·上海卷》《中国曲艺志·上海卷》副主编。曾任《上海故事》杂志主编，并主编出版故事集《天鹅泪》《新故事理念研究》《明珠璀璨》等。

六十八、王汝刚

1952 年生，上海人。一级演员，中国农工民主党党员，中共党员。市第九届、第十届人民代表，市文联第三届委员，中国戏剧家协会会员，上海戏剧家协会第四届主席团委员，中国曲艺家协会会

员，上海曲艺家协会第三届副主席，中华说唱艺术研究中心理事。1991年被评为上海"三百六十行状元"之一，1992年获国务院文化事业突出贡献证书和政府津贴，1993年获市劳动模范称号。

原为上海手表二厂职工，系虹口区文化馆业余滑稽演员。1978年进入上海市人民滑稽剧团。主演过《假夫假妻》《碰鼻头转弯》《明明白白我的心》等剧。在新编剧目《七十三家房客》中塑造的下层人物小皮匠表情丰富、语言俏皮，动作洒脱。在《明媒争娶》中反串杨玉翠，演活了一个既贪财又善良"双重性格"的媒婆。获上海第三届白玉兰戏剧表演艺术主角奖。独脚戏成名作为《头头是道》，演了1000多场，获江南滑稽邀请汇演优秀演出奖。拿手戏尚有《补婚》《请保姆》等。小品《神秘电话》《征婚》分别获全国计划生育文艺汇演一等奖、全国曲艺小品邀请赛一等奖。系上海电视台《滑稽王小毛》的主播，1990年当选为上海电视台"大舞台首席明星"。1993年被日本"每日放送"电视台评为"亚洲笑星"。还参加多部电视剧的拍摄，其中与潘虹、刘青云合演的电影《股疯》获奖。在新加坡、香港等地演出时引起轰动。

六十九、顾竹君

1961年生，上海七宝人，滑稽戏女演员。中国农工民主党党员，上海市青年联合会第六、第七届委员，中国曲艺家协会会员，中华说唱艺术研究中心理事，上海戏剧家协会第四届理事，1991年获上海市"三八"红旗手称号。

14 岁拜张双勤为师，在求进中学读书时即为上海市青年宫曲艺队骨干，以上海说唱《一顶大草帽》崭露头角。1977 年被招入上海曲艺剧团当随团学员，1979 年提前晋升为演员。在《自寻烦恼》《开心·称心·放心》《刀枪不入》《唐伯虎点秋香》《跟着感觉走》《特别的爱》《活受罪》等滑稽戏中任女主角。还参加滑稽戏电影《不是冤家不碰头》的拍摄。扮相靓秀，口齿清晰，表演自然，嗓音亮丽，尤以南腔北调的唱功见长。与钱程合演的《七不新风歌》，为电视台经常播放的节目。独脚戏代表作有《戏曲演唱会》，上海说唱则以《石油塔》《唱新风》《宝钢人》《春江曲》的"四绕（口令）"闻名。各种剧（曲）目获奖甚多，如市文化局颁发的"上海青年演员汇报演出奖"（《石油塔》），市文化局、电视台、电台、上海剧协、上海曲协联合颁发的"新苗奖"（《上海土产》），文化部颁发的表演二等奖（《宝钢人》），中国曲艺家协会颁发的表演二等奖（《春江曲》），市文化局颁发的表演一等奖（《主旋律》《烧树枝》）等。

第三节　中华人民共和国成立后上海滑稽戏剧目选介

一、《天亮了》

现代剧目。1949 年 7 月在天官剧场首演，是上海解放后编演的第一个滑稽新戏。幕表编写者刘谦。写农村一恶霸地主向老贫农逼债，并将老贫农的女儿强行抢去逼婚；贫农女儿之未婚夫系游击队员，及时带领游击队赶到，解救了未婚妻，镇压了地主，迎来了解放。剧情内容模仿歌剧《白毛女》处颇多，无甚新意，但表现了滑稽戏艺人迎接欢庆解放的心态。参加演出的有姚慕双、周柏春、程笑飞、小刘春山、俞祥明、刘侠声、夏萍、唐茜娜等。

二、《活菩萨》

现代剧目。是莫里哀《伪君子》的中国化。1950 年 2 月合作滑稽剧团首演。张恂子编写幕表。故事写游民鲁道夫寄食寺庙，遇潘老太因儿子潘志伟随商船出海不归，前来烧香问卜，鲁道夫大吹法螺，被潘家视为"活菩萨"，迎到家中供养。鲁道夫图谋占有潘志伟的继室和女儿丽蓉，后由侍女青梅定计，使鲁自吐阴谋，潘老太母子始悟。杨华生饰鲁道夫，绿杨饰青梅，笑嘻嘻、小刘春山、程笑飞、沈一乐、俞祥明、张樵侬均饰演角色，演员阵容整齐，主要演员各有一段拿手戏，演出时票房价值很高。后又运用别出心裁的宣传方式，如热天对观众送印有 7 位主要演员肖像的折扇；演至两个月称"双满月"，一年称"一周岁"，向观众送红蛋等，曾连续演满 1 年 9 个月，创滑稽戏演出场次最高纪录。获市文化局免税鼓励。后，曾由应云卫艺术加工，在参加华东戏曲观摩演出时署导演应云卫。随着政治形势的变化，演出不断变换或增加新的内容，以配合各项政治运动。如镇压反革命时，把鲁道夫的身份变换成美蒋特务；"五反"运动时，鲁道夫唆使潘志伟偷税漏税等。1957 年，大公滑稽剧团复演。其他滑稽剧团搬演者亦多。

三、《红姑娘》

现代剧目。以幕表方式排演。1950 年 4 月由联合滑稽剧团首演。写日军统治时期，一汉奸强抢某京剧坤伶入营。坤伶之恋人为一文弱书生，悲痛欲绝，住进小旅馆企图自杀，幸逢爱国志士、记者、茶房相救，众人商定，由书生假扮新从北京来的京剧名伶，艺名"红姑娘"，有意去汉奸处"拜客"，汉奸见色心迷，留住不放，"红姑娘"借机行事，在爱国志士的配合下，里应外合，救出了众多受害妇女，惩罚了汉奸，姚慕双饰汉奸，周柏春饰书生，鲍乐乐饰茶房，朱翔飞饰记者，王剑心饰爱国志士。周柏春擅长"女口"，表演上的"滑稽娘娘腔"逗人发笑，在"红姑娘""自杀"前模仿沪剧《碧落黄泉》"读信"编唱了一段"滑稽读信"，在与汉奸"调情"一节中，与姚慕双对唱"滑稽戏曲"，姚以沪剧文派唱"我爱你倒挂眉毛分左右……"周柏春以越剧袁派唱"你是叫化子吃死蟹，只只都说味道崭……"一时电台频频点唱，成为滑稽戏中之"红唱段"。

四、《阿飞总司令》

现代剧目。1950年上海市为加强治安管理，法办了一批流氓阿飞。报刊亦多载文揭露其罪行劣迹。程笑亭领导的新新滑稽剧团，据其事敷衍成滑稽戏《阿飞总司令》。1957年，艺锋滑稽剧团又上演此剧。一时，"阿飞戏"成风，大多数滑稽剧团和通俗话剧团先后演出了《阿飞展览会》《阿飞制造厂》《男女小阿飞》《小阿飞》等，内容大同小异，大都表现阿飞争风吃醋、逼良为娼、抢劫行骗、调戏妇女、聚众斗殴等情节，最后则为恶贯满盈，逮捕法办。评论界曾对此进行公开批评，认为是借揭露之名，行展览阿飞犯罪活动之实，社会效果不佳，艺术上也属自然主义。

五、《红灯花轿》

清装剧目。时称"反封建古装歌唱悲喜剧"。朱济苍编剧。1951年艺锋滑稽剧团首演。故事写民女黄莺姑嫁与富家纨绔子弟龙建安

为妻，备受丈夫及婆婆龙太太的虐待；丫头秋儿和龙之表弟鲍正亭
对莺姑深表同情，鼓励莺姑出逃；仆人吉庆诬莺姑与鲍有私，又遭
龙太太毒打，并累及秋儿；莺姑和秋儿痛不欲生，被鲍正亭救出，
一起逃离龙家，回故乡开办学校及农场。莺姑走后，龙建安另娶马
玉英为妻，马性格强悍，与龙太太分庭抗礼。龙太太一气之下，回
自己的娘家，见莺姑、秋儿均在，顿时大发雌威，孰料此时的莺姑
已非昔比，不再忍让，据理力争，在众人的支持下，迫使龙太太狼
狈而逃。田驰导演，布景设计盛呆呆，杨笑峰饰鲍正亭，吴媚媚饰
黄莺姑，包一飞饰龙建安，陈霞飞饰龙太太，林燕玉饰秋儿，袁一
灵饰平安。演出时真花轿不仅上台，还上街流行，一时颇为轰动。

六、《小儿科》

现代剧目。又名《老眼光》。朱济苍编剧。1951 年 9 月滑稽剧团
首演。写银行小职员梁秉泉工作勤恳，生活俭朴，却被某些同事认
为是"小儿科"。上海解放前他省吃俭用几十年，积蓄了 10 两黄金，
被迫换成"金圆券"，由于货币贬值，转眼间全部积蓄变成了两只 4
钱重的戒指，又被经济警察勒索一空，本人也失了业。上海解放后，
他虽看到物价稳定，但仍心有疑惧。复职后，在无数事实的教育下，
终于消除了疑虑，积极投入了新的工作。导演李煊，舞美设计子坤。
周柏春饰梁秉泉，夏萍饰梁女，筱咪咪饰职员甲，姚慕双、吴双艺
饰经济警察甲、乙。演出后获得好评，市文化局给予免税鼓励。

七、《老账房》

现代剧目。朱济苍编剧。1952 年 2 月蜜蜂滑稽剧团在红宝剧场
首演，为配合"五反"运动而作。写老账房方寿松曾协同其"东
家"达丰煤号老板吴达丰做过假账，偷税漏税；"五反"运动开始

后，老板对其软硬兼施，使其不敢交代。顾虑重重的老账房在政策的感召下，终于放下了包袱，交代了问题，并揭发了老板的"五毒"罪行。导演孙旭、高原，舞美设计子坤。姚慕双饰老账房，筱咪咪饰吴老板，夏萍饰吴妻，周柏春饰职员，王君侠饰煤业工会主任。演出时，时任文化部副部长周扬曾来剧场观看。

八、《王老板》

现代剧目。陆墟编剧。1952 年大公滑稽剧团首演于嵩山大戏院。写上海解放初期橡胶厂老板赵子章、绸布店老板王正清等互相勾结，在制作中国人民志愿军定做的雨衣时偷工减料，谋取暴利；"五反"运动开始后，店员李文白、杜盘金、张泉生等在工会的领导下，发动群众，内查外调，进行揭发斗争；赵、王等则订立攻守同盟，施用威胁利诱等手段，负隅顽抗；经过一番较量，王正清被迫低头认罪，坦白交代，并检举了同伙，得到从宽处理；赵子章则顽抗到底，受到法律制裁。导演南薇，舞美设计韩义，作曲丁敏。杨华生饰王正清，笑嘻嘻饰赵子章，张一亭饰李文白，张樵侬饰杜金盘，张利音饰张泉生。该剧配合了当时的政治运动，受到肯定。

九、《日本宪兵队》

现代剧目。以幕表排演。1952 年飞峰滑稽剧团在同孚大戏院首演，系该团的代表作。内容写抗日战争时期，南方某村有一支抗日游击队，他们时而埋伏袭击，时而化妆闯入虎穴，打击敌人。而日本宪兵队有时也捉住游击队员，严刑拷打；但游击队的英雄们视死如归，里应外合，大闹宪兵队，歼灭日本兵，最终越狱。唐笑飞饰日本宪兵队大队长，吕笑飞饰汉奸，朱熹鹏饰日本翻译，李九松饰勤务兵，筱声咪饰游击队员。题材近乎正剧，某些地方具有悲剧气氛，然后竟能使观众不断捧腹。唐笑飞演技不凡，所演日本宪兵队大队长表面嘻嘻哈哈、和蔼可亲，骨子里笑里藏刀，心如蛇蝎；一口叽叽咕咕的日本话，如不谙日语者难辨真伪。此剧曾被数个滑稽剧团搬演。

十、《王先生到上海》

现代剧目。陆啸桐以漫画家叶浅予名作《王先生与小陈》为蓝本编写幕表。1954年玫瑰滑稽剧团首演。故事写王先生携妻女来沪谋生，职业无着，靠卖画糊口；其女为城市繁华所惑，被阔少欺骗霸占；王先生与之抗争，反遭伪警察殴打。后来在咪咪娘和小陈的帮助下，设计救出其女，深感旧上海非穷人求生之地，乃离沪而去。此剧对旧上海的贫富悬殊和平民生活有所刻画。杨柳村饰王先生，龚一飞饰小陈。1962年后，陆啸桐曾重新整理成剧本，由海燕滑稽剧团演出。

十一、《板板六十四》

现代剧目。言觉非编剧。1954年新艺滑稽剧团首演。故事写一私人医生转业到工厂工作，不习惯过集体生活，时常"自由"行动，一次因迟到5分钟给生产带来损失，并对工人们的批评不满，提出辞职。后经各方耐心帮助，认识到生产中集体配合的重要性，自动撤销了辞职的要求。主要演员朱翔飞、吕笑峰、张丽华、李九松等。1957年参加通俗话剧和滑稽戏观摩演出，获好评，后由上海文化出版社发行单行本。

十二、《苏州两公差》

清装剧目。1955年2月，大公滑稽剧团根据苏州滑稽剧团的闽剧《炼印》改编本移植整理演出。写清末退休太师邱某企图赖婚，私自监禁其婿及婿之好友徐某。徐妻为夫赴衙告状，路遇苏州公差张超、李达。二公差激于义愤，愿代徐伸冤，返苏后四处求告，反遭革职。二人赴镇江求援于友人，在酒楼闻知八府巡按陈魁将巡察扬州，于是决意假冒陈魁前往扬州借衙理事，为民解困。不料陈魁突然抵达。公堂之上，真假难辨，遂决定炼印验证。两巡府当堂炼印，于千钧一发之际，李达急报马房失火，张超乘众人惊慌混乱之机，换得真印，陈魁炼印失败，二公差险闯难关，扬长而去。殷汛导演，舞美设计严倩莉。杨华生饰张超，笑嘻嘻饰李达，张利音饰江都县，张樵侬饰邱太师。原著闽剧《炼印》为中型喜剧，苏州滑稽剧团改编时增加了邱太师庆寿、赖婚等情节，发展成为大戏。大公滑稽剧团演出时将此情节作暗场处理，增加了二公差路遇不平、为民申冤等情节，突出了主线，有较好的喜剧结构，情节紧凑，笑料丰富，演员配合默契，连续满座半年多，是大公滑稽剧团的保留剧目。1979 年上海市人民滑稽剧团建立后，再度复演。

十三、《阿 Q 正传》

现代剧目。南薇根据田汉、许幸之两个话剧本改编。1956 年大公滑稽剧团为纪念鲁迅逝世 20 周年而演。剧本突出"哀其不幸"的一面，阿 Q 每每不睁眼，以示驯服。南薇、殷汛导演，张乐平造型设计，叶苗装置设计，连波作曲，裴凯尔作词。杨华生饰阿 Q，笑嘻嘻饰赵太爷，张樵侬饰王胡，沈一乐饰小 D，绿杨饰吴妈，王定国饰假洋鬼子。把鲁迅名著搬上滑稽舞台，是一种新的尝试，有唱，有方言，亦有笑料，不失滑稽艺术特点，曾获好评。1960 年再度复演，剧本由陆群整理，增强"怒其不争"的一面。在"梦境"一场戏中，扩大阿 Q 之"革命"。演员基本照旧，只假洋鬼子一角改由筱声咪扮演。1981年为纪念鲁迅诞辰100周年，上海市人民滑稽剧团再次上演，由穆尼（执笔）、陆群编写，丰富了剧情，除以《阿Q正传》原著为主体外，又增添了鲁迅小说《孔乙己》《明天》《药》《风波》《故乡》中的若干人物。天然导演，造型设计陈绍周，阿Q仍由杨华生扮演，假洋鬼子改由俞荣康扮演。同年，此剧参加首届上海戏剧节，获纪念奖。

十四、《三毛学生意》

现代剧目。范哈哈编剧。1956年大众滑稽剧团首演。剧中主要人物"三毛"借意于漫画家张乐平笔下的同名流浪儿形象。故事情节由传统独脚戏《剃头店》《瞎子店》等串连而成。写苏北农村少年三毛因遭天灾人祸，家破人亡，流浪到上海谋生，先被流氓利用作为骗钱工具，因其为人老实，反而暴露了流氓的预谋；后为理发师收为学徒，又因生意清淡，常夹在理发师夫妇的争吵中受气；最后到算命瞎子店服役，见瞎子欺凌使女小英，心有不平，设计捉弄了瞎子，与小英相偕潜逃。导演何非光。文彬彬、范哈哈、刘侠声、俞祥明、嫩娘等主演。受到舆论界好评，尤其对文彬彬扮演的三毛评价甚高。1957年，由黄祖模重新导演后赴北京演出，周恩来总理看戏后与全体演员合影，并对滑稽戏的噱头提出"要防止低级、庸俗、丑化、流气"。1958年，黄佐临执导，由上海天马电影制片厂拍摄成同名影片。《剧本》月刊1958年第8期发表了剧本全文。同年，上海文化出版社出版单行本。1982年，上海文化出版社出版的《滑稽戏选（一）》收入修改本。1984年，上海市青艺滑稽剧团复演。导演沈如春，范哈哈任艺术顾问，张皆兵扮演三毛。

十五、《满园春色》

现代剧目。集体创作，周正行执笔。1958 年蜜蜂滑稽剧团首演。写满意斋菜社的几位服务员。先进工作者 2 号，满腔热情，细心机智，处处为顾客着想，事事给顾客方便；4 号虽有做好工作之心，但其动机却是为了换取别人的表扬，不分对象，故作热情，逢人一味恭维："辛苦了!""伟大，伟大!"却很少帮助顾客解决实际问题；8 号则是硬邦邦、冷冰冰，阴阳怪气，敷衍塞责。不同的思想，不同的态度导致矛盾交织，笑料百出。后在党支部书记的启发和 2 号服务员模范行动的带动下，推行了"三心四快"的倡议，使满意斋成为先进单位。导演钟高年、李尚奎，舞美设计黄飞，作曲张鸿翔。周柏春饰 2 号服务员，姚慕双饰 4 号服务员，吴双艺饰 8 号服务员，朱翔飞饰庄师傅，袁一灵饰顾客。1960 年上海人民艺术剧院滑稽剧团经修改加工复演，参加上海市现代题材剧目观摩演出。1963 年赴北京在中南海演出，周恩来、朱德、董必武、陈毅、李先念等党和国家领导人观看了演出并上台接见全体演员，陈毅风趣地摹仿剧中 4 号服务员的口头禅说："伟大，伟大，你们搞了一出社会主义的滑稽戏。"还与演职员合影留念。首都文艺界两次召开专题座谈会，给予了肯定和赞扬。《人民日报》发表了题为《一出社会主义的滑稽戏》的文章，称赞此剧"有意义而不枯燥，有趣味而不低级，接受传统而有所革新"。1978 年上海曲艺剧团建立后，再次演出，因朱翔飞去世，由严顺开扮演庄师傅。

十六、《不夜的村庄》

现代剧目。集体编剧，周正行执笔。1959 年蜜蜂滑稽剧团首演。写某剧团编剧方和清、演员路风华等下放到农村参加劳动锻炼，方和清怕苦怕累，又自视清高，不懂装懂，闹出许多笑话，引起饲养员张老福的不满；农村修建小型水电站时，路风华等积极参加劳动，而方和清为了"创造奇迹"，擅自牵出怀孕母牛去驮运石料，致使母牛受伤，受到张老福的严厉批评后又大闹情绪；最后，张老福的体贴关怀使他感悟到劳动人民的纯朴无私，决心参加劳动锻炼，改造自己。导演钟高年、吴双艺，舞美设计黄飞，作曲伟新。朱翔飞饰张老福，周柏春饰方和清，夏萍饰路风华，袁一灵饰张根涛。是1959 年上海市戏剧会演的滑稽戏中评价较高的一个剧目。朱翔飞扮演的张老福幽默深情，性格鲜明，颇得赞誉。蜜蜂滑稽剧团纳入上海人民艺术剧院建制后，又于 1961 年 5 月整理复排，再次演出。剧本发表在《剧本》月刊 1959 年第 6 期。同年 10 月，上海文艺出版社出版单行本。

十七、《样样管》

现代剧目。大公滑稽剧团重点创作组根据费礼文原著《钢人铁马》改编。1959 年大公滑稽剧团首演于大同戏院。写某钢铁厂运料组长吴立本热心助人，凡对集体有益的事他都要管，人们亲切地呼之"样样管"。厂里为超额完成 120 万吨钢的指标展开了热烈的劳动竞赛。平炉车间遇到困难，吴立本积极帮其解决，提高了产量；装卸组速度跟不上，吴立本帮助改装了小吊车，使之速度提高两倍。而自己的运料组由于这两个部门的速度而陷入供应不上的困境，车间主任准备为其增加人力、设备，吴立本认为这样做要耗掉国家大量资金，坚决反对。自己苦苦钻研，想出用小车头拖运的办法，在组织和工人们的支持下，试装成功，赶上了生产的需要。导演殷汛，舞美设计上海戏剧学院。杨华生饰吴立本，李青饰王阿三，张利音饰车间主任，笑嘻嘻饰党委书记，吴德成、沈一乐、筱声咪饰工人。曾参加上海市 1959 年戏剧会演，被评为上海解放 10 周年二大优秀剧目之一。剧本发表于《剧本》月刊。上海文艺出版社出单行本。

十八、《女理发师》

现代剧目。时称"歌唱滑稽大喜剧"。集体创作，田驰、田丽丽执笔。1958 年海燕滑稽剧团首演。故事写家庭妇女夏露华报名参加理发训练班学艺，丈夫、工程师周克仁轻视服务行业，坚决反对，再三阻挠，夫妻之间由此产生不和；夏露华经过几个月的勤学苦练，成为理发能手；周克仁之友李云芳对 3 号服务员的理发手艺非常满意，在周面前大加赞赏；周克仁抱着试试看的态度，指名要 3 号为其理发，见其技术确实高明，甚为钦佩；待 3 号理发员拿下遮没面部的大口罩时，方知 3 号就是他的妻子夏露华，颇感羞愧。导演田驰，舞美设计黄飞，作曲周飞。田丽丽饰夏露华，张醉地饰周克仁，范一虹饰李云芳。全剧有田丽丽的十几个唱段，其中有沪剧、吕剧、评剧、老淮调、南方戏、弹词、扬剧等，充分显示了田丽丽擅唱各种地方戏曲的才华。

在 1959 年上海戏剧会演中获好评。1962 年由天马电影制片厂改编拍摄成同名影片。

十九、《72 家房客》

现代剧目。系由独脚戏传统作品整理发展而成。1937 年上海"八·一三"事变后，难民纷纷逃入"租界"，住房成为一大困难。一些二房东趁机将天井、晒台、灶间、阁楼等部位高价租给房客居住。房客与二房东之间、房客与房客之间纠纷不绝。这种拥挤和混乱的场面俗称"七十二家房客"。江笑笑的《闸北逃难》、刘春山的

《二房东》、陆希希、陆奇奇的《上海景》等滑稽唱词已开始接触这一问题，有的还初步勾勒出二房东蛮横形象。后来朱翔飞编演了"说"的独脚戏小段《72家房客》，姚慕双、周柏春在前人作品的基础上加以扩大，增添情节，仍称《72家房客》。1959年，再由杨华生、张樵侬、笑嘻嘻、沈一乐发展为滑稽大戏，由大公滑稽剧团演出，参加上海市戏剧会演。故事写上海解放前夕，一幢破旧的石库门房子里拥挤地居住着老裁缝、烫衣匠、大饼师傅、香烟小贩、街头艺人、小皮匠、牙医生、舞女等。二房东是个"白相人嫂嫂"，她多方榨取房客，招致众怒。某次，二房东偷取老裁缝的布料，被卖梨膏糖的杜福林揭穿，在众房客面前出了洋相，于是怀恨在心，和姘夫流氓炳根勾结警察"369"逼房客搬家，让出房子开响导社。又见养女阿香和小皮匠接近，要将她送给警察局长做妾。众房客团结反抗，帮助阿香逃脱，使二房东和"369"自食其果。剧本在结构方法上，较多地吸收和整合了独脚戏的"套子"，噱头迭出，喜剧性强；同时又注意情节的逻辑性和性格的完整性，不被"套子"所左右，对当时滑稽戏创作有一定启发。导演杨华生、杨茵、殷振家，舞美设计陆敏。杨华生饰"369"、张樵侬饰杜福林、笑嘻嘻饰炳根、沈一乐饰小皮匠、绿杨饰二房东、张利音饰金医生。1962年广东话剧团以粤语演出此剧，其他话剧团上演亦多。1963年珠江电影制片厂和香港鸿图影业公司联合拍摄成粤语影片，发行至东南亚和美洲。上海文艺出版社1962年出版剧本单行本，1982年又收入《滑稽戏选（一）》。

二十、《纸船明烛照天烧》

现代剧目。杨村彬、郭铮、王元美、周丰年、朱济苍、周正行、佐临编剧。1960 年 8 月上海人民艺术剧院滑稽剧团首演。写世界人民掀起反对美帝风暴，在巴黎爱丽舍宫附近揭露美帝假和平真备战的伪善面目；在远东到处驱逐"国际宪兵"；外强中干的纸老虎在菲律宾硬充好汉，但掩盖不住原形；在台湾海峡，"圣保罗"号巡洋舰遭到万炮齐轰；最终，美帝丧魂落魄，淹没在世界人民反侵略的风浪之中。黄佐临、钟高年导演，舞美设计黄飞，作曲鲍伟新，造型设计程绮云。主要演员有周柏春、姚慕双、朱翔飞、袁一灵、夏萍、范素琴、王剑心、林燕玉、筱咪咪、吴双艺、王双庆等。全剧具有闹剧风格，气势宏伟，舞台上直升机降落，军舰内外搏斗，飞机场上戒备森严，示威队伍气势磅礴，总统府内豪华富丽，海岛风光旖旎秀丽。演出时，曾引起观众争先购票的轰动效应。

二十一、《马戏团的小丑》

现代剧目。根据马赛编导的滑稽戏《游码头》集体改编。张瑞枋、沈如春执笔。1961 年大众滑稽剧团首演。写旧社会某马戏团在某地演出，当地警察局长之子调戏女演员银花，小丑阿喜与之周旋，使其无法得逞；局长之子不甘罢休，派花轿来强娶，阿喜假扮新娘入府，洞房之夜用绝技戏耍群凶。沈如春导演。文彬彬（饰小丑）、范哈哈、俞祥明、刘侠声主演。编剧根据文彬彬的特长，把表演区扩展至乐池、走道和太平门，并邀请魔术家莫非仙任技术指导。具有闹剧风格。

二十二、《笑着向昨天告别》

现代剧目。参考相声《昨天》编写，周正行、周柏春、吴双艺执笔。写世代祖传中医华祖康为人正直，但生怀懦弱；在解放前夕，因不堪流氓、特务、兵痞、警察的重重压迫，精神失常；11 年后，疾病治愈，一旦清醒，竟以为发病是"昨天"之事，仍以"昨天"的眼光看待今天的一切，事事不可理解。剧作以奇特的对比手法歌颂了新社会，批判了旧制度。导演于龙、钟高年，舞美设计黄飞，作曲鲍伟新。姚慕双饰华祖康，周柏春饰搬运工老丁，袁一灵饰吹鼓手阿王，筱咪咪饰流氓邱老七，吴双艺饰警察独眼龙。自1961年至1964年除在上海市演出外，还先后去苏州、杭州、无锡、南京、天津、北京、青岛等地巡回演出。1979年9月，上海曲艺剧团复演，仍是原来的演员。

二十三、《糊涂爷娘》

现代剧目。叶一青（执笔）、笑嘻嘻、绿杨编剧。1962年大公滑稽剧团首演于光华剧场。写孙平夫妇有一子名小宝，孙妻对孩子百般溺爱，孙平虽有教子之心，但不能以身作则，因而收效甚微；邻居蒋福根亦有一子阿龙，蒋对孩子动辄打骂，其母却对孙子一味袒护，认为"树大自会直"。由于家庭教育不当，小宝、阿龙打架、逃学、偷窃财物、离家出走。在学校和社会的帮助下，孩子们终于认识了错误，走上正路，家长们也从中吸取了教训，改变态度和教育方法。导演殷汛，舞美设计张随云。杨华生饰孙平，绿杨饰孙妻，笑嘻嘻饰蒋福根，筱咪咪饰小宝，沈一乐饰阿龙。《人民日报》《解放日报》《文汇报》曾发表文章，予以肯定。1963年由上海海燕电影制片厂拍摄成电影，易名《如此爹娘》。1981年，上海市人民滑稽剧团复演此剧，王汝刚饰小宝，林锡彪饰阿龙。

二十四、《一千零一天》

现代剧目。周正行、葛乃庆、袁一灵编剧。1965年2月上海人民艺术剧院滑稽剧团首演。写上海某邮局一个"五好"先进投递班在老班长王永春带领下，千方百计复活死信，做到了投递迅速、准确、方便，创造了 1000 天无差错的纪录。青年投递员王根根认为送信是简单劳动，不安心工作，对争取更大成绩漫不经心；在投递时，又遇到焦蝶蝶轻视邮递员思想的刺激，失去了冷静，在 1001 天时发生了错投事故。党支部书记方志华和王永春因势利导，以事实提高了他对投递工作的荣誉感和责任心。导演葛乃庆，舞美设计朱士场、黄飞，作曲周彬。袁一灵饰王永春，周柏春饰方志华，严顺开饰王根根，夏萍饰焦蝶蝶。上海人民艺术剧院话剧二团曾同时以话剧形式演出。剧本刊于《剧本》月刊 1965 年第 2 期。同年，上海文艺出版社出版单行本。上海人民美术出版社出版摄影连环画。

二十五、《出色的答案》

现代剧目。周正行、严顺开编剧。1978 年 7 月上海曲艺剧团首演，是粉碎"四人帮"恢复滑稽戏后创作的第一个大型滑稽戏剧目。写某科研所研究人员曾晓勇一心投入"OAB"课题之中，眼前的一切，包括母亲的关怀、女助手谷兰的属意全都视而不见。"文化大革命"开始，曾晓勇对"全面专攻"同样漠然待之，直到押送至大炉间监督劳动时才清醒过来。他在大炉工老方的掩护下，继续坚持试验，原党委书记和谷兰对他多方鼓励支持，终于在粉碎"四人帮"喜讯传来之时，试验成功，向人民交出了一份出色的答卷。艺术指导鲁韧，导演何适等，舞美设计黄飞，作曲刘如曾。严顺开、童双春饰曾晓勇，姚慕双饰老方，周柏春饰马家骏，王双庆饰杨明，吴双艺饰陈风，陆梅英饰于秀。剧作较好地反映了特定历史条件下，党对知识分子的信任和支持。原党委书记是个被监督劳动的不出场人物，但通过他使用的一把扫帚，时时感觉到他的存在和领导作用，艺术构思颇有特点。姚慕双扮演的大炉工老方，幽默乐观，机智耿直，达到一定典型化程度。1979年晋京参加国庆30周年献礼演出，获文化部颁发演出一等奖、剧本二等奖。同年获市文化局颁发的1976年10月~1979年12月剧目创作奖。剧本刊于上海文艺出版社出版的《电影与戏剧》丛刊1979年第1辑、《滑稽戏选（一）》，及中国出版社出版的《笑的戏剧——滑稽戏选》。

二十六、《婚姻大事》

现代剧目。沈如春、周艺凯、陆啸桐根据《大燕与小燕》改编。1978年9月上海市青艺滑稽团在大同剧场首演。剧情写某菜场营业员林根娣贪图钱财，欲将爱虚荣的大女儿曹小玲当作"商品"托阿红娘作媒，高价出售给青年工人陈力生；阿红娘为了从中谋利，花言巧语，积极"推销"；菜场头头黄根发巧遇林根娣的幼女林凤，见她年轻貌美，请阿红娘为其作媒，在上门求婚时，见曹小玲比林凤更漂亮，立即转移目标，追求小玲，并造谣挑拨，破坏小玲与陈力生的婚事，再以物质引诱，投小玲母女所好，愿出"高价""买进"小玲；陈力生发现小玲爱钱不爱人，没有真实感情，遂拒绝了这门亲事；林凤反对其母与姐姐搞买卖婚姻，亦了解陈力生的为人，毅然主动上门，"分文不取"，与陈力生登记结婚。导演沈如春，舞美设计黄飞，音乐设计钟佐山。主演嫩娘、蔡剑英、方艳华、周艺凯。获上海市1976~1978年戏剧创作演出奖。

二十七、《性命交关》

现代剧目。缪依杭、徐维新、申屠丽生编剧。1979年4月上海曲艺剧团首演于上海艺术剧场。写"文化大革命"期间，上海某医院革委会主任贾一民为了达到自己的政治目的，创造"工人阶级掌握医疗大权"的奇迹，命外科主任常春来靠边劳动，由勤杂工姚尧担任手术主刀医生。结果割错了阑尾病人鲁大牛的肠子，又险些断送了胆囊病人苏宗棠的性命。姚尧经过事实的教育，追悔不已，在太平间里为苏宗棠开"个人追悼会"，不料苏宗棠已被原外科主任常春来救活，二人乃抱头痛哭。导演李尚奎，舞美设计黄飞，作曲吴成作。袁一灵饰苏宗棠，严顺开饰姚尧，童双春饰常春来，吴双艺饰贾一民，李青饰鲁大牛。曾获上海市 1976 年 10 月~1979 年 12 月剧目创作奖及 1979~1980 年创作演出奖。剧本发表于《新剧作》创刊号，后又收入《滑稽戏选（一）》及中国戏剧出版社出版的《笑的戏剧——滑稽戏选》。后于 1985 年由上海电影制片厂摄制成同名喜剧故事片。

二十八、《敲一记》

现代剧目。张双勤（执笔），徐荣芳编剧。1980 年 1 月上海市人民滑稽剧团首演，是该团建团后创作演出的第一个大戏。故事写某商店会计梁心平想趁女儿出嫁的机会"敲一记"，向男方索取高额聘金；男方家长李大生不堪负担，恰李大生之女也要结婚，只好也向男方索取高额聘金，以作补偿。不料李女意中人正是梁心平之子。4 位青年团结一致，新事新办；同时设计，使梁心平落得个"人亡财散"的结局，以促其醒悟。导演任广智，主要演员徐双飞、郑辉、王汝刚、林锡彪、汤惠娟、乐秀珍等。剧作批判旧习俗，颂扬新风尚，在当时有一定的现实意义。汕头市红旗话剧团、重庆市曲艺团等单位相继移植演出。

二十九、《孝顺侬子》

现代剧目。笑嘻嘻根据苏州市评弹团中篇评弹《老子·折子·

孝子》改编。1981年1月上海市人民滑稽剧团首演。故事写"四人帮"垮台前夕，老画家胡伟生蒙冤入狱，刑满释放后，回归故里，二子一女二媳一婿对老父不理不睬；胡有家难归，幸好友陈凯川医生寄予同情，暂留居陈寓。"四人帮"垮台后，胡获平反，在落实政策中得到5万元；子女们便争先恐后地来尽"孝"，竞相迎父回家"享福"，一场风波因胡应邀去北京开会而暂告平息。陈为胡定计试探不肖子女，胡佯死，众人来吊父孝，哀悼是假，抢财是真，不顾"死人"在旁，大打出手，丑态百出。正巧从外地来沪探亲的幼子胡小棣赶到，种种行为证实其人才是真正孝顺伲子，胡把家产传给小棣，小棣却捐给了慈善事业。笑嘻嘻导演。张樵依饰胡伟生，笑嘻嘻饰陈恺川，张利音饰长子胡如刚，乐秀珍饰女儿胡江英，王津波饰次子胡才尧，杨晓饰幼子胡小棣。演出后，反响颇大，波及全国，不少外地剧团移植上演，达数十家之多。

三十、《路灯下的宝贝》

现代剧目。王辉荃、姚明德编剧。1981年11月上海曲艺剧团在五星剧场首演。故事写待业青年蒋大毛、蒋二毛就业无着，非常苦闷，常在路灯下徘徊，被人讥为"宝贝"；经街道干部帮助，拟开设修车站，自谋生计，因技术不精，将借来的两用车拆开后无法装拢，闯下祸端；蒋父原为小业主，对儿子搞个体经营心有余悸，遂将大毛关押在家，使其无法继续活动，恋爱亦遭波折；后得区长吴川暗中支持，使他们终于成为有利于社会的宝贝。导演胡伟民，舞美设计胡成美、罗明胜，作曲吴成作。周柏春饰蒋阿桂，姚慕双饰教师，童双春饰蒋大毛，翁双杰饰蒋二毛，李青饰丁阿发。参加首届上海戏剧节，获演出、剧本、导演、表演（翁双杰）、舞美设计5项奖，又获文化部颁发的优秀剧本奖。对外文化委员会所属《剧本园地》将剧本译为英文版对外发行。

三十一、《甜酸苦辣》

现代剧目。胡廷源、李尚奎、吴双艺编剧。1981 年 11 月上海曲艺剧团在中国剧场首演。写百花针织厂拟发展电子提花业务，设备已有，但无编写输入信号的技术人才；搬运工罗锋、罗芒兄弟业余参加电子学习，有一定的电子知识，很想参加试制；车间主任劳国栋对罗氏兄弟印象不佳，不准其接近电子计算机；劳国栋之女团支部书记玉兰不顾父亲反对、恋人误解，千方百计与罗锋、罗芒接近，团结他们参与试制，终于获得成功。导演李尚奎，舞美设计黄飞，作曲吴成作。陶醉娟饰玉兰，吴双艺饰劳国栋，沈少亭饰罗锋，龚伯康饰罗芒，王双庆饰韩彬。参加首届上海戏剧节，获剧本创作奖。常州滑稽剧团、苏州滑稽剧团、吉安地区文工团先后搬演。剧本刊于《新剧作》1982 年第 1 期。收入 1982 年 2 月中国戏剧出版社出版的《笑的戏剧——滑稽戏选》并摄制成连环画册出版。

三十二、《三万元》

现代剧目。邵光汉编制。1981 年上海纺织业余艺术团演出。写某纺织厂设计革新项目，因奖金缺乏无法试制；退休工人陆益明急国家所急，把 30 年积蓄的 3 万元捐赠给国家；陆师傅的行动引起种种不同反映，有人赞佩，有人非议，也有人企图觊觎；女工胖大嫂说他是"戆大"，青工顾德乐假冒陆益明好友之子骗取钱财；陆益明力排阻力，揭穿骗局，毅然将 3 万元捐出。导演徐昌霖、李尚奎、王辉荃，舞美设计胡成美。吴湘平饰陆益明，叶秋依饰胖大嫂，邵光汉饰顾德乐。演出受到广大纺织工人的欢迎，前后演出 196 场，观众达 10 万人次。参加首届上海戏剧节获演出奖。剧本刊于《新剧作》1982 年第 1 期，后收入《滑稽戏选（一）》。

三十三、《出租的新娘》

现代剧目。周艺凯、缪依杭、程志达据中篇评弹《春梦》改编。1981 年初上海市青艺滑稽剧团首演。写青年女工谢小娟与技术员秦忆春有恋爱关系；同厂职工李保荣为向在香港经商的母亲徐文兰要钱，谎称自己结交了女友，准备结婚；当徐文兰突然来沪，要见未婚儿媳时，李保荣为了搪塞，央求谢小娟租给他充当一次"临时新娘"；谢小娟与徐文兰会面后，见其手头阔绰，想弄假成真，与秦忆春断绝关系，随李保荣出境定居；不料徐文兰竟是秦忆春早年失散的母亲，秦、李乃异母兄弟；谢小娟弄巧成拙，羞愧得无地自容。导演殷振家，舞美设计干树海，作曲顾鼎昌。蔡剑英饰谢小娟，张皆兵饰李保荣，嫩娘饰小娟娘，方艳华饰徐文兰。参加首届上海戏剧节获演出奖，蔡剑英获青年演员奖。江苏、广东、山东、江西等地十数个剧团移植上演。

三十四、《哎哟！妈妈》

现代剧目。陈惠良、郭明敏、梁定东、沈如春编剧。1982 年上海市青艺滑稽剧团首演于徐汇剧场。故事写退休艺人杨玉琴每日忙于家务，抚养儿子杨新华和女儿杨美丽；王志强的妈妈守寡 20 余年，将儿子抚养成人，经济条件虽有好转，但住房条件仍未改善；杨、王两家的儿子都在准备婚事，杨新华的对象林忆忆，情操高尚，对婆婆体贴孝敬；王志强的未婚妻杨美丽虚荣心强，欲赶走婆婆，占房成婚，加上老光棍长福的周旋，产生了一系列的矛盾和笑话。导演沈如春，舞美设计干树海，音乐设计曹姚祥。主演方艳华，龚一飞、姚祺儿、朱丽芬。常州滑稽剧团等单位曾移植演出，有的沿用原名，有的改名《新娘和老娘》。

三十五、《两厢情愿》

现代剧目。张双勤编剧。1982 年春节上海市人民滑稽剧团首演。故事写某局团委成立婚姻介绍所，团干部洪亮千方百计牵线搭桥，介绍三对男女青年相识；书呆子于宝峰不善言词，使赵芹错以为他态度暧昧；不拘小节的马小宏家境欠佳，借他人居室冒充自家，蒙骗何丽芬事情败露，姑娘气愤而去；张春龙之父张金山误会儿子的女友徐素瑛品行不端，执意阻挠。洪亮妈贪图小利，又在张、徐婚姻问题上进行挑拨，导致张氏父子失和，为洪亮的工作带来很多困难。洪亮排除阻力，创造机遇，终使有情人成为眷属。导演殷振家，舞美设计干树海，作曲张翔礼。主要演员沈荣海、王津波、郑辉、孙凤英、乐秀珍、汤惠娟等。剧中塑造了一个助人为乐"雷峰式"的团干部，通过 20 世纪 80 年代之"婚姻介绍所"这一新窗口，宣传了"五讲四美"精神。常州市滑稽剧团、汕头市话剧团等皆搬演过此剧。

三十六、《阿混新传》

现代剧目。王辉荃（执笔）、姚明德、严顺开、王桂林、郭海彬、周嘉陵编剧。1983 年 9 月上海曲艺剧团首演于上海邮电俱乐部。写青年工人杜小西（即阿混）在家里吃闲饭，在厂里吃"大锅饭"，好吃懒做，养鸟、斗蟋蟀，终日无所事事；工厂里进行文化技术考核时，妄想蒙混过关，作弊未成；到市郊"万元户"家欲当"现成女婿"，弄巧成拙；几经碰壁，终悟前非。导演张应湘，舞美设计杜时象、朱士场、撒勤，作曲沈传薪。严顺开饰杜小西，吴媚媚饰阿奶，李青饰杜孟雄，王桂林饰杜明辉，胡健德饰杜大男。参加第二届上海戏剧节获一等奖。黄佐临发表署名文章，称此剧正是自己"一心追求的具有中国民族特色的中国喜剧"。1984 年秋，珠江电影制片厂由王为一执导，拍摄成同名喜剧片，主要演员仍由原舞台剧演员担任。此影片获第三届电影"金鸡奖"之特别奖。1985 年参加在日本举行的第九届中国电影周，"轰动日本"（《北京晚报》语）。剧本刊于《剧本》月刊 1983 年 8 月号。《舞台与观众》、上海人民出版社分别编绘成连环画出版。

三十七、《美丽的心灵》

现代剧目。经绍维（执笔）、王飘、蒋荣鑫编剧。1983 年 10 月上海市工人文化宫业余艺术团曲艺团首演。写青年画家陈浩人对清道姑娘辛琳美怀有爱慕之心；辛琳美却爱上了志同道合的技术革新能手清道工人丁根宝，为此遭到了辛大妈的反对；某日，辛大妈被人撞倒在路旁，肇事者逃走，巧遇丁根宝相助，感激之余见丁根宝品行高尚，一表人才，产生了喜爱之情，追问之下，根宝谎称在"567 研究所"（音乐符号扫垃圾之谐音）工作；辛大妈遂托张老伯作媒，为女儿和丁根宝撮合婚事；事后得知丁根宝是清洁工人，一反常态，欲将女儿改配画家；辛琳美在母亲的胁迫下智赴约会，在画家面前道明真相请求支持和谅解；画家惊愕之余，毅然决定挺身而出，帮助辛琳美冲破世俗偏见，在社会关怀下，终使有情人成为眷属。导演胡廷源。参加第二届上海十月业余剧展演出，获二等奖。

三十八、《不是冤家不碰头》

现代剧目。胡廷源、吴双艺编剧。1985 年 10 月上海滑稽剧团在江苏沙洲西张影院试演。故事写退休工人丁大伯与骨科医生林浩是一壁之隔、同门进出的邻居,在"文化大革命"期间,一个是工宣队员,一个是"特嫌份子",由此两家结成"冤家",长期不和,口角不断;通过林浩热情为丁大伯治伤、里委干部调解、林之老友爱国华侨毛冬生回国访问等情节,终于澄清了事实,消除了误会,"冤家"变成"亲家"。导演傅敬恭,舞美设计撒勤,作曲施宝林、王有初、戚济宁。主要演员翁双杰、吴双艺、李青、陶醉娟、林燕玉、王晴、沈少亭。1986 年 9 月,由上海电影总公司摄制成同名喜剧故事片。剧本刊于《新剧作》1986 年第 4 期。

三十九、《神魂颠倒》

现代剧目。缪依杭、程志达、周艺凯编剧。1986 年 9 月上海市青艺滑稽剧团首演。故事写烧菜师傅曹阿炳,随外轮流落至美国,后成为纽约饮食中心董事长;30 年后,曹为报效祖国并寻找失散多年的女儿,偕美籍雇员加里森来华洽谈合资在美开办中国特色菜馆事宜。由于个别接待人员有崇美思想和只重衣衫不重人的偏见,错把加里森当作"主人",把曹阿炳当作"仆人",闹出了许多令人啼笑皆非的笑话。导演杜冶秋、舞美设计李汝兰,作曲曹哲维。主演刘福生、蔡剑英等。剧本刊于《新剧作》1983 年第 5 期,易名《颠倒主仆》。1986 年 4 月由上海电影总公司电视部摄成上下集电视剧,名《主仆颠倒》。袁一灵饰曹阿炳,澳大利亚籍吉夫·米勒饰仆人。同年 10 月参加 1986 年全国喜剧电视展播。1988 年 2 月在第一届巴黎华语"雄狮奖"评选中获三等奖。

四十、《假夫假妻》

现代剧目。张双勤编剧。1986 年由上海普及法律办公室主办·上海市人民滑稽剧团首演。写朱守财的大女儿美芳和孙凯已登记结婚，因孙急需出差，尚未举行仪式；小女儿丽蓉与姚大发尚未履行结婚登记手续；姚老太听信算命先生的胡言，决定在黄道吉日先行为丽蓉举行婚礼仪式；不料丽蓉路过一家工厂时，舍身救火，受伤住院。姚老太执意不肯更改日期，重金诱哄美芳"顶替"妹妹参加婚礼，当夜即放归；新房内真新郎假新娘一拍即合，弄假成真；他们认为结婚证书乃一纸空文，当众举行仪式才是铁证如山，遂相偕去广州度蜜月，在广州巧遇孙凯，美芳当面与孙决绝；待孙归来，得悉有人从火中救出他设计的图纸，登门向丽蓉致谢；两对青年在朱家相会。孙凯、丽蓉联名向法院控告这对假夫假妻，姚大发、朱美芳被依法治罪，姚老太、朱守财受到道德谴责。导演向能春。主演杨华生、绿杨、王汝刚、沈荣海、许海俐等。在上海法制文艺中演出获创作二等奖、演出二等奖。

四十一、《七十三家房客》

现代剧目。是《72家房客》的姐妹篇。张双勤、梁定东、顾延培编剧。1989年上海市人民滑稽剧团首演。写当年《72家房客》中之小皮匠，现已成老皮匠，其子继承父业，成为当代"小皮匠"；小皮匠一心为建设精神文明出力，老是做着令人不解的"蠢事"；老宅院将拆除改建大桥桥堍，他揭露岳母朱彩娣企图趁拆迁之机扩大住房面积；从外面换房进来的新邻居周美美因病需设家庭病床，他慨然义务"出借"住所，动员父亲住进楼梯夹弄；见到前二房东家的外甥欺凌老人，他又挺身而出，把无家可归的老妪接回家中赡养；最令人费解的是，过去迫害其父等老房客的二房东，在台湾久居40载，如今意欲叶落归根，小皮匠说服众位乡邻同意她回归故里，成为第七十三家房客。导演向能春。主要演员王汝刚、绿杨、沈荣海、李九松、乐秀珍、张小玲、许海俐等。时任上海市委书记吴邦国、副市长刘振元曾观看此剧，颇多赞词。1989年参加上海文化艺术节演出，获优秀成果奖。

四十二、《GPT不正常》

现代剧目。赵化南、严顺开编剧。1990年10月上海滑稽剧团作为上海话剧发展研讨和话剧展演剧目在大众剧场首演。故事写白荷街91号居民阿米染上肝炎，引起整幢大楼居民极度惶恐，人人自危，各自盘算避疫良策；远洋轮海员阿为很自然地担负起照顾病人的义务，为此却招来邻居们的种种猜疑——"他的动机是什么？"导演严顺开，舞美设计撒勤，作曲朱晓谷。主要演员钱程、陶醉娟、王双柏、童双春、胡晴云、胡健德、孙勤圆、王燕。在展演中获特别奖（原定展演不评奖）。1991年7月，参加上海"七一"现代戏展演，获优秀演出奖。同年10月，应文化部邀请随上海赴京演出团晋京演出，时任中共中央政治局候补委员丁关根，文化部副部长徐文伯、陈昌本等观看了演出，首都文艺界召开了专题座谈会，获得诸多好评。回沪后，受到市委宣传部的特别嘉奖。扮演沈彩珍一角的陶醉娟，因在塑造人物上有所突破，获上海第二届白玉兰戏剧表演配角奖。剧本刊于《上海艺术家》1991年第1期，并获上海"七一"征文奖。

四十三、《世界真奇妙》

现代剧目。王辉荃编剧。1991年5月上海滑稽剧团在长江剧场首演。写立新福利工厂弱智青年小戴、肢残女青年楚琳、聋哑青年小夏在厂长程玉刚的关心支持下，不屈于人们的嘲讽，不安于人们的怜悯，自强不息，靠自己的双手和智慧完成新产品设备安装任务，为社会做出了贡献。导演王辉荃，舞美设计撒勤，作曲吴成作。主演钱程、秦雷、胡晴云、张克勤、邵永平、孙勤圆、谭义存、吴健德、许国士、颜晴文、王燕。同年 7 月，参加上海"七一"现代戏展演，获演出奖。10 月，应文化部邀请随上海赴京演出团去北京演出，深受领导和首都各界的赞许。"中残联"主席邓朴方观看了演出，赠送了书和"笑声中见真情"的镜框，并与演职员合影留念。回沪后，获市委宣传部的特别嘉奖。剧本刊于《上海艺术家》1991 年第 5 期。

四十四、《光明使者》

现代剧目。张文龙、洪精卫编剧。初名《灯火辉煌》。1991 年 4 月上海市青艺滑稽剧团首演于人民大舞台。写新达厂违反用电规定，供电部门通知其限期整改；该厂曹厂长找电力局耿大光送礼说情，得知耿乃妻子李静以前抛弃的恋人，于是恳请李静出面求情；新达厂工人误以为耿在用电问题上故意刁难，对其动武，但耿抛弃个人恩怨，在电业职工的配合下，终于为该厂解决了计划用电、安全用电、节约用电的难题，推动了生产，提高了效益。导演姚明德，舞美设计崔可迪，灯光设计忻熊鸣，音乐设计曹哲维。姚祺儿饰曹厂工，叶苞蓓饰李静，周益伦饰耿大光，商福生饰忻光明。同年 10 月，应能源部邀请赴北京演出，时任全国人大常委会副委员长倪志福、电力部部长史大桢、文化部常务副部长高占祥等观看了演出，给予好评。此后，在全国 30 个省市连演 1000 余场，演期达 3 年，成为上海市青艺滑稽剧团的保留剧目。1993 年受电力部嘉奖。

四十五、《明媒争娶》

现代剧目。张双勤编剧。1991 年 9 月上海市人民滑稽剧团首演。写河东金大鹏为富不仁，貌丑心狠，丢弃未婚妻卖艺女赛西施，欲婆河西美女王玉凤为妻，以各种手段威逼媒婆杨玉翠昧心撮合，并迫使亲侄金文林冒名去王府相亲；王玉凤满腹珠玑，立誓非才貌双全者不嫁，当堂试才，金文林对答如流，遂允婚；吉日，由媒婆陪同文林迎接，金大鹏乔装奴仆随往，将归时恰逢暴风骤雨，河水猛涨，无法起程，王父提出就地成婚。媒婆无奈，表面上为金大鹏想方设法，换出新房中之文林，暗中移花接木，呼来赛西施。是夜，叔侄争娶，大闹洞房。叔责侄强占婶母，王父欲告金大鹏骗婚，赛西施大发雌威，拔刀相逼；杨玉翠巧舌如簧，晓以利害，从中斡旋，终使金文林、王玉凤成双，金大鹏、赛西施结对。导演姚明德，技导熊志麟，舞美设计李永强，作曲张翔礼。该剧在表演上做了一次部分演员反串的尝试：王汝刚男演女角杨玉翠，傅子明男演女角赛西施，张小玲女演男角金文林，林锡彪饰金大鹏，李九松饰王父，许海俐饰王玉凤，陶德兴饰阿忠。王汝刚表演上有所创新，生动地刻画了杨玉翠的双重性格，获上海第三届白玉兰戏剧表演艺术主角奖。时任中共中央政治局委员、市委书记吴邦国、市委副书记陈至立、副市长刘振元等领导先后观看过此剧。著名导演黄佐临、剧作家沙叶新、评论家余秋雨等曾撰文赞扬。剧本发表于《上海艺术家》。

四十六、《明明白白我的心》

现代剧目。乔谷凡、陈慧君编剧。1992 年 9 月上海市人民滑稽剧团首演。写某乡村牛奶棚老板汤士林变富以后，想把"黄脸婆"妻子赵春凤以"旧"换"新"；村民潘阿龙系赵少时旧友，义愤填膺，抱打不平，试图用计制服汤士林，以保其夫妻连理，同时证明："也许样样新的总比旧的好，但老婆还是旧的好"。惜乎潘的作为失败，实践使潘阿龙认识到："新""旧"并不存在绝对的好坏，只有它们自身价值的存在，才会产生"优胜劣汰"。于是潘调整"作战方案"，竭尽全力帮助赵春凤适应新环境，迎头赶上新时代，成为女企业家。汤在外情场失意，商业上亦受挫折，幸赵春凤亡羊补牢，保住了产业，并使之有所发展。汤终于悔悟，向妻认罪求和。导演王辉荃，舞美设计居小楼，作曲张翔礼。王汝刚饰潘阿龙，李九松饰汤阿奶，乐秀珍饰赵春凤，张定国饰汤士林。此剧在上海农村演出时甚受欢迎，巡回演出近 200 场。

四十七、《刀枪不入》

现代剧目。胡廷源编剧。1993 年 9 月上海滑稽剧团在市府大礼堂首演。故事写国家税务干部高阳率领部下截获了长期从事非法经营、偷税漏税的"服装团伙"的地下仓库，引起了幕后操纵者"王先生"的恐慌。瞬息间，金钱、美女、礼品、人情接连不断地扑向高阳的家中和办公地点，编织成一幅幅盘根错节、纷乱繁杂、令人哭笑不得的尴尬场面。年轻的高阳面对种种诱惑和压力，经受了一场严峻的考验。剧作展现出一场真善美和假恶丑的较量。导演向能春，舞美设计撒勤，作曲周仲康。钱程饰高阳，胡晴云饰金妹和茜茜，顾竹君饰白玲，王桂林饰老么和高父，小翁双杰饰郝五，陈健饰小范，沈少亭饰劳主任。此剧在上海市文化局主办的'93 新剧目展演中获剧目奖。参加'94 艺术节展演。《上海艺术家》1994 年第 1 期发表剧本并撰文肯定。

四十八、《无言的结局》

现代剧目。傅峰、王雍尔编剧。1995 年 4 月上海市青艺滑稽剧团首演于共舞台。写在改革开放的形势下，某局基建处处长金大伟挂职"下海",兼任飞龙房产开发公司副董事长、总经理;包工头富禄寿勾结飞龙项目部经理尹杰对金大伟"内外夹攻",先以"中奖"为名赠送贵重黄金首饰,后将"麦当娜"小姐送给金家当小保姆,安插耳目,并对财务部女主任施展"美男计",终于将金大伟拖入泥坑而不能自拔,最后法网难逃,锒铛入狱。富禄寿腐蚀干部罪有应得,亦自食其果。导演向能春,舞美设计王峻,音乐李金瑞,灯光韩关坤。嫩娘饰金母,姚祺儿饰金大伟,叶苞蓓饰金妻。时任上海副市长龚学平、市检察长倪鸿福、市政协副主席石祝三等观看了演出并题写剧名。《解放日报》《文汇报》《中国检察报》刊有评介文章,称此剧为"新时期的警世剧"。

(本章节在编写过程中参阅引用了《海上滑稽名家》《上海滑稽戏志》中的部分内容)

第五章 "吴门滑稽"风采独具

——滑稽戏在苏州

第一节 苏州文化艺术的一张名片——滑稽戏

一、苏州滑稽戏的起源

滑稽戏是 20 世纪 20 年代从独脚戏、文明戏（通俗话剧）等艺术派生出来的新兴剧种。苏州滑稽戏被誉为"江苏喜剧之花"。1927年 7 月 25 日，陆啸悟组织民生社，在遂园演出《钱笃笤求雨》等戏，这是苏州最早专演滑稽戏的团体。同年杨宝成、凌无私、秦哈哈、王悲儿等组织星期团，其他滑稽戏剧团也纷纷组建。1929 年，张冶儿和易方朔第一次合作组成龙马精神团，演出滑稽戏《包公捉拿落帽风》等。20 世纪 30 年代后期，滑稽戏渐趋成熟。张冶儿在苏州滑稽戏的形成、发展过程中做过重要贡献，时称"滑稽泰斗"。

《钱笃笤求雨》剧照

二、中华人民共和国成立后的苏州滑稽戏

中华人民共和国成立后，滑稽戏建立导演制，组织乐队，创作了一批新剧目。张幻尔参与编写、整理、演出的《满意不满意》《苏州两公差》《伪巡长》等，成为苏州滑稽戏的保留剧目。

苏州市滑稽剧团是集体所有制艺术表演团体。1950年张幻尔和张冶儿在常熟组建星艺滑稽通俗剧团。1952年方笑笑、姚嘻笑、孙笑佛等人组建新声滑稽通俗话剧团。1955年，后者并入星艺滑稽通俗剧团。1958年10月定名为苏州市滑稽剧团，后又先后改名为市喜剧团、喜剧话剧团、工农兵文工团、方言话剧团。1970年2月剧团被撤销。1978年8月恢复市滑稽剧团。1981年12月江苏省滑稽戏工作者协会在苏州召开成立大会，方笑笑当选为首任会长。1984年改为研究会。

苏州市滑稽剧团演出的《苏州二公差》剧照，摄于20世纪50年代

三、改革开放以来苏州滑稽戏发展

1986年起，苏州滑稽剧团每年都推出数个新剧目。《快活的黄帽子》获中宣部首届精神文明建设"五个一工程"奖、文化部第二届"文华新剧目奖"全国戏曲现代戏观摩调演7项优秀奖、省第二届"文学艺术大奖"等奖项。《小城故事多》获文化部、省文化厅嘉奖、省首届青年戏曲优秀剧目奖等奖励。累计演出逾1600场次。20世纪90年代中期，《快活的黄帽子》《小城故事多》等剧目两次应邀进中南海汇报演出。1996年，苏州滑稽剧团对《小城故事多》作改编，创作排演儿童滑稽戏《一二三，起步走》，顾芗演绎剧中15岁女孩，当年获全国儿童剧新剧目评比演出一等奖；1997年9月，《一二三，起步走》获中宣部第六届精神文明建设入选作品奖，入选

"国家舞台艺术精品工程"十大精品剧目；同年 10 月，该剧在全国文华大奖中夺魁；2000 年获第六届"中国艺术节大奖"。2001 年，滑稽小品《今夜更有情》获文华新节目奖、第三届全国小品比赛金奖；小品《面试》《小泥人》分别获全国"人口奖"金奖之首、全国小品比赛创作金奖、优秀表演奖、第五届央视小品大赛 4 个大奖。2002 年，《钱笃笤求雨》在第三届滑稽戏节中名列优秀剧目之首，并参演第四届上海国际艺术节，在第四届江苏省戏剧节中，名列第一；2004 年被列入江苏省首届舞台艺术精品工程精品提名剧目。校园喜剧《青春跑道》分别于 2003 年、2005 年获中宣部第九届精神文明建设"五个一工程"奖、第五届全国优秀儿童剧展演一等奖和多个单项奖，入选江苏省舞台艺术精品工程剧目。

2003 年在吴中区大会堂演出的滑稽戏《一二三，起步走》剧照

苏州滑稽剧团有国家一级演员顾芗、张克勤以及一批中青年艺术骨干的演出队伍，在艺术风格上继承创新，形成"苏式滑稽"冷隽幽默、爽甜润口、滑而有稽、寓理于戏的风格，演出足迹遍布京、沪、粤等 15 个省市的城镇，享誉滑稽界。

2009 年 6 月 20 日，滑稽戏（苏州滑稽戏）列入江苏省第二批省级非物质文化遗产名录。2011 年 5 月 23 日，苏州滑稽戏经国务院批准列入第三批国家级非物质文化遗产名录。从此，苏州滑稽戏发展步入了新的征程。

第二节 "苏式滑稽"传承的大本营
——苏州市滑稽剧团简介

苏州市滑稽剧团（简称苏滑）始建于 1950 年。70 多年来，在党的"二为"方向、"双百"方针指引下，奋发图强，艰苦创业，坚持出人出戏，在各个不同时期，都创造了与时俱进的业绩。

20 世纪 50 年代，凭借《苏州二公差》《钱笃笤求雨》《小山东到上海》（即《伪巡长》）等一批优秀传统剧目誉满滑稽艺坛。20世纪 60 至 80 年代，根据滑稽戏拍摄而成的电影《满意不满意》《小小得月楼》《三十层楼上》风靡全国。20 世纪 90 年代，大型现代滑稽戏《快活的黄帽子》，获全国戏曲现代戏观摩演出"优秀剧目奖"，中宣部首届精神文明产品"五个一工程奖"，文化部第二届"文华新剧目奖"和江苏省政府"文学艺术大奖"。滑稽戏《小城故事多》演出逾 1750 场，受到文化部的表彰和嘉奖，荣获江苏省精神文明产品"五个一工程"奖和江苏省戏剧节"优秀剧目奖"。大型儿童滑稽戏《一二三，起步走》，获全国儿童剧新剧目评比演出一等奖，中宣部第六届精神文明产品"五个一工程奖"，文化部第七届"文华大奖"，第五届中国戏剧节"97 曹禺戏剧奖·优秀剧目奖"，"第六届中国艺术节大奖"。该剧并荣获 2003～2004 年度国家舞台艺术精品工程"十大精品剧目"。至今演出已逾 3400 余场，再次受到文化部的表彰和嘉奖。校园喜剧《青春跑道》获全国第九届精神文明建设"五个一工程"入选作品奖，江苏省首届戏剧文学一等奖，省第三届滑稽戏艺术节 5 项大奖。现代喜剧《姑苏一家》获江苏省"五个一工程奖"。新版《钱笃笤求雨》获第四届江苏省戏剧节 8 项大奖和省滑稽戏节 6 项大奖。滑稽小品《今夜情》《今夜更有情》分别荣获文化部"文华新节目奖"和全国小品比赛金奖。小品《面试》《小泥人》分别获第十一届"中国人口文化奖"金奖和全国小品比赛金奖。近些年，苏州滑稽剧团出品的作品连获佳绩，为江苏戏剧赢得声誉。

苏州滑稽剧团滑稽戏《钱笃笤求雨》剧照

苏州滑稽剧团人才辈出，著名滑稽戏表演艺术家张幻尔，创造了独树一帜的"冷面滑稽"表演流派；方笑笑、叶霞珍等老一辈艺术家在滑稽界享有盛名。目前，剧团建立了以国家一级演员、二度"文华表演奖"、二度"梅花奖""白玉兰"奖、八度全国"优秀表演奖"获得者顾芗，国家一级演员、"文华奖""梅花奖"获得者张克勤等为代表的中青年艺术骨干队伍，在艺术风格上努力继承创新，形成了"苏式滑稽"冷隽幽默、爽甜润口、滑而有稽、寓理于戏的风格，受到广大观众的欢迎。

20世纪90年代以来，"苏州滑稽剧团现象"受到剧坛的普遍关注。"苏滑现象"受益于历史的沉积，从本质而言，今天的"苏滑现象"既是苏滑"历史现象"的继承，同时也是超越。中华人民共和国成立初期，张幻尔奠定了"苏式滑稽"的基础，新时期中脱颖而出的表演艺术家顾芗在"苏式滑稽"的艺术道路上，既分享着历史沉积的

《苏州两公差》老剧照

硕果，又创造性地不断开发了诱人的未来，是"苏滑现象"的今天和昨天共同孕育和形成了以"苏式滑稽"为流派特征的"吴门滑稽"。

高质量的剧目，高水平的演出，开拓了广阔的演出市场。"苏滑"足迹遍布于大半个中国，演出收入逐年递增，两个效益同步增长。剧团相继获"全国文化工作先进集体"，先后两次被江苏省委、省政府记集体一等功，江苏省、苏州市文明标兵单位、优秀剧团等殊荣。

传统滑稽戏《苏州两公差》由张幻尔、张幻梦等滑稽戏泰斗改编自闽剧《炼印》，讲述了苏州公差张超、李达急公好义，因替百姓伸冤，反遭上级答责，被革去公职；两人假扮钦差审理冤案，在与真钦差相遇后，两人设计智胜钦差，安然脱身而去。该剧情节跌宕，对白幽默，生动塑造出权奸、贪官、胥吏、书生等众多人物形象，该剧成为"苏滑"的经典保留剧目。

第三节　苏州滑稽戏的主要代表人物选介

苏州滑稽戏表演
艺术家张幻尔

一、张幻尔（1912-1965）

著名滑稽戏表演艺术家，是在苏州滑稽戏发展史上一个举足轻重的人物。

苏州的滑稽戏在其形成的前期，全以对白为主，绝少唱的插入，后来剧中唱的成分逐步增加。苏州滑稽戏表演艺术家张幻尔反对"硬滑稽"，主张'肉里嚎'，事事在情理之中，又处处出意料之外，才能引起观众哄堂大笑。他追求笑料的幽默隽永，使观众看后，时隔多日还要发笑，这是苏州滑稽戏一贯的风格。

苏州滑稽戏异军突起于 20 世纪 80 年代，但并不是 80 年代的产儿，准确地说，它奠基于新中国成立初期，而成形于 20 世纪 50 年代末。"苏滑"历史奇迹的产生，和一个杰出的名字紧紧相连，那就是滑稽戏前辈、著名表演艺术大师张幻尔。离开张幻尔先生，就无从谈苏州滑稽剧团，也无从谈苏州滑稽戏。

"从小演戏像儿戏，少年演戏像瞎子，中年演戏像痴子，编编写写骗骗痴子搭呆子。"这段话是"冷面滑稽"大师张幻尔在接受社会主义改造和教育后，对自己从事喜剧艺术的评价与概括，虽有自贬自嘲的成分，但也客观说明旧社会滑稽戏的真实情况。

张幻尔，江苏苏州人，字超，曾用艺名惠尔、小影、天儿等。著名的滑稽戏表演艺术家，苏式滑稽戏奠基人，出身于文明戏世家（其父张幻影、叔父张幻梦都是文明戏前辈）。1927 年，张幻尔拜文明戏"能派全才"的前辈艺人张啸天为师，艺名张天儿，开始了全新的艺术生涯。张幻尔的表演以阴喙著称，幽默逗人，有"冰冻滑稽"（亦称"冷面滑稽"）之称。20 世纪三四十年代，张幻尔在上海永安公司、神仙世界、新新公司等处组合、搭班演出，任编导、剧务等职；后组成璇宫剧团，任团长，与朱翔飞、唐笑飞、包一飞、袁一灵等合作，创演了《钱笃笤求雨》《真假将军》《银行小姐》《轰天炮》《陆九皋》等戏，逐步形成了自己的独特艺术风格。20 世纪 50 年代起，组建星艺通俗滑话团，后改为苏州市滑稽剧团。他擅于编导以及即兴创造，先后参与创作《糖衣炮弹》《满意勿满意》（即《满意不满意》）《错进错出》《苏州两公差》等戏，均成为苏州滑稽戏的保留剧目。其创演的各类滑稽戏人物给观众留下了深刻的印象，并且培养了一批"尔"字辈滑稽戏演员（如小幻尔、李效尔、陈继尔等）。生前曾任江苏省文联委员、江苏省戏剧家协会理事、苏州市第三届人民代表大会代表、苏州市文学艺术联合会执委、苏州市滑稽剧团团长等职。

《苏州两公差》剧照

特别值得一提是，《苏州两公差》自1954年在苏州首演以来，经苏州市滑稽剧团张幻尔、张幻梦、方笑笑、陆辰生、计玉堂等几代滑稽戏前辈的精彩演绎、不断改进，至1982年已演出500多场，在老一代苏州观众及江浙沪地区产生了较高知名度和影响力。并多次被兄弟院团移植上演，成为苏州市滑稽剧团享誉业界的经典保留剧目之一。

二、方笑笑（1914~1987）

滑稽戏演员。曾用名逸萍、虎豹，江苏苏州人。曾任江苏省滑稽戏艺术研究会会长，苏州市滑稽剧团团长，苏州市政协第六、七届常委。1931年拜师学唱文明戏，不久改唱独脚戏。

中华人民共和国成立初期，步入滑稽戏行列。1953年参与组建新声滑稽剧团。1955年并入星艺滑稽通俗话剧团。他在滑稽戏舞台上塑造了众多的艺术形象，尤以饰演《满意不满意》中的3号先进服务员孙师傅为最，该戏拍成电影后，广为人知。且能编善导，经其创作、改编的剧目有《警察与小偷》《汪知县抢亲》《太太作主》《糊涂状元》等，在省、市会演中曾多次获奖。

三、顾芗

国家一级演员，著名滑稽戏表演艺术家，苏州市滑稽剧团名誉团长。曾三次荣获"文华表演奖"和"梅花奖"，是江苏省首届"紫金文化奖章"称号获得者。代表作品有：《小小得月楼》《快活的黄帽子》《小城故事多》《一二三，起步走》等等。

顾芗生活照

1972年，怀着对舞台的向往，不满20岁的顾芗凭借良好的综合条件，被选调进江苏省金湖县文工团，由一名知青成为一名演员。此后10年间，她先后在京剧、歌剧、话剧、黄梅戏、沪剧、淮剧等多个剧种的剧目中担纲主演。在那个"全国山河一片红"的年代，由她所饰演的"江姐""韩英""刘三姐"等角色，不但感染着场下的观众，也让舞台上自己那颗稚嫩的心灵一次又一次地受到精神洗礼。在这些经典人物形象的影响下，顾芗逐渐开始将"认认真真唱戏，清清白白做人"的理念转化为自觉的追求。

1982年，由于工作的需要，顾芗被转调到苏州市滑稽剧团，从此与滑稽戏这朵民族喜剧之花结下不解之缘。当时的"苏滑"，和很多兄弟院团一样，面临着演出市场萎缩、艺术人才流失的境况。面对严峻的现实，团里作出了适应市场需求、发展原创剧目的决定。

顾芳在电影《小小得月楼》里饰演乔妹

顾芳在《一二三，起
步走》中扮饰安小花

在这样的背景下，舞台剧《小小得月楼》应运而生，这也成为顾芳进入剧团后参演的第一部大戏。一年后，随着电影版《小小得月楼》的热映，她也因为在该剧中饰演"乔妹"为全国观众所熟知，并被专家和领导认定是"大有希望的一代新秀"。

这些年来，顾芳跟随着剧组一起跑遍了全国 15 个省市的城镇与乡村，在年均 300 余场的演出中累计服务各地观众 1300 万人次。其中，由她参与创作演出的《小城故事多》已累计在全国巡演 1800 余场，《一二三，起步走》在全国巡演 4300 余场，并被 10 多个剧种、近百家院团移植演出 20000 多场；《青春跑道》在全国巡演 1500 余场，被长春话剧院、吕梁市青年晋剧院移植演出近千场；而上演仅 3 年的《顾家姆妈》，也已累计在各地演出 280 余场。创造了苏州滑稽戏演出的一个又一个奇迹。

顾芗在《顾家姆妈》中饰阿旦

她本人也因此先后获得"全国劳动模范""全国五一劳动奖章""全国文化系统先进工作者"、全国"三八"红旗手、江苏省"优秀共产党员十大标兵""江苏省十大女杰""50 名新中国成立以来感动江苏人物"等多项殊荣。《中国戏剧》《戏剧报》《江苏戏剧》这样评价她：在舞台实践中"坚持塑造人物，坚持开掘人物内心世界，坚持以情动人""提升滑稽戏剧种的文学品位，推动剧种前进，扩大了在中国戏剧界的影响"。滑稽界同行们评价她说："顾芗的表演，达到了滑稽表演艺术一个崭新的层次。"

四、张克勤

当代滑稽戏表演艺术家，国家一级演员，国家级非物质文化遗产项目代表性传承人。中国戏剧家协会会员。

张克勤生活照

"全国文化系统先进工作者"、全国"五一劳动奖章""江苏省 50 名德艺双馨艺术家"称号获得者,享受国务院政府特殊津贴。

文化部第 7 届、第 12 届"文华表演奖"、中国戏剧第 6 届"梅花奖"、第 20 届上海"白玉兰"戏剧艺术表演奖得主。从艺近 40年,先后接触过评话、舞蹈等表演艺术,说、唱干净利落,表演夸张适度,形体灵活敏捷,富有激情,爆发力强,肢体语言丰富,形成具有漫画式的独特表演风格,开创了滑稽界第一位获得中国戏剧"梅花奖"的先例。

代表剧目:《土裁缝与洋小姐》《多情的小和尚》《一二三,起步走》《青春跑道》《钱笃笤求雨》《顾家姆妈》《今夜情》《今夜更有情》《破镜重圆》等 20 多部滑稽戏及小品。主演的《一二三,起步走》《青春跑道》《笑着和明天握手》《顾家姆妈》两度荣获文化部"优秀保留剧目大奖",3 度荣获国家舞台艺术精品工程"十大精品剧目",4 次荣获文化部"文华大奖""文华优秀剧目奖",4 次荣获中宣部精神文明建设"五个一工程奖"等奖项。

张克勤主演的现代滑稽戏《土裁缝与洋小姐》剧照

张克勤的祖籍常州,1947 年出生于上海。16 岁时为逃避支边学了评话。1962 年,他成功考进常州市评弹团,成为一名评话演员。后来曾在常州文工团做过舞蹈演员。1984 年,张克勤考进常州市滑稽剧团,师从著名前辈滑稽戏表演艺术家龚一飞先生,从此与滑稽戏结下了不解之缘。在恩师的培养下，张克勤先后主演了10多台大型滑稽戏，演技得到了极大的提升，在当时小有名气。1989年，张克勤凭借滑稽戏《多情的小和尚》和《土裁缝与洋小姐》，获得了第六届中国戏剧"梅花奖"，成为全国滑稽戏表演界首位获得该奖项的演员。这次获奖创造了很多的第一次，这是市级剧团演员首次获奖，同时也是小剧种首次获奖。

张克勤先后在很多滑稽剧团工作过，常州滑稽剧团、上海滑稽剧团、无锡滑稽剧团都留下了张克勤的足迹。尤其是在上海滑稽剧团，一待就是8年。1995年，在和无锡市滑稽剧团进行项目合作的同时，张克勤收到了苏州市滑稽剧团的邀请，张克勤说："苏州小桥流水，安静细腻，和我的滑稽戏风格十分相配。"于是欣然同意。自此，便"落户"于苏州市滑稽剧团。进入苏州市滑稽剧团以来，张克勤先后在10多部大戏和近百个小品中担纲主

张克勤主演的现代滑稽戏《多情的小和尚》剧照

演，与顾芗、陆伦章携手主创了《一二三，起步走》《青春跑道》《钱笃笤求雨》《笑着和明天握手》《顾家姆妈》等一系列精品力作。正是这些年的辗转，让张克勤吸收了各种风格的表演特色。同时，也正是因为这些年衡量比较，张克勤最终找到了最适合自己表演风格的土壤。

第六章　"杭派滑稽"老树新花

——滑稽戏在杭州

滑稽戏的大本营虽然在上海，但其源头却在杭州，从小热昏到独脚戏再到滑稽戏有着一脉相承的渊源关系，所以谈滑稽戏自然绕不开杭州。

第一节　"杭派滑稽"传承的重要力量

——杭州滑稽艺术剧院简介

1950 年 10 月间，由当时杭州戏曲改进协会主任俞笑飞联合了 12 位滑稽、通俗话剧演员组成联艺通俗话剧团。这是杭州滑稽剧团的前身，由俞笑飞任团长，吴剑伟任副团长，开始进大世界二楼演出。1953 年剧团响应政府号召正式进行登记。1955 年 5 月政府接管后更名为杭州滑稽剧团，团长肖杨，副团长胡九皋、王双柏。

杭州滑稽剧团（简称"杭滑"）成立以后，创作上演了一大批有影响的现代戏。特别是反映农村建设新面貌的《汪顺仙》，参加了

1958年浙江省现代戏调演荣获优秀剧本和优秀演出奖，列入中华人民共和国成立10周年献礼剧目。剧本由中国戏剧出版社出版单行本。

1961年7月1日与桐庐滑稽剧团（原杭州滑稽二团）合并，阵容更整齐，演出质量更高。王连永任团长，胡九皋、王鹏飞、刘济国任副团长。为纪念鲁迅先生逝世25周年，将鲁迅名著《阿Q正传》改编搬上滑稽戏舞台。演出后，得到省、市领导的重视和新闻界的好评。

滑稽戏《济公活佛》剧照

1960年至1963年间，主要演员王鹏飞、胡九皋曾多次为毛主席、周总理、陈云、陈毅等中央领导同志单独演出独脚戏《三毛学生意》《全体会》《英文翻译》，获得中央首长的好评。

1964年，编剧、导演、主要演员体验生活到"奎元馆"面馆跟班劳动，根据其先进事迹编写、演出大型滑稽戏《热气腾腾》。

滑稽戏《千万不要忘记》剧照

"文革"开始后,"杭滑"一度曾更名为"杭州人民方言剧团",后又被迫解散,大部分文艺人员下放工厂等单位劳动。

1977 年 11 月,剧团恢复重建,如久旱逢甘露,广受老百姓的欢迎。恢复后的杭州滑稽剧团,演出观众上座率较高,演出收入较好。剧团越办越好,滑稽艺术越走越宽广,广大艺人心情舒畅,生活水平也不断提高。这一阶段在剧目创新整旧上做了大量工作,创作了一大批观众喜闻乐见的滑稽剧目,参加了省、市历届戏剧会演,获得诸多殊荣,并且创作了一大批反映现实题材的独脚戏,在省、市会演中频频获奖。期间,杭州滑稽剧团和杭州曲艺队于 1979 年 9 月合并为杭州滑稽曲艺团,至 1981 年 9 月再次分别建立杭州滑稽剧团和杭州曲艺团。

1986 年 6 月,市文化局和剧团为培养新人,首次在江、浙、沪范围内进行招生,并委派朱秋僧、魏忠年、刘笑声、林珏、谢永云等专业老师到杭州艺术学校对滑稽班学员进行专业教学。1988 年 9 月,汤君儿等 10 余名年青演员进团,壮大了演员队伍。1995 年,创作排演了大型滑稽戏《妈妈,你不要哭》,获省"五个一工程"奖。在浙江省第六届戏剧节上,演员林逸君、汤君儿、黄宪高同获演员表演一等奖。之后,该剧足迹遍布黄河以南地区,创下了单剧目连续演出 4000 余场的纪录。

1997 年 1 月 28 日,在原杭州滑稽剧团和杭州曲艺团的基础上,重新组建成杭州滑稽艺术剧院。剧院根据当时演出的实际状况，转变思路，以公益性演出和商业性演出并重，下基层和农村，树立了百场文艺演出进社区的文化品牌，之后被市委宣传部、市文广新局采纳为政府采购文化项目。先后被中央文明委评为全国精神文明建设示范活动；荣获杭州市文艺下基层突出文艺贡献奖。剧院始终坚持担当政府宣传的重任，每年创作一批贴近时代、贴近生活、贴近百姓的综艺节目，深入学校、部队、社区和偏远山村演出，丰富了群众的文化生活。至今完成各项公益性演出 3000 多场，受惠百姓达 900 多万人次。同时先后创作了"三贴近"的大型滑稽戏剧目和杭剧现代戏剧目。大型滑稽戏《欢乐人家》在 1999 年获省"五个一工程"奖；大型滑稽戏《钱塘阿哥》2003 年获省"五个一工程"奖，同年获省第九届戏剧节的观众喜爱剧目奖、优秀新剧目奖，演员沈益民获优秀表演奖、观众最喜爱的演员奖；2004 年剧院选送的小品《城里人和乡下人》获文化部主办的第四届金狮杯全国小品大赛金奖；2006 年由周志华表演的"杭州小热昏"《永远是个拆迁户》荣获第四届中国曲艺牡丹奖表演奖；2008 年大型滑稽戏《菜乡风雨情》获浙江省第十一届戏剧节新剧目奖，演员朱明、方菁萍获优秀表演奖；大型滑稽戏《绿色冲浪》获杭州市第十届精神文明建设"五个一工程"入选作品，并获优秀剧目奖；编导奖。传统独脚戏《阿毛乘火车》在第五届中国曲艺牡丹奖曲艺大赛上，演员董其峰获牡丹新人奖；期间，汤君儿、沈庭芳、董其峰、方菁萍等一批中青年演员在浙江省笑星大赛中获省十大笑星称号，并在浙江省曲艺杂技节上多次荣获表演金奖和银奖。2006 年剧院进行"事转企"改革，成立了杭州滑稽艺术剧院演艺有限公司，实行了企业化管理。

2009 年 12 月，剧院作为全国首批省会城市改制文艺院团，进行了全面转企改制。实行公司化运作以来，继续发挥文艺轻骑兵的特长，创作演出优秀剧作，在繁荣文化事业助力文化名城建设的同时，积极推动文化产业的发展，努力实行经济效益和社会效益的双丰收。2011 年，由周志华创作表演的小热昏《光辉历程九十华诞》、青年演员潘婷表演的杭滩《白蛇传选段》、由演员贺镭、毛礼龙、凌垅联袂表演的小品《家人外人》均获"中国第七届曲艺节"优秀节目奖。2012 年，滑稽小品《钉子》入选第七届全国曲艺牡丹奖南方赛区的决赛，演员朱明荣获牡丹奖表演提名奖，演员梁雪荣获新人入围奖。2013 年，董其峰被评为第十一届杭州市十大杰出青年。2014 年，董其峰获得第八届中国曲艺牡丹奖新人奖。2014 年，第八届中国曲艺牡丹奖全国曲艺大赛（余杭赛区）金一戈获新人入围奖。2014 年，杭剧《永远的雷锋》获浙江省第十二届精神文明建设"五个一工程"入选作品奖。

2005 年 9 月至今，剧院陆续成功申报杭州小热昏、独脚戏、杭州评话、杭州评词、杭州滩簧、武林调 6 个国家级非遗，杭剧、滑稽戏 2 个省级非遗和杭州方言 1 个市级非遗，成为全国范围内承载项目数量最多的非遗传承保护单位。先后整理了各类杭州评话书目 25 部，杭剧唱腔 100 余段，各类音像资料 100 余部，各类脚本 300 余部，照片图片 1000 余张。近年来，和省文化厅非遗办联合出版了浙江省非物质文化遗产代表作丛书——《杭州小热昏》《杭州评话》《杭州评话集》《独脚戏集》和《朱秋僧独脚戏小品作品集》、黄宪高《滑稽越剧哈哈笑》。并于 2012 年成功举办了周志华从艺 50 周年曲艺专场晚会。成功申报了一大批非遗项目的传承人，如国家级传承人有周志华、刘笑声、李自新,省级传承人有黄宪高、胡梦、金小华、王超堂、王鹏飞、王双柏、章驷群、陈谊君、汪谊华、王与昌、毛礼龙、朱剑萍等。期间,还联合市非遗保护中心举办非遗曲艺培训班,组织一批省市乃至国家级传承人免费授课,培养一批能担当继承重任的年轻复合型人才,得到了上级主管部门的肯定,并在中国曲艺牡丹奖、中国曲艺节等评比赛事中屡屡喜获佳绩。2012年被上级授予首批杭州市非物质文化遗产教育传承基地。

2009年,以杭州滑稽艺术剧院与杭州杭剧改革组一套班子两块牌子的综合实力为基础,在剧院名下恢复挂牌成立杭州杭剧团。成立至今,创作、排演《母亲的泪》《永远的雷锋》《人逢喜事》《杭州大妈》《拆迁趣事》《微能量》《考验》《承诺》《返程车票》《夕阳春光》《我不认识你》等杭剧剧目20余出。其中,《永远的雷锋》荣获省、市第十二届精神文明建设"五个一工程"奖,《杭州大妈》荣获2014年第九届浙江省非物质文化遗产节暨2014"浙江好腔调"传统戏剧系列展演浙江好腔调奖。

2016年,剧院紧跟时代步伐,坚持专题创作,创演、复排剧(节)目《老来得子》《祥林嫂新传》《文明我先行》《我是东道主》《上帝对上帝》《小姑贤》《真的好想你》《杭城白蝴蝶》《花魁记·劝妆》《杭州好地方》《杭州小热昏的由来》等近50个,其中《老来得子》在浙江省第13届戏剧节、"西湖之春"艺术节暨杭州市新剧(节)目汇演等赛事中荣获多个奖项,并先后成功承办"办好G20当好东道主——我为'G20'一线工作人员送欢笑活动""做好东道主文明我先行——幽默综艺公益专场"、在杭国际友人参观团"走进杭州文化场馆"活动、非遗戏曲曲艺进校园、上海人民广播电台星期戏曲广播会杭剧现代小戏专场、纪念建党 95 周年杭滑走进杭州市社会福利中心、哈狗游戏专场滑稽喜乐会、浙商大学曲艺杂谈晚会、直销协会演出等众多专场演出，节目贯串独脚戏、滑稽小品、杭州小热昏、杭剧、杭州评词、杭州滩簧、杂技、魔术等多种节目，受到广大人民群众的欢迎。

2016 年 4 月起，剧院组织、筹划了"钱塘余韵"——杭州地方戏曲曲艺非遗项目展示系列专场演出，动员广大群众参与文化遗产保护。活动特请省、市非遗专家、传承人结合节目演出做深入浅出的讲解，搭配观众问答或登台模仿亲身参与，活动起名、方案企划、风格设定、节目编排、服饰道具、视频制作等则均由杭滑精英团队完成，不仅有不少新老杭州观众前来观摩，而且吸引了中外大学生的眼球，在社会与群众间引起较大反响。

杭州滑稽艺术剧院以饱满的创作热情，坚持"出人出精品走正路"，把更多优秀的作品奉献给大众。

第二节　杭州滑稽艺术剧院演出的主要剧目简介

1. 20 世纪 50 年代上演滑稽戏《上海小姐》（1957 年创作，1979 年整理）

整理：徐永华

导演：朱秋僧　谢衍庆

舞美设计：叶明楠　宋指华

作曲：王与昌

主要演员：王鹏飞　张秀瑰　陶锦雯　胡九皋　魏忠年　小方

朔　郑砚屏　武琪　王双柏　龚一呆　金小华　王彩芸　俞羡英
李维钢

滑稽戏《上海小姐》剧照

2.20世纪50年代创作演出反映农村建设新面貌的滑稽戏《汪顺仙》（1958年）

滑稽戏《汪顺仙》剧照

编剧：王毅君（执笔）　朱秋僧　刘剑士

导演：朱秋僧

作词：志山

作曲：戴人　设计：兆明宝

主要演员：郑砚屏　胡九皋　小方朔　武琪　王一呆　龚一呆　程荣生　筱秀娟　喻梅英　陆永锦　周广大　朱静帆　张慧莺

3.20 世纪 60 年代创作演出滑稽戏《千万不要忘记》（1964 年）

主要演员：武琪　朱颂地　小方朔　王鹏飞　孙萍　孙洁　龚一呆　王双柏

4.20 世纪 50 年代上演、70 年代复排滑稽戏《济公活佛》

剧本整理：朱秋僧

导演：朱秋僧　屠志新

作曲：张焕昌　葛泽平

舞美设计：宋指华

主演演员：张利利　张逸公　王鹏飞　杨正平　龚一呆　韩天虹　小方朔　魏忠年　宋彩英　胡九皋　王彩芸　萧杨

5.20 世纪 80 年代复排演出滑稽戏《阿 Q 正传》（1961 年演出，1981 年整理演出）

原著：鲁迅

改编：陆群

导演：朱秋僧

作词：裴凯尔

作曲：张焕昌

舞美设计：宋指华

主要演员：胡九皋　杨正平　王鹏飞　郑砚屏　姚贞儿　魏忠年　龚一呆　朱静帆　朱秋僧　萧杨　沈云霞　孙洁　边幼卿　张利利　潘雯瑜　周振铭　陈康珍　张慧莺　筱秀娟　宋彩英　林珏　周广大　赵笑声　王一呆　刘剑士

6. 20世纪80年代创作滑稽戏《香港万花筒》（1981年）

滑稽戏《香港万花筒》剧照

编剧：沈祖安　方海如　朱秋僧

导演：朱秋僧

作曲：章志良

唱腔设计：黄宪高

舞美设计：宋指华

主要演员：叶丹青　魏忠年　王鹏飞　李维刚　王彩芸　吴宝福　萧杨　杨正平　龚一呆　韩天虹　林珏

7. 20世纪80年代创作演出滑稽戏《闹新房》（1983年）

滑稽戏《闹新房》剧照

编剧：朱秋僧

导演：朱秋僧　王鹏飞

作词：黄宪高

作曲：张焕昌

舞美设计：宋指华

主演：王鹏飞　龚一呆　郑砚屏　萧杨　魏忠年　俞羡英　小方朔　杨正平　林珏　吴宝福　周以孝　胡问国

8. 20世纪90年代创作演出滑稽戏《妈妈，你不要哭》（1995年）

滑稽戏《妈妈不要哭》剧照

编剧：谭均华　朱秋僧　陆云龙

原导演：屠志新

导演：朱秋僧　吴山　章驷群

作曲：张焕昌　谢永云

舞美设计：陈一凡

主要演员：林逸君　沈庭芳　沈益民　汤君儿　王彩芸　金小华　魏忠年　黄宪高　蒋海涌　任佳　朱明　叶丹青　王坚

获1995年浙江省第6届戏剧节优秀演出奖、优秀精神产品奖，省、市"五个一工程"奖，1999年优秀剧目展演奖

9. 20 世纪 90 年代创作演出滑稽戏《美好家园》(1998 年)

滑稽戏《美好家园》剧照

编剧：周志华　徐筱安　韩天虹

导演：韩天虹

作曲：王与昌　谢永云

舞美设计：陈一凡

主要演员：郑砚屏　周志华　徐筱安　韩天虹　沈庭芳　林宝华　章驷群　蒋海涌　蒋鸣　林宝华

获 1999 年浙江省"五个一工程"奖

10. 20 世纪 90 年代创作演出滑稽戏《欢乐人家》(1999 年)

滑稽戏《欢乐人家》剧照

编剧：周志华　徐筱安

导演：韩天虹

作曲：谢永云　王与昌

舞美设计：陈一凡

主要演员：胡梦　黄宪高　蒋海涌　叶丹青　沈益民　蒋鸣

汤君儿　沈庭芳　张勇　诸梦琪

11. 21 世纪初期创作演出滑稽戏《钱塘阿哥》（2002 年）

滑稽戏《钱塘阿哥》剧照

编剧：陆伦章　周志华

导演：韩天虹

舞美设计：陈一凡

作曲：谢永云

主演：沈益民　冯莉　汤君儿　沈庭芳　诸梦琪　梁雪　董其峰　方菁萍　张勇　李想

获 2003 年浙江省"五个一工程"奖，浙江省第九届戏剧节观众喜爱剧目奖、浙江省第九届戏剧节优秀新剧目奖

12. 21 世纪初期创作演出滑稽戏《绿色冲浪》（2008 年）

滑稽戏《绿色冲浪》剧照

编剧：谭均华

导演：姚明德　刘笑声

作曲：谢永云

舞美设计：陈一凡

主演：刘笑声　罗瀚　董其峰　贺镭　方菁萍　钦婉云　潘婷
朱明　梁雪　叶蓉

13. 21 世纪初期创作演出滑稽戏《老来得子》(2016 年)

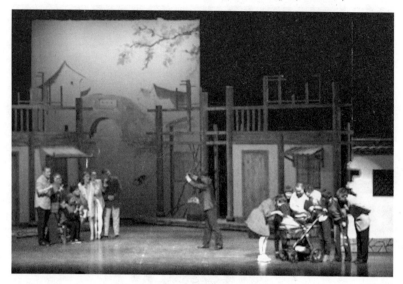

滑稽戏《老来得子》剧照

编剧：包朝赞　梁定东

导演：秦雷　刘笑声

舞美设计：戴晓云　许希稷

作曲：谢永云

主演：方菁萍　朱明　董其峰　罗瀚　李想　叶蓉　贺镭
潘婷　梁雪

获浙江省第十三届戏剧节新剧目大奖

第三节 杭州滑稽艺术剧院部分艺术家名录

一、胡九皋 (1919.12~1993.5)

滑稽表演艺术家，曾任杭州滑稽剧团副团长。1936年，18岁拜薄一厂为师学艺。1937年至1949年间，与艺人田锡镛、黄笑侬、王一呆等艺人组织滑稽精神团演出独脚戏、相声及小戏。1950年，和俞笑飞共同组织了联艺剧团。舞台上语言诙谐、表演幽默、演技精湛。主演的滑稽剧目有《上海小姐》《三女婿》《苏州两公差》《三滴血》《阿Q正传》《姜嘻嘻》《汪顺仙》《72家房客》等。其中，因扮演《汪顺仙》主角，获现代戏汇演演员一等奖。期间多次被评为剧团、文化系统以及杭州市的先进工作者，出席群英会。先后担任中国戏剧家协会浙江分会理事、杭州市剧协副主席、市政协常委等职务。曾经多次荣幸地为外国元首和中央领导人演出，受到毛泽东主席、周恩来总理、陈毅副总理等老一辈中央领导人的亲切接见。"文革"后被迫离团，直至退休，退休后仍坚持参加演出。

二、龚一岱（1925.5~1999.4）

"呆派滑稽"代表人物，擅长扮演憨厚、痴呆或自作聪明者一类角色。他取"呆派"之优点，综合他人之所长，逐渐形成以"呆大面孔"和幽默的"小闲话"、跳跃的小动作相结合的表演特点，具有灵活、夸张、自然而幽默的表演特色。曾在滑稽戏《汪顺仙》中扮演憨直、风趣、活跃的农民阿牛，是他个人风格成熟的标志。代表剧目有《上海小姐》《香港万花筒》《闹新房》等。有独脚戏《有缘千里来相会》《老大难寻对象》《王小毛戒酒》等，语言幽默，跳跃性强，具有较深的艺术感染力，获得观众好评。曾获得浙江省、杭州市优秀演员奖、表演奖。

三、朱颂地（1933.3~1993.2）

曾是上海大众滑稽剧团的演员，1958年进入杭州滑稽剧团，在滑稽戏《千万不要忘记》《一家人》《计划生育》《72家房客》《野火春风斗古城》等都担任主要角色。曾和王鹏飞搭档表演独脚戏《全体会》《瞎子算命》等。

四、郑砚屏（1926.4～2009.11）

女滑稽表演艺术家。6 岁投身文艺事业，12 岁开始涉足通俗话剧表演；1952 年进入杭州联艺通俗话剧团担任主要演员。1955 年杭州滑稽剧团成立，她一直作为领衔主演长期活跃在文艺舞台上。曾在 1959 年向国庆十周年献礼的剧目《汪顺仙》中饰主角汪顺仙，轰动剧坛。表演夸张有度，技艺纯熟，戏路

宽绰，所表演的每个主要人物都刻画得栩栩如生，淋漓尽致，深入人心，深受观众的喜爱。主演滑稽戏有《汪顺仙》《野火春风斗古城》《热气腾腾》《72 家房客》等大量剧目。"文革"后被迫离团，直至退休，退休后仍坚持参加演出。

六、小方朔（1924.8～2008.7）

女滑稽表演艺术家。原名易朔云，出生于滑稽世家，是滑稽界前辈易方朔的爱女。1947 年开始登台表演，并由其父正名为小方朔。1955 年，她在上海参加了杭州联谊通俗话剧团，从此就扎根在杭州。在她演出众多的剧目中，观众颇有印象的有《汪顺仙》《千万不要忘记》《上海小姐》《济公活佛》等，她的演出曾多次得到领导的嘉

奖以及各界较高的评价。"文革"期间她被迫离团，直至退休。1980

年由剧团邀请，重新踏上了终年向往而又熟悉的舞台。2000 年浙江省文化厅艺委员会和剧协向她颁发了"长期为滑稽事业做出卓越贡献"的荣誉证书。

七、张慧莺（1921. 7~2010. 12）

女滑稽表演艺术家。1934 年，参加了杭州大世界的"智社通俗话剧团"，师从秦剑我，是莺字辈中的师姐，先后在联谊通俗剧团、杭州联艺通俗话剧团担任主要演员。1955 年杭州滑稽剧团成立，她一直作为领衔主演长期活跃在文艺舞台上，直至"文革"前。由她主演滑稽戏有《汪顺仙》《野火春风斗古城》《热气腾腾》《72 家房客》《三毛学做生意》《三滴血》《上海小姐》《关不住的一股劲》等大量部剧目。"文革"后被迫离团，直至退休。

八、箫杨（1922. 12~2010. 12）

杭州滑稽剧团的创始人和首任团长。1942 年在上海大世界南洋魔术团拜萧鹏飞为师学习魔术，1946 年参加上海大新公司吴天魔术团表演西洋滑稽，后从事魔术和西洋滑稽表演。由他参与演出的滑稽戏有《济公活佛》《72 家房客》《汪顺仙》等大量剧目。

九、朱静帆（1927~卒年不详）

少年时师从上海滑稽名艺人杨吗吗。20世纪50年代初期进入"杭滑"，"文革"前参加剧团多部滑稽戏的演出。擅长扮演反面小生，剧目有《三轮车和小姐》《恋爱专家》《上海小姐》《汪顺仙》《闹新房》《姜喜喜》《济公活佛》等。

十、韩天虹（1941.2~2010.11）

出身滑稽世家，其父韩锡明是当时骆驼剧团团长，10岁时就师从父亲投身文艺事业，与母亲同台演出《黄金台》。进团后一直活跃在文艺舞台上。多才多艺，擅长打击乐、民乐。精通各地方言。由他参与主演的滑稽戏有《济公活佛》《72家房客》《理直气壮》《碰碰额角头》等大量剧目；独脚戏有《欢歌笑语》《歌舞大奖赛》《宁波音乐家》《龙的传人》《逼煞》等。退休后回团导演了大型滑稽戏《钱塘阿哥》等剧目。《钱塘阿哥》获得了浙江省第九届戏剧节优秀导演奖。

十一、吴宝福（1943.11～2009.1）

父亲吴剑伟是杭州的曲艺名家。擅长滑稽戏和独脚戏表演。1960年进入杭州滑稽剧团，在《阿Q正传》《济公活佛》《一错再错》等大型滑稽戏中都有出色表演。由他创作的喜剧小品《阿发减肥》，曾在浙江省"金帆杯"相声、滑稽独脚戏、喜剧小品大奖赛中获创作二等奖。

十二、王鹏飞

浙江省非物质文化遗产独脚戏代表性传承人。自幼酷爱曲艺，投师筱翔飞学艺，后拜滑稽泰斗杨华生为师。1950年参加上海奋斗滑稽剧团；先后担任骆驼滑稽剧团、杭州滑稽二团、桐庐滑稽剧团、杭州滑稽剧团的主演和正副团长。从艺60年间，曾经演过滑稽戏、独脚戏200余个。表演幽默、风趣、诙谐，讽刺时弊。形体动作夸张。笑料主张"肉里噱"。戏路较宽，塑造人物注意性格，笑料从人物性格出发。1960～1965年间，曾经为毛泽东、周恩来、陈云、陈毅等中央领导作专场演出20多场。

十三、王双柏

国家二级演员，浙江省非物质文化遗产独脚戏代表性传承人。著名滑稽表演艺术家姚慕双、周柏春的高足。1948 年开始从事电台播音工作。1955 年曾担任杭州滑稽剧团副团长。在表演风格上，王双柏吸收了姚慕双和周柏春之所长，并融合个人风格，艺术功底深厚，戏路宽阔。在表演上注重刻画人物个性，演技更是炉火纯青，所制造的笑料从容自然，刚柔并济。60 多年的舞台生涯中，参加主演了百余部大型滑稽戏、独脚戏及小品、电视情景喜剧等。获得了无数的掌声、笑声和部分奖项。

十四、魏忠年

1951 年进入上海沪声滑稽剧团，师从上海滑稽大家姚乐乐。1955 年 2 月进入"杭滑"。擅长各地方言，善于创造各类小人物。抓住滑稽"戏眼"不断挖掘喜剧性笑料，技艺较全面。曾在 1959 年向国庆十周年献礼的剧目《汪顺仙》中饰董书记；《上海小姐》《阿 Q 正传》《72 家房客》《一错再错》《济公活佛》《活菩萨》《约会》《爆炸》《妈妈不要哭》等多部戏中扮演主角。1959 年荣获杭州市先进生产（工作）者称号。

十五、武　琪

女滑稽表演艺术家。出身于演艺家庭。1936 年，未成年就跟随父母参加舞台演戏；16 岁到上海东方剧场演出通俗话剧。1952 年到杭州大世界联艺通俗话剧团工作。25 岁成为杭州滑稽剧团主要演员之一，对外也有一定影响。1969 年，剧团解散下放到工厂，直至 1979 年退休，退休后仍坚持参加演出。参加演出的剧目有《高高兴兴》《喜相逢》《上海小姐》《千万不要忘记》《野火春风斗古城》等。

十六、宋彩英

女滑稽演员。1950 年进入杭州联艺通俗话剧团担任演员，曾担任杭州曲艺团和杭州滑稽剧团副团长，1960 年至 1965 年期间曾多次参加为中央领导举办的小型演出。由她参加演出的剧目有滑稽戏《高高兴兴》《三个女婿》《播音鸳鸯》《13 号房间》《姜喜喜》《汪顺仙》等。

十七、筱秀娟

女滑稽演员。出身于滑稽世家，母亲诸秀娟是主要滑稽演员，从小跟随父母学习滑稽表演。1956年12月进入杭州滑稽剧团，曾出演滑稽戏《一家人》《三滴血》等。在"文革"期间下放工厂，1980年借调到剧团。曾主演《邢燕子》《半斤八两》等剧目。

十八、孙 萍

女滑稽演员。出身演艺家庭，妹妹孙洁、孙燕萍及丈夫周耀铭、小叔周振铭均为行内演员。原带领家族剧团在江浙沪陕等地巡回演出。1950年代后期，家族进入杭州骆驼滑稽剧团（杭州滑稽二团），1961年并入杭州滑稽剧团，任主要演员。曾主演滑稽戏《千万不要忘记》《上海小姐》《济公活佛》《李阿毛到上海》《光绪与珍妃》《安德海大闹龙舟》等。在"文革"期间，整个家族被迫离开剧团，直至退休。

十九、杨正平

滑稽泰斗杨华生之子，从小学绍剧。1962年从浙江绍剧团调入

杭州滑稽剧团。嗓音高亢激扬，声情并茂。曾在滑稽戏《我的未婚夫》《香港万花筒》《阿Q正传》《济公活佛》《笑一笑》等多部戏中任男主角。他的唱功颇有小杨华生之风格，受到了同行、报刊和观众的好评。他表演的独脚戏《滑稽吉他弹唱》曾被评为创作一等奖。1984年至1989年担任剧团副团长。

二十、黄宪高

国家一级演员，浙江省级非物质文化遗产独脚戏代表性传承人。表演以"说唱"见长。20世纪80年代初开始，创作并演出独脚戏《越剧改革家》，首创滑稽越剧这一艺术形式。并录制了《滑稽越剧哈哈笑》等一大批专辑。在江浙沪等地区影响颇大，深受观众的喜爱。在50余年的演艺生涯中，还创作发表幽默笑话千余则，2000年结集出书《笑话奇谈》。并在各种专业比赛中多次获得各类荣誉。2008年12月在绍兴成功举办了《黄宪高从艺五十年专场演唱会》。

十二一、刘笑声

国家一级演员，国家级非物质文化遗产独脚戏代表性传承人。从小喜爱滑稽曲艺，家父刘剑士系杭州滑稽曲艺"剑字辈"传人。1980年进入杭州曲艺团担任演员，后调入杭州滑稽剧团。擅长说学做唱噱。特别在说表中擅长利用各地方言塑造人物，创造包袱，能巧妙运用"误听""谐音"等"插科打诨"抖放包袱。从艺至今由他创作的独脚戏、小品有《歌曲与方言》《好邻居》《超级乞丐》《毛脚女婿上门》《三百六十一行》等数十个作品。表演的代表作品有传统独脚戏《滑稽楼台会》

《理发春秋》《借红灯》《方言与歌曲》等节目。1986年任专业教师，培养本院主要演员。荣获浙江省曲杂节表演奖、杭州第四届文艺突出贡献奖、杭州桂花文艺突出贡献奖、"职业技术节动人"称号。自1995年开始担任杭州滑稽剧团副团长，现担任书记、董事长、总经理。

二十二、王彩芸

女滑稽演员。1959年进团。表演技艺纯熟，戏路宽绰。善于博采众长，采用自然夸张的表演方法。不仅注重塑造人物的个性色彩，更注重展示人物的内心世界，动作表演泼辣有神。曾在《香港万花筒》《一错再错》《福乐寿喜》《开口笑》等剧中担任主演。

二十三、金小华

女滑稽演员。浙江省级非物质文化遗产独脚戏代表性传承人。师从上海滑稽泰斗姚慕双。1962 年从杭州越剧团调入杭州曲艺团，1976 年进入杭州滑稽剧团。擅长南腔北调唱腔以及独脚戏和滑稽戏的表演。主演滑稽戏有《上海小姐》《我的未婚夫》《济公》《台湾来的有情人》《孝顺伲子》《笑一笑》《淘金女郎》等。曾与黄宪高合作录制一系列《滑稽越剧哈哈笑》《滑稽僧尼会》等磁带及碟片。目前仍活跃在荧屏及舞台演出。

二十四、林　珏

女滑稽演员。1960 年 7 月进入"杭滑"，师从小方朔。擅长塑造人物，戏路较宽；曾在市艺校任曲艺班专业教师；不论在清装戏、古装戏、现代戏中均担任过主要角色。代表作有《济公》《72 家房客》《笑一笑》等，并多次在各类汇演中获奖。

二十五、陈康珍

女滑稽演员。1959 年进入杭州滑稽剧团。曾出演大型滑稽戏《香港万花筒》《济公活佛》《我的未婚夫》《碰碰额角头》《台湾来的有情人》等。

二十六、叶丹青

国家二级演员，1978 年进入杭州滑稽剧团。扮相俊美，擅长戏曲表演。1995 年浙江省第六届戏剧节演员三等奖，2003 年第二届浙江省"后宅杯"笑星大赛表演奖，浙江省第三届"后宅杯"笑星大赛优秀表演奖。

二十七、蒋海涌

国家二级演员。曾获 1992 年浙江省《西湖味精杯》相声、滑稽独脚戏、笑话大奖赛表演二等奖，2003 年浙江省第三届"后宅杯"笑星大赛优秀表演奖，2007 年杭州市特色文化广场活动先进个人，2012 年浙江省第四届曲艺杂技

魔术节表演铜奖。

二十八、汤君儿

女滑稽演员，国家一级演员。1991 年浙江省第二届戏剧小百花会演小百花奖，1992年浙江省首届笑星电视大赛二等奖，1995 年浙江省第六届戏剧节演员一等奖，2000 年浙江省首届曲艺笑星大赛笑星奖，2002 年浙江省首届曲艺杂技节优秀表演奖，2003 年浙江省第二届"后宅杯"笑星大赛笑星奖、省第九届戏剧节优秀表演奖，2004 年金狮奖第四届全国小品大赛金奖。2004 年被杭州市委宣传部评为"杭州市文艺突出贡献"奖。2010 年笑在长三角——江浙沪笑星电视邀请赛表演奖，2016 年浙江省第十三届戏剧节优秀表演奖。

二十九、沈益民

国家一级演员。1992 年浙江省首届笑星电视大赛二等奖，1997 年获杭州市新剧（节）目汇演表演二等奖，2000 年浙江省曲艺笑星大赛优秀表演奖，2002 年浙江省首届曲艺杂技节表演奖，2003 年浙江省第九届戏剧节观众最喜爱的演员奖、优秀表演奖、浙江省第二届"后宅杯"笑星大赛优秀表演奖，2004 年金狮奖第四届全国小品大赛金奖，2006 年浙江省

第二届曲艺杂技节表演银奖，2012 年浙江省第四届曲艺杂技魔术节表演银奖。

三十、沈庭芳

国家一级演员。2000 年首届浙江省曲艺笑星大赛曲艺笑星，2002 年浙江省首届曲艺杂技节优秀表演奖，2003 年浙江省第九届戏剧节表演奖、浙江省第二届"后宅杯"笑星大赛笑星奖，2006 年浙江省第二届曲艺杂技节表演铜奖，2010 年笑在长三角——江浙沪笑星电视邀请赛表演奖，2016 年浙江省第十三届戏剧节优秀表演奖。

三十一、朱 明

国家二级演员。2003 年第二届浙江省"后宅杯"笑星大赛优秀表演奖，2009 年浙江省第三届曲艺杂技节表演铜奖，2010 浙江省第十一届戏剧节优秀表演奖，2012 年第七届中国曲艺牡丹奖全国曲艺大赛（杭州赛区）表演提名奖，2013 年浙江省第十二届戏剧节优秀表演奖。

三十二、董其峰

国家一级演员。中共党员。现任杭州滑稽艺术剧院院长、杭州杭剧改革组组长、杭州杭剧团团长、浙江省曲艺家协会副主席、杭州市文联副主席、杭州市曲艺家协会主席、浙江省非遗曲艺专业委员会副主任、杭州市演艺业协会副会长、中国人民政治协商会议第十一届杭州市委员会委员。中国曲艺最高奖"牡丹奖"获得者，全国文化惠民先进个人，杭州市十大杰出青年，蝉联四届获得浙江省曲艺杂技魔术节"个人表演金奖"，连续两届获得浙江省笑星大赛"笑星奖"等。2017年中央电视台春节联欢晚会滑稽小品《阿峰其人》领衔主演，2003年创作小品《自作聪明》获浙江省曲艺作品征文大赛优秀征文奖，2006年第二届浙江省莲花落"金莲花奖"演唱大赛银莲花奖，2011年中国（浙江）非物质文化遗产博览会优秀表演奖，2015年浙江曲艺优秀传统曲目展演优秀演出奖，2015年"非遗薪传"浙江省曲艺展演展评活动特邀展演奖。

三十三、方菁萍

国家一级演员。杭州滑稽艺术剧院演艺有限公司副总经理。2017年中央电视台春节联欢晚会滑稽小品《阿峰其人》主演。2000年浙江省曲艺笑星大赛新苗奖，2002年浙江省首届曲艺杂技节表演奖，2003年第二届浙江省"后宅杯"笑星大赛笑星奖，2006年浙江

省第三届笑星大赛笑星奖，2006年浙江省第二届曲艺杂技节表演银奖，2009年浙江省第三届曲艺杂技节表演银奖，2010年浙江省第十一届戏剧节优秀表演奖，2016年第九届中国曲艺牡丹奖全国曲艺大赛（安亭赛区）节目入围奖，2017年第六届浙江省曲艺新作会演表演金奖。

三十四、梁 雪

国家二级演员。2003年获浙江省第二届浙江省"后宅杯"笑星大赛新秀奖，2009年省第三届曲艺杂技节表演金奖，2012年第七届中国曲艺牡丹奖全国曲艺大赛（杭州赛区）新人入围奖，2013年浙江省第十二届戏剧节优秀表演奖，2015年浙江曲艺优秀传统曲目展演优秀演出奖、"非遗薪传"浙江省曲艺展演展评活动特邀展演奖，2016第九届中国曲艺牡丹奖全国曲艺大赛（安亭赛区）新人奖提名奖、节目入围奖。

三十五、贺 镭

国家二级演员。2006年浙江省第三届笑星大赛新人奖，2009年浙江省第三届曲艺杂技节表演银奖，2010年笑在长江角——江浙沪笑星电视邀请赛铜奖，2011年第七届中国曲艺节优秀节目奖，2012年浙江省第四届曲艺杂技魔术节表演银奖，2014年第九届浙江省非

物质文化遗产节暨2014"浙江好腔调"传统戏剧系列展演浙江好腔调奖，2015年浙江省曲艺新作大赛表演金奖、浙江省曲艺新作大赛《熟悉的陌生人》创作金奖、"非遗薪传"浙江省曲艺展演展评活动金奖、浙江省第五届曲艺杂技魔术节作品奖、表演银奖，2017年第六届浙江省曲艺新作会演表演金奖。

三十六、罗　瀚

国家二级演员。2003年浙江省第二届"后宅杯"笑星大赛表演奖，2006年浙江省第三届笑星大赛笑星奖，2009年浙江省第三届曲艺杂技节表演铜奖，2010年笑在长三角——江浙沪笑星电视邀请赛作品奖，2013年第四届浙江省曲艺新（曲目）作会演表演银奖。

三十七、李　想

国家二级演员。2017年中央电视台春节联欢晚会滑稽小品《阿峰其人》主演。2001年浙江省创作小品大赛创作小品《歧途》获一等奖。2009年浙江省曲艺杂技节表演铜奖，2010年笑在长三角——江浙沪笑星电视邀请赛铜奖，2014年苏浙沪说唱艺术邀请赛优胜奖，2017年"最美杭州人——第13届杭州市十大青年英才"

称号，2017 年第六届浙江省曲艺新作会演表演金奖、创作银奖。

三十八、诸梦琪

国家二级演员。2002 年浙江省首届曲艺杂技节表演奖，2006 年第三届浙江省笑星大赛新人奖，2010 年笑在长三角——江浙沪笑星电视邀请赛铜奖。

三十九、潘　婷

青年演员。2002 年省十三届戏剧小品邀请赛表演一等奖，2004 年第七届华东地区小品、相声大赛银奖、浙江省反腐倡廉文艺汇演一等奖，2010 年笑在长三角——江浙沪笑星电视邀请赛铜奖，2011 年第七届中国曲艺节优秀节目奖，2012 年非遗薪传——浙江省传统曲艺展演特别展演奖、浙江省首届故事会金奖，2016 年"非遗薪传"——浙江传统戏剧展演展评活动优秀展演奖、"吴越同音·江浙沪摊簧艺术精品展演"活动入选展演节目奖。

四十、钦婉云

青年演员。2009 年浙江省第三届曲艺杂技节表演铜奖，2010 年笑在长三角——江浙沪笑星电视邀请赛铜奖，2015 浙江省第五届曲艺杂技魔术节优秀作品奖、文本创作奖，2016 年第九届中国曲艺牡丹奖全国曲艺大赛（安亭赛区）节目入围奖，2017 年中央电视台春节联欢晚会滑稽小品《阿峰其人》主演。

四十一、叶　蓉

青年演员。2004 年浙江省首届《爱我家园》原创歌曲大赛优秀歌手、浙江省十大环保歌手，2010 年笑在长三角——江浙沪笑星电视邀请赛铜奖，2014 年第九届浙江省非物质文化遗产节暨 2014 "浙江好腔调" 传统戏剧系列展演浙江好腔调奖，2015 年浙江省曲艺新作大赛表演银奖，2016 年 "非遗薪传" ——浙江传统戏剧展演展评活动优秀展演奖，2017 年第六届浙江省曲艺新作会演表演银奖。

四十二、凌 珑

青年演员。2011 第七届中国曲艺节优秀节目奖，2014 年浙江省第三届故事会银奖，2015 年浙江省第四届故事会银奖，2015 年第五届浙江省曲艺新作会演表演金奖。

四十三、金一戈

青年演员。2010 年"古韵飘香"徐同泰杯萧山区戏曲曲艺大赛金奖，2012 年浙江省第四届曲艺杂技魔术节表演金奖，2013 年第四届浙江省曲艺新（曲目）作会演表演金奖、创作银奖，2014 年第八届中国曲艺牡丹奖全国曲艺大赛（余杭赛区）新人入围奖，2014 第六届中国（浙江）非物质文化遗产博

览会优秀展示（展演）奖，2014 年大运河流域地方曲艺学术邀请赛金奖，2015 年第三届"南山杯"全国曲艺新人新作展演二等奖，2015 浙江省第五届曲艺杂技魔术节表演金奖、作品奖、文本创作奖，2015 首届浙江曲艺奖评选节目奖，2016 第九届中国曲艺牡丹奖全国曲艺大赛（安亭赛区）新人奖入围奖、文学奖入围奖。

结　语

　　独脚戏是由杭州小热昏衍生出来的，而滑稽戏直接脱胎于独脚戏等民间说唱艺术。从小热昏到独脚戏，虽然表演形态各异，但仍是由曲种到曲种的演变；而从独角戏到滑稽戏则是由曲种到剧种的嬗变。

　　滑稽艺术，历史悠久，源远流长。寻根溯源，它和我国古代的参军戏、说诨话、隔壁戏中的"吟叫"以及杂剧、文明戏等戏剧中存在的大量插科打诨的表演一脉相承，擅长讽刺，讲究幽默，语言风趣诙谐，表演滑稽戏谑。20 世纪 20 年代至 40 年代，在江南地区，滑稽又有一个特定的指称，那便是曲艺样式的独脚戏与戏剧样式的滑稽戏的统称。

　　从近代开始，作为"十里洋场"的上海，一直是南北通商、东西交汇的地方，也是中国数一数二的大都市，全国各地的戏剧、曲艺不下几十个，可是上海土生土长的剧种、曲种为数却不太多，戏剧剧种仅有沪剧与滑稽戏两种，曲艺、曲种仅有独脚戏、沪书、本滩等数种。由于地缘关系，源于杭州的独脚戏随着影响的不断扩大，进入上海滩后在此地生根、发芽、开花、结果，最终使独脚戏和滑稽戏成为上海市民最受欢迎的艺术形式。所以说，"独脚戏、滑稽戏的发源地在杭州，而发祥和繁荣地却在上海"，是比较符合独脚戏与滑稽戏的实际发展脉络的。

　　独脚戏约于 1920 年左右形成，它是在文明戏和街头卖梨膏糖的"小热昏"以及"隔壁戏"等说唱形式的影响和孕育下逐渐形成的一种曲艺形式。"始作俑者"为上海笑舞台文明戏丑角演员苏州人王无能（本名王念祖），他偶尔在一次堂会演出时，独自扮演众多角色，说笑话、学各地方言，并唱南腔北调，竟大受欢迎，于是经常在堂会或文明戏演出前演此类节目，称为"独脚戏"。后来，王无能干脆脱离文明戏剧团，正式挂牌专演独脚戏。他与原来表演古彩戏法的钱无量搭档，演出时类似北方的相声，虽是两人表演（行内称之为"双卖口"），但名称仍叫"独脚戏"。这种形式形成后大受观众欢迎，于是仿效者甚众，涌现出一批独脚戏艺人，其中最著名的，除王无能外，还有小热昏鼻祖杜宝林的私淑弟子杭州人江笑笑、上海人刘春山，他们三人被称为"滑稽三大家"。

　　独脚戏一般由两人表演，以说、学、做、唱为主要艺术手段，演唱的段子可分三种：有说无唱的；有说有唱的；以唱为主的。无论哪种形式，都以制造笑料为其特色，或说笑话，或学各地方言，或唱南腔北调，其内容往往贴近市民生活，针砭时弊，为观众所喜闻乐见。至 20 世纪 30 年代，独脚戏已十分兴盛，活跃于游乐场、电台及各类堂会，出现了五福团、精神团等班社，到抗日战争爆发前，上海的独脚戏已达 100 多档。可见当时独脚戏的繁盛景象。

　　可惜好景不长，独脚戏全盛发展的势头没有延续下去。抗日战争时期，上海沦陷，市面萧条，独脚戏艺人失去了赖以生存的主要演出阵地，迫使他们另觅出路。1941 年 10 月，江笑笑、刘春山、陆希希等联络同道，以"全沪滑稽大会串"名义，为难童教养院筹集经费，演出了大型戏剧《一碗饭》。内容是揭露"米蛀虫"的恶劣行径，演出借鉴文明戏的演技，运用独脚戏的滑稽套子，采取滑稽大会串那样的形式，演出反响强烈，获得成功。这是独脚戏向滑稽戏演变发展的开始。其实在此以前，上海也存在"趣剧"的演出，主要是文明戏中的滑稽片段，有时也用"滑稽戏"的名称，但真正意义上的滑稽戏的尝试应是始自《一碗饭》，但这还只是滑稽戏的雏形。1942 年，江笑笑、鲍乐乐组建笑笑剧团，相继编演了《荒乎其唐》《瞎子借雨伞》《火烧豆腐店》等滑稽戏剧目。这标志着作为曲艺形态的独角戏向戏剧形态的滑稽戏的正式过渡。

前面讲过，滑稽戏虽自独脚戏脱胎而来，但两者既有联系又有区别。独脚戏为曲艺形式，滑稽戏为戏剧形式。滑稽戏基本上演整本戏，采取一人一角。滑稽戏也以制造笑料为其特色，演出风格为近乎闹剧的喜剧，讲究情节滑稽，常常运用一些套子来结构情节，诸如"因小失大""自讨苦吃""出尔反尔""阴错阳差"等。表演夸张，剧中人物杂用各地方言，演唱时则用京剧、江浙一带的戏曲、曲艺的腔调以及民间小调、流行歌曲等，由此形成其鲜明的艺术特色，故被人民大众所喜闻乐见。

独脚戏（滑稽）虽云"戏"，实乃曲艺形式，也有人称为"南方相声"，表演通过"一人多角，跳进跳出""方言造型"等艺术手手段，来讲述故事、塑造人物。独脚戏发展至滑稽戏后，实现了"质"的飞跃，即由曲种过渡为剧种，二者相互影响，同属"笑的艺术"。滑稽戏问世后，独脚戏并没有因此而消亡，它仍然活跃于舞台，与滑稽戏并驾齐驱。由于两者的亲缘关系，演员也是两栖的，他们既演滑稽戏，又演独脚戏，这成为江南笑坛上一道有趣的风景。

中华人民共和国成立后，特别是进入新时期以来，在"双百"方针和"二为"方向指引下，独脚戏、滑稽戏得到了新的发展，一批新的曲目、剧目相继涌现，一批新的名家脱颖而出。20世纪60年代初，独脚戏中唱派一脉又打出了"上海说唱"的旗号。上海、杭州、苏州已成为江南地区独脚戏、滑稽戏演艺的三大中心。独脚戏与滑稽戏已成为江南艺苑中一枝色彩艳丽的奇葩。

总之，从独脚戏的形成到滑稽戏的崛起，一直跨越到新的世纪，起起伏伏、坎坎坷坷已经走过了近百年的风雨历程。这期间有困顿，有辉煌，有衰微，也有兴旺；近百年来涌现出一大批名家、笑星，出现了一大批名剧佳作。相信在新的时代，在文化大发展大繁荣、弘扬优秀传统文化、坚定文化自信的今天会继续大放异彩。

附 录

一、小热昏作品中常用浙沪主要方言词语解释

个（革）：这；这个。新版《辞海》"个"条："有所指之词。如：个中；个样。"繁体字作"簡"。按：杭州话中也用"这"字，但常读作"这一"的合音。

迪：（上海方言）这。

介（革阿切）：（1）这么；这样（见吴方言词典）。按：实为假借的标音字，即"个么"之合音。（2）（某些吴语方言中的语气助词）吧（在句末，表示猜测、疑问）。

迪恁、迪恁介：（上海方言）这么；这样；这么样。介，革阿切。

格（革）：（1）那；那么。（2）的。按：因常有人把"个"写作"格"，故《吴方言词典》释"格"为"这"。

似个（食格）、似个套：如此；这般；这么样。唐李白《秋浦歌十七首（其十五）》："白发三千丈，缘愁似个长。"

咋个（夹革）、咋个套：怎么；怎么样。

哪能：（上海方言）怎么；怎么样。

拨（不）：给。

来：（1）了。（2）哩（感叹词）。（3）在。

来搭、来咚：（1）在；在这儿；在那。（2）（反问的）吗；啊。

勒啦、勒海：（上海方言）义同杭州方言的"来搭"、"来咚"。

得来：了；的了；啦。

好得来：（1）好了；行了。（2）算了；得了吧。

遭：这一下；这下子。按：此为假借的标音字。一下子的"下"，可读作"哈"；"这下"的合音稍转，即为"遭"音。

高头：上面。

推板：（1）相差。（2）差，差劲。

耍子：玩；游览。

莫老老（木姥姥）：（1）非常的；极其的。（2）很多；多极了。也作"木老老"和"木佬佬"（见《吴方言词典》）。

伢（厄啊切）：（绍兴、萧山等地方言）我们。按：此为假借的标音字，那"我拉"之合音。"拉"在不少吴语方言中都为"们"义，如上海、宁波等方言中的"阿拉"，亦即"我们"；但一般不用于"同志"等非俗语的人称代词后面（以"阿"为"我"，在吴语方言中也非个别）。

伢（牙）儿：孩子。

伱（拿）：（上海、绍兴、宁波等地方言）你们。按：通用的汉语辞书中均无此字，而是吴越人根据"侬拉"之合音创造的方言形声字。在绍兴、萧山等方言中，还把"伊拉"（他们）合音为"牙"。

说明：此"简释"中的标音字，都是杭州话的读音。

二、独脚戏（滑稽）行话与谚语

1. 滑稽行话

几十年来，滑稽界不断吸收其他艺术样式的表演经验，积累和创造了不少反映自身艺术规律的行话和艺诀。现选择比较有代表性的辑录于此。

粉：骄傲，标榜自己。常指某人骄傲；把自高自大的同行称作"粉兄"。

托：衬托，多指下手。

谬：不佳、差、谬误。指艺术差的人为"谬"；没有取得预期的喜剧效果（"包袱"不响），谓之"谬脱"。

拖：语言节奏和噱头的处理比较拖沓，不干脆。

圈：结束。划句号、终止的意思。

勒：语言罗嗦，重复过多；行动踟蹰不前。

温：不热烈，不到火候，拖沓。

野：不正规。有时也指不正统、不规范。

轰：含"轰动"的意思。演出气氛和场面热烈，观众反映强烈；也指卖座情况热烈。

潽：水烧开时翻滚并溢出锅边谓"潽"。以此形容滑稽演出时满场的笑声。演出时滑稽效果强烈，称"'潽'头足。""场子'潽'。"有时也代"笑"字，如："我差点'潽'出来（我差点笑出来）！""迪只噱头观众勿'潽'侬来寻我（这个噱头观众不笑你来寻我）。"

三跳：独脚戏表演时常用的击节乐器，由三块竹片组成，现较多改用红木制成。使用时，左手五指握两块，底部靠拢，上部张合出声。三跳还常用作表演时的小道具，代"剪刀""筷子""毛笔"

等等。

卖口：段子、说白、曲目的统称。"单卖口"，一人表演或上手为主的段子；"双卖口"，上下手并重的段子。

卖法：结构噱头的方法；演出的技法。

拼档：相互配合组成一档。

包袱：借用相声中结构喜剧效果的专用词。指笑料、噱头。

开牙：观众发笑。开始时引观众发笑，称"引开牙"。

铺路：为制造噱头而作的必要的铺垫。也有将正段前加演的小段称作"铺路"的，与相声中的"垫话"相似。

恩科：演完时应观众要求而"再来一个""再表演一段"。也称返场。

内度：内行；也指专业的演员。

外度：外行；也指业余的演员。

速毕：快捷、爽气的意思。

盎春：唱。

满肚：包银、工资。

娃轮：指演出业务。也指"生意"。

出掼头：出风头。

起暴头：突然发出夸张的声音以引起观众的注意。

跳进跳出：演员扮演角色后，在讲笑话人"第一人称"和起角色"第三人称"中变换。可从演员的身份"跑进"角色，从角色的身份"跳"回演员的身份，也可从一个角色直接"跳进"另一个角色。

撬牙钳：用大力气相法使观众开口笑出声来笑。

2. 滑稽谚语

要想有口劲，先学绕口令。

真白金，并勿光彩夺目；唱滑稽，勿是油腔滑调。

台下勿笑，台上心焦。

电话勿来，无精打采；电话一来，精神百倍。

宴席少不了老酒，堂会离不开滑稽。

台上别苗头，台下好朋友。

最难开口档，噱头要泡汤。

硬噱勿如勿噱，恶做勿如勿做。

剧场不如电台，名气全靠叫喊。

呒没滑稽细胞，哪能成名成家。

观众勿"开牙"，演员眼发白。

入乡随俗学方言，老师就是当地人。

噱头闹哄哄，戏馆满堂红。

唱勿过麻皮，说勿过翔飞（20世纪30年代，刘春山的唱功神完气足，世所公认，因刘脸上有细麻子，故称为麻皮。其时朱翔飞的说功精湛，同行钦佩）。

唱勿煞的程笑飞，跌勿煞的文彬彬（文彬彬的表演风格是依仗动作招笑，常在台上翻滚跌扑，居然毫不损伤体肤）。

京戏争看麒麟童，说书爱听夏荷生，本摊让为筱文滨，滑稽要算王无能（20世纪30年代，观众对"老版滑稽"王无能的评价极高，把他誉为独脚戏"老牌""鼻祖"）。

观众是衣食父母，搭档如患难夫妻。

大世界共和厅，滑稽摇篮育新人。

台下噱天噱地，台上哑口无言。

搭档"抢口"，糟蹋噱头。

同吧只怕"抢羹饭"，末脚一档口难开。

学好角色，要靠芸芸众生；说得有趣，全仗了解风土人情。

夫妻不和好离婚，横档不睦要硬拼。

燕飞尚可重建巢，响档一拆变水泡。

勒紧裤带唱堂会，含着眼泪说笑话。

一口气唱脱十八只，好噱头统统被潲卖（批判旧时戏德欠佳的演员抢先上台，把后面几档曲目中的"肉段"东挖一段西割一节地唱掉。"潲卖"即贱卖）。

台上唱一遍，台下练一年。

生姜越老越辣，段子越练越精。

钩子一松，噱头落空。

搭口要严，钩子要紧。

要走正路子，切忌野噱头。

勿要埋怨观众勿笑，要怪自己水平勿高。

博得观众一声哈哈，演员白了十根头发。

台下笑声多，勿好骨头酥。

为使观众欢喜你，节目经常要改变。

对话只怕"冲口"，噱头流进阴沟。

明知坍招牌，也要垫刀头。

"卖口"要速毕，一"勒"就完结。

"铺垫"稳当，噱头好放。

若要基础打得牢，传统段子先学好。

大会串，像打仗，老少滑稽当战场；你舞刀，我弄枪，"说学做唱"比谁强。

"笑海"吭没底，学戏学到死。

演员有多少精神，场子有多少笑声。

滑稽滑稽，勿能滑而无稽。

台上偎灶猫，台下豁虎跳。

求助同行，肯填空档。

"老滑稽"勿好卖老，"小滑稽"勿好卖骠。

大段勿噱，小段补血。

演员勿会编写，推板滑稽废话多。

谬做谬，胸中也有宝；好做好，肚里也有草。

休借先生名气，艺术要靠自己。

谦虚多朋友，"粉兄"少人缘。

上台先砍三斧头，瞎三话四轧苗头。

场上没有"原子弹"，老板叫你卷铺盖。

"圈账"发噱，观众满足。

勿肯动脑子，只想用套子，剧场空位子，自家少票子。

戏保人，借段子光彩；人保戏，看演员功底。

演员"潜"场，全台弄僵。

节奏一脱板，噱头粉粉碎。

搭档"康熙"，噱头"道光"（沪语"康熙"为"藏戏"之谐音，"道光"即逃光。上下手如果藏起关键对白，整个段子的笑料便一扫而光）。

医生对症开方，演员看人卖唱。

一对搭档，互相帮忙；各自为政，两败俱伤。

上手半斤"说"，下手八两"托"。

庸俗噱头，好比毒苗；幽默语言，等于香草。

放噱头，口齿要煞清；做动作，夸张要变形。

三、滑稽戏常用行话术语（有些行话术语与独脚戏相同）

潽："溢"的意思，这里指"笑"。比如"我潽得要命"，也就是"我笑得要命"。

潽头：又叫"噱头"。是滑稽戏对"笑料"的统称。即引人发笑的语言和动作。

出噱头：指演员演述一定的可笑内容或做出可笑的动作引人发笑。

肉里噱：同"外插花"相对。指的是来自人物性格、故事情节、人物关系的笑料。

外插花：同"肉里噱"相对。通常指的是全剧在故事情节的发展中插进去的笑料和情节。它与主题不是扣得很紧。可以说是留着闹猛点，去掉干净点的东西。

野噱头：噱头（笑料）的产生游离于人物性格、故事情节、人物关系之外，有格格不入胡搅的感觉。

闭幕噱头：指滑稽戏在每场闭幕时所组织的笑料（噱头）。滑稽戏的传统强调每场戏的闭幕必须在"噱头"上。

热闭幕：同"冷闭幕"相对。指每场戏的闭幕中有个"噱头"压底，即有个"闭幕噱头"，使戏在观众笑声中闭幕。

冷闭幕：同"热闭幕"相对。指在闭幕时缺少一个噱头压底，即没有"闭幕噱头"，使戏在冷清中闭幕。

包袱：是一种组织笑料的方法。组织一个笑料需要有酝酿、铺垫的过程，称为"做包袱"，迸发时称为"抖包袱"，一般也将笑料称为"包袱"。

包袱底：在全剧的结局或在一段戏（场、幕）的结尾处使"包袱"告一段落，统称为"包袱底"。

铺垫：也称"铺路""种根"。即事先将细节向观众交代清楚，安排好伏线，为笑料的迸发（抖响）打下基础或创造条件，称为"铺垫"。

冲脱：又叫"敲脱"。演员在表演时受外因的突然变化和冲击，致使该抖响的包袱没有抖响，称为"冲脱"。被"冲"的原因很多，如同台演员的台词动作的突然变化和突发事件的出现等。

冷脱：又称"流产"。由于演员主观上的原因，如没组织好台词等，失掉了"抖包袱"的最佳时机，致使笑料丧失殆尽。

闷脱：指由于主客观的因素造成演员该抖响的包袱没抖响。

硬做：演员在表演时由于剧情和人物性格缺乏喜剧因素而机械地采用一些传统的招笑方法（多数为夸张的已成定势的形体动作），来换取剧场效果（笑声）的表演，称为"硬做"。

恶做：演员在表演时为了片面追求剧场效果（笑声），背离人物性格、人物关系、故事情节、特定环境等，而乱出噱头和过分夸张、变形的表演，称为"恶做"。

明做：同"暗做"相对。是剧本结构的一种方法。编者把剧中发生的一切情节，通过角色的语言和动作事先向观众都作了明确的交代，造成观众知道，剧中人不知道的场面。此种剧本结构方法称为"明做"。

暗做：同"明做"相对。是剧本结构的一种方法。编者把剧中发生的部分情节掩盖起来，造成剧中人知道，观众不知道的场面。此种剧本结构方法称为"暗做"。

套子：滑稽戏剧本中近似程式的一些"喜剧结构"方法。也就是带有喜剧性的情节铺排法，称为"套子"。

扑落：指具体短暂的招笑方法，往往不需要仔细的铺垫，有如电灯插座（上海人称"扑落"）一插即亮，故称"扑落"。

引爆头：同"爆不出"相对。为了招笑或吸引观众的注意力，演员采用提高声音等强烈的表演手法称为"起爆头"。

爆不出：同"起爆头"相对。为了招笑或吸引观众的注意力，但由于演员缺乏高亮的嗓音和表演激情无法达到目的，称为"爆不出"。

火爆：同"温"相对。演员在表演上的过火现象称为"火爆"。有时也指演员表演上力度强烈，则无贬意。

温：同"火爆"相对。演员在表演上的缺乏激情，语气平淡、节奏拖沓，犹如一碗温开水，无法取得预期的剧场效果。

松：即"松弛"。同"紧"相对。指演员的表演自然、放松、真实，出噱头不显露表演的痕迹。

紧：即"拘谨"。同"松"相对。指演员表演不自然、放不开、缺乏真实感，有表演的痕迹。

勒：指"罗唆""拖沓"。比如说："这段台词太勒，必须精简。"

富贵：冗长的意思。比如说："你的话富贵了"。

速劈：同"富贵"相对。精练、简明的意思。比如说："喂！戏到尾声了，该速劈些。"

野：指表演不正规，野豁豁的意思。比如说："唷！这个人表演路子蛮野的。"

圈：也叫"圈账"。结束的意思，即可以打句号了。比如说："最后一幕戏太长了，应该早些圈。"

嫩：同"老口""老手"相对。指舞台经验、表演技艺、招笑技巧诸方面较欠缺的演员。比如说："这个演员在表演上还嫩呢。"

老口：又称"老手"。同"嫩"相对。指具有丰富的舞台经验、熟练的招笑技巧和出色的表演技能的演员。比如说："唷！到底是老手，演得不错。"

粉：指自吹自擂，粉饰自己。比如说："此人是个粉兄。"

谬：对人，指没用，推板的意思；对事，指告吹的意思。比如说："这事不能托他，他是个谬人。""唉！这件事谬脱了。"

钻狗洞：指甲演员演过的角色已形成了"定势"，乙顶上去演甲的角色。

甩上：演员在一些特殊的场合下，如参加比赛、领导审查、观众特别热情、音响效果失灵等，为了求得演出的同质量而不顾一切地使出浑身解数进行演出，称为"甩上"。

对辙儿：即对台词。

轧牢：演员在台上背诵台词时，突然忘了台词，作了较长时间的停顿，称为"轧牢"。

拗口：台词或唱词写得不顺畅，或者演员对词汇不熟悉，在背诵时感到很不顺口，称为"拗口"。

冲口：演员在表演时还没有轮到自己讲话突然脱口而出，或虽轮到自己讲话但讲错了话的现象，称为"冲口"。

活口：演员在表演时，触景生情，即兴发挥的台词，称为"活口"。

喷口：演员在唱曲或话白中，每在字的开头发音重，使字音有力地喷出，称为"喷口"。其功效能使字音刚劲有力地远播。

接口：演员在表演时，两者之间对白的前后衔接，称为"接口"。"接口"节奏的快慢会直接影响"包袱"的抖响与否。

贯口：也称"快口"。指演员以很快的速度，唱、念大段的唱词或台词。要求做到吐字清晰，快而不乱，慢而不断，一气呵成。

绕口：也叫"绕口令"。用声、韵、调极易混的字，交叉重叠编成的句子，一口气清晰、急速、无误地念出，称为"绕口"。

卖口：运用艺术技巧将词句组合结构成能产生笑料的语言，称为"卖口"。

对子戏：滑稽戏表演形式之一种。台上演员仅二人，共同表演情节，台词一来一往，互相衬托调笑。

唱二本戏：指表演中一种极不严肃的行为。演员在表演过程中游离人物和情节，在舞台上暗中私自互相说笑取乐，造成"唱二本戏"的场面。

吃彩头：指演员在表演时观众报以热烈的掌声或喝彩声。

彩头：台上角色通过"门子"流出来的"血"称为"彩头"。又把戏中使用的假道具，鱼、肉、禽、蛋、蔬菜等物品称为"彩头"。比如说："老徐会扎彩头的。"

门子：舞台布景、大小道具、演出服装上的暗"机关"称为"门子"。

乡谈：演员在扮演角色时运用各地的方言，称为"乡谈"。

窜谈：指演员在扮演角色中所说的方言中途失口，"窜"到另一种方言的现象。

吃进吐出：招笑技法之一。指演员在表演时先下意识地认可对方所说的话，瞬间清醒过来予以否定。比如甲说："她是你妈?"乙答："对。不，她是我老婆。"

撬开牙钳：指要引观众发笑。遇到观众处于肃静的状态下难以发笑，演员们想方设法引发他们的笑声，称为"撬开牙钳"。

硬里子：指剧团中艺术经验丰富、技艺根底深厚的配角演员。能配合主角起绿叶红花相映成辉的作用。

马褂滑稽：也称"大滑稽"。指旧戏中穿马褂的滑稽人物，一般为"老生"。也泛指有身份的人物，如剧中的"员外""老爷""老板""警察局长""专员""特派员""县长"等人物。

马夹滑稽：也称"小滑稽"。指旧戏中穿马夹的滑稽人物。也泛指社会阶层中生活在低层的滑稽小人物，如"小贩""佣人""伙计""学徒""工人""跑堂""小流氓"等人物。

冷面滑稽：滑稽戏中的一种表演流派。以"阴嗫"著称。其特点为出言吐语幽默，面部表情冷漠，节奏反差鲜明，动作干净利落。前辈滑稽艺人程笑亭、朱翔飞、张幻尔均属此流派。

幕表制：戏曲名词。旧时滑稽戏演出的剧目，没有固定的剧本，只有"幕表师傅"列出的大纲，张贴在后台，写有全剧的场次、时间地点、每场几个角色、出场先后、情节概要等。念白和唱词均由演员上场即兴发挥。这种演出制度，称为"幕表制"。

漂字：也叫"倒字"。演员违反了"四声阴阳"的格律而误读了字的声调，称为"漂字"。

　　吭春：即"唱"。比如说："唷！这个演员吭春不错。"

　　哽脱：也叫"跑调"。指演员唱曲不合规定的调性。或者偏高，或者偏低，造成与伴奏音乐脱节的现象。

参考文献

1. 《安忠文徐筱安父子曲艺作品选》（浙江省曲艺家协会、杭州市曲艺杂技家协会编，内部资料，1998 年 3 月第 1 版第 1 次印刷）

2. 《杭州小热昏》（"文化杭州"丛书之一，杭州市文化广电新闻出版局编，陈建一主编，徐永华、朱秋僧、杨宇全等著，上海文艺出版社，2006 年 6 月第 1 版）

3. 《海上滑稽名家》（徐维新、沈洪鑫编著，中国戏剧出版社，2002 年 10 月第 1 版）

4. 《上海滑稽戏志》（上海市文化局史志办公室、《上海滑稽戏》编辑部主编，1997 年 3 月，上海市出版局内部资料准印证 [1997] 第 258 号）

5. 《中国戏曲曲艺词典》（上海艺术研究所、中国戏剧家协会上海分会编，上海辞书出版社，1981 年 9 月第 1 版，1985 年 2 月第 3 次印刷）

6. 《中国俗文学史》（郑振铎著，作家出版社，1954 年 2 月第 1 版，1954 年 7 月第 2 次印刷）

7.《朱秋僧独脚戏滑稽戏小品作品集》（朱秋僧著，杭州滑稽艺术剧院、杭州市艺术创作研究中心合编，浙内图准字［2012］杭 14 号，2012 年 3 月第 1 版）

8.《海上滑稽春秋》（包括《上海滑稽三大家》《上海滑稽前世今生》《上海滑稽与上海闲话》《远去的上海市声》全 4 册，钱程主编，上海教育出版社，2012 年 8 月第 1 版）

9.《独脚戏》（浙江省非物质文化遗产代表作丛书，马来法、刘笑声、王颖燕编著，浙江摄影出版社，2014 年 11 月第 1 版）

10.《苏州滑稽戏老艺人回忆录》（苏州市文学艺术界联合会编，古吴轩出版社，2013 年 8 月第 1 版）

11.《二十世纪的笑声：百部滑稽戏故事集》（徐永华辑，杭州市文化局编印，2003 年）

12.《火烧豆腐店》（滑稽，鲍乐乐、王一明整理，上海文化出版社，1958 年 3 月第 1 次印刷）

13.《滑稽论丛》（鲍乐乐口述，金乙整理，上海文化出版社，1958 年 2 月出版）

14.《滑稽戏选（一）》（滑稽戏剧本选集，上海文艺出版社，1982 年 6 月第 1 版）

15.《笑的戏剧——滑稽戏选》（滑稽戏剧本、论文集，汪培编，中国戏剧出版社，1985 年 4 月第 1 版）

16.《说唱常用曲调集》（民间小调、曲艺、戏曲唱腔专辑，谈敬德、许国华、裴凯尔、丁勇斌整理，上海文艺出版社，1979 年 7 月第 1 版）

17.《杨华生滑稽生涯六十年》（杨华生著，学林出版社，1992

年 4 月第 1 版）

18.《笑舞台》（滑稽戏、独脚戏、上海说唱等综合性剧本集，上海民间艺人协会编，上海学林出版社，1991 年 3 月第 1 版）

19.《上海笑星传奇》（滑稽史话集，朱大路著，上海翻译出版公司，1991 年 10 月第 1 版）

20.《让笑声伴随你——海派笑星别传》（滑稽戏演员传记专辑，李惠康主编，上海科技教育出版社，1995 年 3 月第 1 版）

21.《苏州滑稽戏老艺人回忆录》（苏州市文学艺术界联合会编，古吴轩出版社，2018 年 8 月第 1 版）

22.《张幻尔：滑稽戏表演艺术家》（高福民、钱璎主编，古吴轩出版社，2005 年 6 月第 1 版）

23.《杭俗遗风·补辑足本》（民国十七年［1928］洪如嵩补辑，杭州六艺书局出版）

24.《清嘉录》（顾铁卿著，上海文艺出版社，1985 年 8 月第 1 版）

25.《清稗类钞》（徐珂著，中华书局，2010 年 2 月第 1 版）

后　记

　　在杭州，无论是小热昏、独脚戏（滑稽），还是后来的滑稽戏，都是与杭州本土息息相关的"文化土特产"。

　　众所周知，小热昏、独脚戏、滑稽戏，三者有着一脉相承的渊源关系，独脚戏是在小热昏的基础上派生发展起来的，有人说是"放大了的独脚戏"，同样也可以把"滑稽戏"理解成"扩展版"的"独脚戏"。前二者是以曲艺的艺术形态呈现给广大观众的，而后者则是在前二者的基础上形成的戏剧形态，这也是由曲种衍化为剧种的一个典型例子。要研究独角戏离不开小热昏，同样要研究滑稽戏也离不开独脚戏。通过梳理研究，从小热昏——滑稽戏——独脚戏，我们便会发现一条清晰的衍变路径，独脚戏是由杭州的地方曲种小热昏又吸收了其他姊妹艺术逐步发展演变而来的又一独立曲种，从小热昏到独脚戏仍是从曲种到曲种的衍变。可以说，独脚戏是小热昏、隔壁戏、文明戏（趣剧）的艺术聚集体，于民国初期形成，20世纪 20 至 30 年代经由前辈艺人的创造而发展，20 世纪 40 年代中后期开始向滑稽戏演变。独脚戏、滑稽戏的源头虽在杭州，发展和成熟却是在上海滩，所以业界人士说"独脚戏的发源地在杭州，而发祥和繁荣地却在上海"，是比较符合这一艺术形式的实际发展脉络的。

21世纪初，笔者由鲁入浙后，仍从事老本行——艺术研究与相关图书的编写工作。在小热昏、独脚戏、滑稽戏三者中，笔者早年看过根据滑稽戏拍成的电影《72家房客》，对这种江南独有的戏剧形态有过一个大致的了解，但作为艺术研究最先接触的却是小热昏这一曲艺曲种。大约在2005年前后，当时的杭州市文化广电新闻出版局所属的杭州市艺术创作中心，作为业务单位受命编撰出版"文化杭州"系列丛书，《杭州小热昏》即是其中一本。笔者"奉命"负责与此相关的老领导、老编剧、老艺人的召集联络工作，经过多次研讨、论证，分工撰写了《杭州小热昏》一书，从杭州小热昏的历史沿革、艺术特点、代表性艺人与曲目以及小热昏与独脚戏、滑稽戏的渊源关系等几个方面进行了梳理研究，于2006年6月连同其他两册图书《杭剧艺术》《浙派古琴》一起，作为"文化杭州丛书·非物质文化遗产专辑"由上海文艺出版社一并出版发行。据悉，这是当时国内唯一一部比较系统和完整地研究杭州小热昏艺术的专著。其中对于杭州小热昏研究的一些成果，迄今仍在被许多研究者参考或引用。笔者作为该书的编委会成员与"牵头人"，从组织人员撰写研讨，到搜集材料、采访老艺人等等，全程参与了该套丛书的编辑出版工作，并独立承担了《杭州小热昏》开篇章节（第一章共计六节）的撰写工作，由此也对杭州小热昏有了一个比较全面的了解。本书就是在笔者研究小热昏的基础上，吸收了现有的研究资料，重新对小热昏——独脚戏——滑稽戏的衍变发展的脉络做了一个大致的梳理，并对各自艺术特点及其艺术与人文价值做了研究与评价，希望能对其"可持续传承与发展"起到一些助推作用。

毋庸置疑，上海是独角戏和滑稽戏演出的重镇，提到二者可以说上海是一个绕不过去的大本营。海派滑稽为我们奉献了许多有分量有影响的重要作品，构成了滑稽戏艺术的重要内容。苏州的滑稽戏也以"苏派滑稽"给世人留下了深刻印象，但由于手头资料有限，本书研究的侧重点还是以杭州为主。杭州滑稽艺术剧院仍是"杭派"滑稽戏编排与演出的中坚力量。2006 年和 2008 年，杭州小热昏与独脚戏先后入选首批和第二批国家级非物质文化遗产代表作名录，对小热昏与独脚戏的挖掘梳理与研究保护又提到了议事日程。杭州滑稽艺术剧院作为非遗传承保护单位更是任重道远。目前，在对小热昏、独脚戏、滑稽戏的理论研究上，我们只是做了一些基础性的工作，更系统深入的研究还有很多工作去做，期待更多的文艺理论工作者参与到这项研究中来。

本书在编写过程中，参考了许多前人研究的成果资料，同时得到了许多师友的无私帮助，在此一并致谢！错讹和疏漏之处，请多多批评和指教，以便在今后的研究中加以改进。

作者
2020 年 8 月 29 日于杭州